青春阅读　幸得相见

有爱的青春陪伴者

同学，来摘果吗？

Like you

盐盐 / 著

天津出版传媒集团
天津人民出版社

图书在版编目（CIP）数据

同学，来拼桌吗？ / 盐盐著. -- 天津：天津人民出版社，2021.8
ISBN 978-7-201-17460-0

Ⅰ. ①同… Ⅱ. ①盐… Ⅲ. ①中篇小说—中国—当代 Ⅳ. ①I247.5

中国版本图书馆CIP数据核字(2021)第138261号

同学，来拼桌吗？

TONGXUE,LAI PINZHUO MA?

盐盐 著

出　　版　天津人民出版社
出 版 人　刘　庆
地　　址　天津市和平区西康路35号康岳大厦
邮政编码　300051
邮购电话　（022）23332469
电子信箱　reader@tjrmcbs.com

责任编辑　玮丽斯
特约编辑　娄　薇
装帧设计　刘　艳　西　楼
责任校对　彭　佳

制版印刷　长沙鸿发印务实业有限公司
经　　销　新华书店
开　　本　880毫米×1230毫米　1/32
印　　张　8.5
字　　数　148千字
版次印次　2021年8月第1版　2021年8月第1次印刷
定　　价　39.80元

目录

目录

第一章……准考证

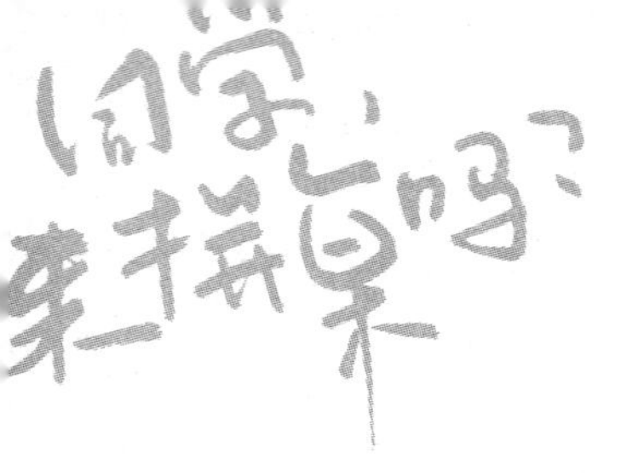

“八点半停止入场，大家抓紧时间了！”检录员指指走廊里的时钟，提醒学生们还有十五分钟时间。

而考场入口处却站了一群人，不对，是一圈人和一个人。

一圈人的那边，明显是雅思老师自己也参加考试，遇上自己学生了。学生们围成一圈叽叽喳喳，试图做着临考前最后的挣扎，老师认真讲，学生努力听，励志又热闹。

“好了，听我说最后几点……”老师的声音很清亮，带着镇定人心的温和。

“第一，听力考试不要乱翻卷子，听到 turn to page S1 的时候再动。

“第二，作文写不完就写不完了，小作文没写完也能上 65 分。

“第三，阅读第一篇难就去看第二篇，第二篇难就看第三篇，挑会的做，如果你觉得都难，就看一下标题吧，哪个标题的内容你擅长就先做哪个。

“第四，那个穿夹克衫的爆炸头，别抖了，反正再不济也还有一支铅笔和一块橡皮擦做纪念品。现在，拿好证件，排队进考场！”

一个人的那个，就一直在翻包，翻得满头大汗，也不知道在翻些啥。

翻啥呢？

口红。

镜子。

护手霜。

考试资料。

单词口袋书。

身份证。

公交卡……

啊，苍天啊！我的准考证呢？

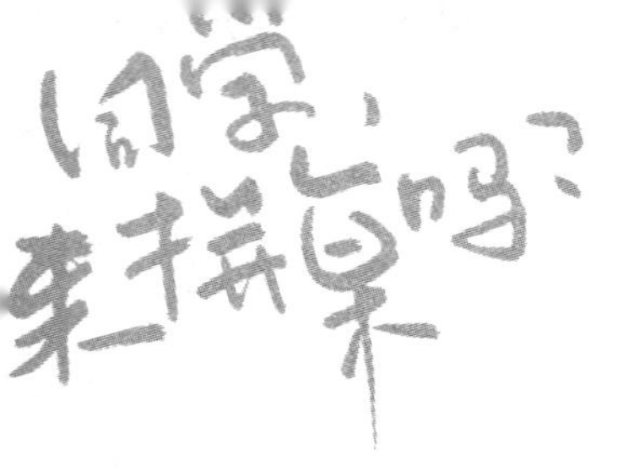

栾栾的内心几乎是绝望的，虽然她这次几乎没复习，考不过两千多块钱就得打水漂，但是两千多块钱打水漂和站在雅思考场外面找不到准考证而错过考试的心疼程度是不一样的。

前者还能安慰自己来见见世面，见识了雅思考试长啥样；后者，说出去都嫌丢人。

栾栾看着前面的那一圈人开始慢慢散开，缓慢进场检录，自己却还陷在无边的翻包生涯中，心下更是凄凉，右手又缠了两圈包带，左手翻包动作更激烈了。

然后，娇弱的包带不堪蹂躏，断了……

整个包包里的东西之前被翻个底朝天，现在被倒了个底朝天。

栾栾的包没有分隔，没有拉链，包里所有的东西砸向地面，在考场门口堆了一块惨不忍睹的“废墟”。

栾栾的火眼金睛从“废墟”中看到了露出一角的准考证，精准地拿起塞进自己外套口袋里，然后直接把包摔地上，打算把“废墟”扒拉进去。

等学生们散去，栾栾的余光瞟到了一张熟悉的脸，震惊得当场僵化成一尊石像。

如果在这种情况下，遇到你情窦初开时暗恋的对象，该怎么不动声色假装自己是一个精致女孩?

现在把脸砸掉也没啥用了!

感谢考试，栾栾飞一样地冲进考场!

严彦应该庆幸自己多年教师生涯的磨炼已经能做好表情管理，不然看到栾栾的一瞬间，他的表情应该非常丰富。

如果看到初恋就在自己面前丢人遁走，有什么办法能把她抓回来?

作为老师的严彦，是被学校派来参加考试的。

学校不干人事，不仅特意挑了语言类大学的考点，而且这次考试换了新题库，综合这两个最坑的元素，严彦私下里将这种考试叫作“扒骨局”，意思是连毛带皮捎带骨头，全剥削个遍。

明面上说是“帮老师加深自身水平”，实则是拿老师当新题的“试验品”，考前要老师出复习计划，考完立马逼着老师总结新题库，出成绩以后，名师宣传排课又一波，典型的资本主义做派。参加一场公费考试，免费打三份工——做计划、总结题库和排新课，还要感谢学校栽培。

像他这种小有名气的老师，提前一个小时到考场，停止入场前几分钟才进得去，因为前来考试的学生能像包卷

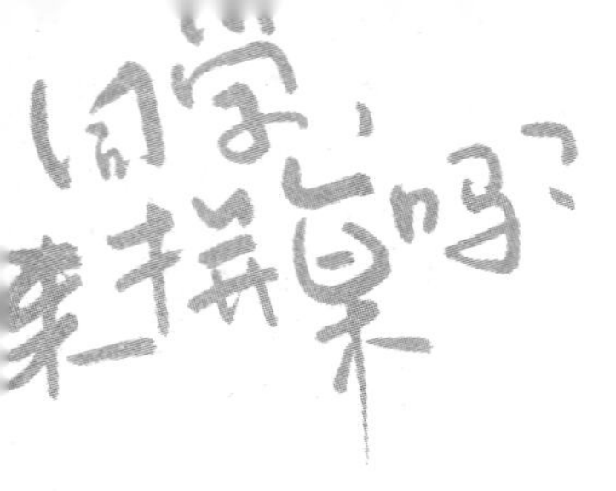

心菜一样把他围成最里面的那个菜心，走都走不动。

严彦早晨等于又上了一个小时的“考前绝密押题课”，说得口干舌燥，但还有几个学生没走。

“老师，我能和您握手吗？满分大神借我点运气！”

被握手的严彦保持为人师表矜持的微笑，心想：干脆让我替你考算了。

正烦躁的时候，突然听到噼里啪啦东西落地的声音。

然后，严彦看到了他花了十多年都没有找到的初恋，她正蹲在地上试图把散落一地的杂物扒回包里……

严彦趁着最后两分钟，给安排他考试的同事发了两个字：“幸亏！”

然后，那个同事疯狂地回消息。

“幸亏什么？”

“你当时不是说你已经连着大半年周六早起了，再早起要猝死？”

“你是不是把考场炸了？”

“别，B 市那地段可贵了，你炸考场我们赔不起啊。”

“严老师，你手机是被偷了吧？”

“严老师，我现在心好慌。”

……

那个同事被严彦的胡乱猜测吓到了，消息一条接一条地发。

不过严彦是不知道了。

他已经关机进考场了。

考场开始宣读考试纪律，一群学生的心开始狂跳，绝大部分是因为考试而紧张，还有两颗心是因为这意外的久别重逢而激动。

“他怎么会在这里啊？”

“刚才真是丢脸丢大了！”

“我的天哪，如果时光能倒流，我一定……”

“考完捂脸直接跑算了！”

栾栾双手捂住自己的脸，看起来像被这场考试虐得死去活来的考生。只是，一般害怕考试的学生是吓得面色惨白，而栾栾现在整张脸红扑扑的，万白从中一点红，很是突兀。

正胡乱想着时，考试正式开始了，栾栾却连一点考试的状态都没有，看不进去半个英文字母，整张卷子好像都写满了严彦的名字！

听力都要放完时，栾栾突然回过神来：我刚才写了啥，

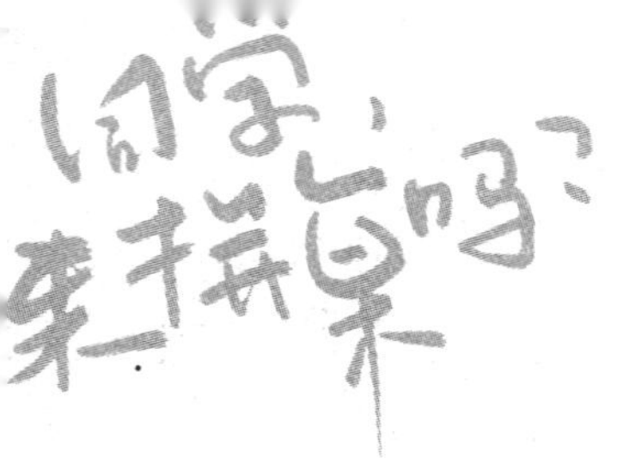

听了啥，做了啥？

完蛋了！

相比而言，严彦就淡定多了，虽然内心早已火山喷发，可是这些年的教师生涯长的绝对不只是教龄，还有表情管理。新老师本来就年纪小，如果不稳重一点，现在皮上天的学生分分钟能翻转课堂。此刻的严彦一副不动如山的模样，四平八稳坐在考位上，看起来就胸有成竹。

给同考场学生的感觉就是——这是个“学神”！

然而，今天的“学神”完全不在状态，做题全凭手的第六感，脑子早就飞去私会佳人了。好在严彦基础牢，题刷得多，面不改色地写着，手下的笔一直写得很流畅，估计这套卷子对于他来说，可能也不用很费脑子。

考试结束，终于可以出去了！

栾栾飞一样地冲向存包处，本来想干脆利落抄起自己的包包就跑，奈何，现在是个包带断了的“残疾包”。栾栾只好小心翼翼地把包包抱出来，再把散落在柜子里鸡零狗碎的小玩意儿装进包里。

她打开手机，微信上好朋友越悦的消息已经两位数了。

越悦：“怎么还没完？”

越悦："我的天，你的考场不会出事故了吧？"

越悦："你难道是作弊被留下了？"

越悦："我要去查今天考场是不是有暴徒了？"

……

栾栾看完眼皮直跳，感觉越悦马上就要把她诅咒到死了，于是立即回复了消息。

栾栾："我出来了。"

越悦的消息秒回："感觉如何？"

栾栾："不是考完了，是完了！"

说完这句，她不由得悲从中来，两千多块钱的一场考试啊，她全程只干了一件事情——想严彦。

严彦真的是个大祸害，想他想到作文压根儿就没写完啊！

越悦："没事，中国考生过雅思的平均次数是四次。你这才首考，就当作来感受一下。"

栾栾："考场位置好找，考官人很温和，考场设施良好，还发了一支铅笔和一块橡皮擦当纪念品，我下次还会来的。"

栾栾："但我现在还是很难过，两千多块钱啊，就买了个半日游。"

越悦："哈哈！"

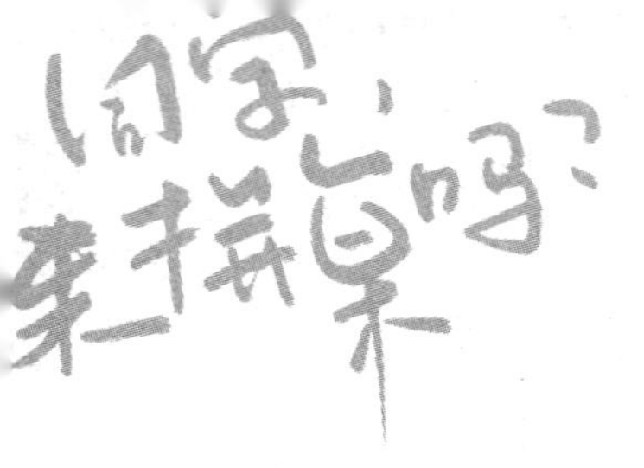

越悦："你本来就是裸考，你记不记得你两个月前报名的时候怎么说的？你说'没见过世面，让我这个英语渣去感受一下'，这年头见世面都很贵。"

栾栾心想：我这次不止见了世面，还见了初恋，你敢信吗？

最后，栾栾抓着手机，斟酌了一会儿，回道："这一次，我在考场不止见世面了，具体的我回家再说。我需要点时间理清思路。"

对面立马轰炸过来十几个"有八卦"的表情包。

越悦："感觉到了八卦的气息，什么事儿啊？到家说吧。"

栾栾拍了拍自己滚烫的脸颊，然后开始在心里默念："冷静、冷静、冷静，回家、回家、回家，抬头，挺胸，一二一……这么多人，不会再遇到了。"

然后，在左前方，她出考场的必经之路上，严彦背对她站着，好像正在打电话。

栾栾开始思考自己要如何使出乾坤大挪移，才能顺利开溜。

那么多场试不是白考的，严彦对这个考场的熟悉程度仅次于考官。

一点一点在人堆里找人？效率太低了，不如守株待兔。本来他考试就啥都没带，从柜子里拿出手机后就直接到了出考场必经点，然后才开始看手机上的轰炸信息。

微信群上的小红点跳个不停，都是学生在叽叽喳喳。

严彦选择性地忽略群消息，然后挑出单人消息最多的那一个，公司里负责活动的朋友——于宇，严彦一个电话打过去，并不想看那些滚了几屏的废话。

“喂，我考完了。”

“嘿！严老师总算是出来了！这次应该又是逼近满分吧？”

“你给我报这么坑的场次，要求还那么高？”严彦面色尴尬，这次考试他全程分心，能考个什么分数他心里真没数。

对面于宇的语气秒变：“嗨，这不是想恭维你恭维错地方了吗？你早晨和我说的幸亏是幸亏啥啊？我这心悬了一天了，是竞争机构开新闻发布会全程报道考试，还是你感觉这次考点要被抽查？”

严彦愣了两秒，不太理解为啥这个朋友天天都在盼着这种倒霉事，于是直说道：“私事……停，考完我还有什么任务？”

“得嘞，就等着您这句话呢。下午等你的写作范文发

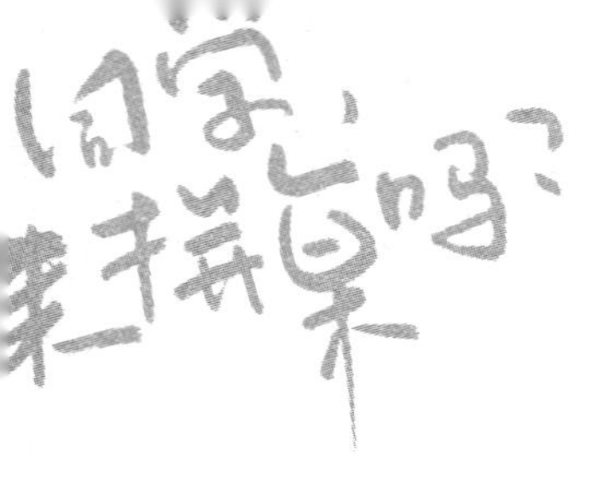

布，晚上给你安排了一节考情直播课，然后还有……”

严彦一边守株待兔，等某人自己撞上门来，一边听着杂七杂八的任务清单，心里开始推算自己今天还有多少空闲时间。然后，他就看到了打算把自己缩成一团当球滚的栾栾。

有人逃走时会心虚成这样吗？

而此刻栾栾心跳加速：他看过来了，看过来了，看过来了！哦不！看我了，看我了，看我了！

我的天，他在皱眉头了，我的天！

“栾栾，好巧，没想到在这里遇到你。”

严彦大步朝她走过来，看着栾栾的肩膀开始朝里一点一点收缩，到达某个点的时候，整个人又像离开了手的含羞草一样舒展开来，眼睛转了又转。

“你是？呃……严彦？变化太大了，我都没认出来！”

没认出来你躲什么躲？

严彦都替她找的这个借口觉得窘，不过，见到人转身就跑的这个行径着实让严彦有点难过，所以不打算轻易放过她。

严彦的眉毛微微挑了一下，说道：“哦？我还以为你看到我不好意思了呢。”

栾栾腹诽着：这脸我不要了。

“有时间吗？一起吃午饭？”严彦自认为理所应当地提出了邀约。

眼看着好不容易逮到的人就要落荒而逃，严彦于是转了一下话题，微微后撤了一步。要是又把人吓跑了，下次不知道他还有没有这个运气能在考场外面遇到自己心底默默喜欢的人。

哪怕是和多年没见的老同学一起吃顿饭，也是很正常的吧？

栾栾胡乱点头，问道：“行，中午吃啥？”

第二章……新同桌

chapter 02

周一的例行班会课前，一班的物理课代表做贼一样冲进教室，说道：“我刚才在办公室听了一耳朵，咱们班要像隔壁三班一样座位变成十列！后面的同学整体往前挪！”

一班的物理老师是班主任，所以物理课代表的消息格外灵通，格外准。

什么？所有在教室里的人内心都打了一个大大的惊叹号。

“三班现在都挤得动都动不了好不好？”

“天啊！以后离老师最远也就隔四个人，苍天啊，给我个痛快吧！”

“换到中间那组，进出根本就是翻山越岭呀！”

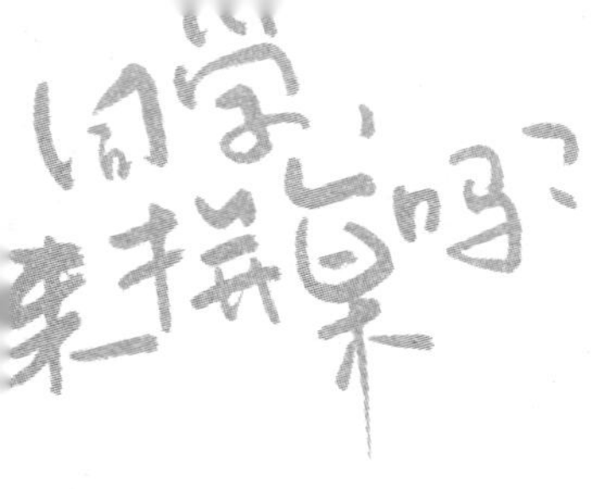

半个月前，三班的班主任被后排同学上课玩手机气成了一个河豚，回家连夜排了座位表，把三班的座位变成了五横十纵的格局，整个班级的座位像一块被强行挤上框边的豆腐。三班一共四十八人，第一排直接抵在讲台上，最后一排，也就是第五排，保证老师扔粉笔都能精准砸到最后一排学生的额头，教室后面空位大到能跳绳！

当时，整个年级都去围观了三班的新座位，啧啧称奇。不少人还当作新奇事和父母好友逗了不少乐子。有认识三班同学的，还去采访了下他们关于坐在这令人绝望的教室中是一种什么样的感受。

总体来说，大家的感受都很糟糕。

第一排的，粉笔灰吃得更多了；最后一排的，老师冷不丁就站在你身后，目不转睛地盯着你；坐中间的同学则进出困难，出去上个厕所得喊三个人起立让出个位置；靠窗靠墙的同学感觉自己胳膊都放不下了。

如今，风水轮流转，该他们一班被当作新鲜事给别的班当乐子了。

全班人哭丧着脸等开班会。

照例，班会上班主任贺清先笑眯眯地说最近学校三令五申的事件：女孩子不许烫发染发、男孩子头发别太长、放学别去校门口买垃圾炸串小吃等等，然后画风一转——

“大家都知道三班的新座位了吧？”

“知道——”一个班的人回答。

“大家感觉怎么样啊？”

“不怎么样——”全班提出抗议，努力挣扎。

“其实还是不错的，这样大家都能往前坐，那些每次都说看黑板费劲的同学都坐到前面多好呀！”贺清虽然笑眯眯的，眼睛却已经瞪起来了。

贺清四十出头，保养得挺不错，一双眼睛又大又圆，笑起来的时候弯弯的像月牙，看起来非常温柔，但是生气和不高兴的时候，眼睛就瞪得格外大，带着她做了多年班主任不怒自威的一张脸，整个人都变得严厉了起来。

整个班继续拖着调子回答：“好——”

行吧，班主任是拿定主意了，放弃挣扎吧。

“行，既然已经征求大家的同意了，那我们今天放学后辛苦一下值日的同学把桌子、椅子按座位表排好。其他人把位置收拾一下，私人物品带回家。个别东西太多的同学就自己下课了看座位表，把桌子推过去好了。”

贺清笑眯眯地扬了扬手中的纸，继续说道：“新的座位表已经打印出来了，我贴门口课程表旁边，大家明天就

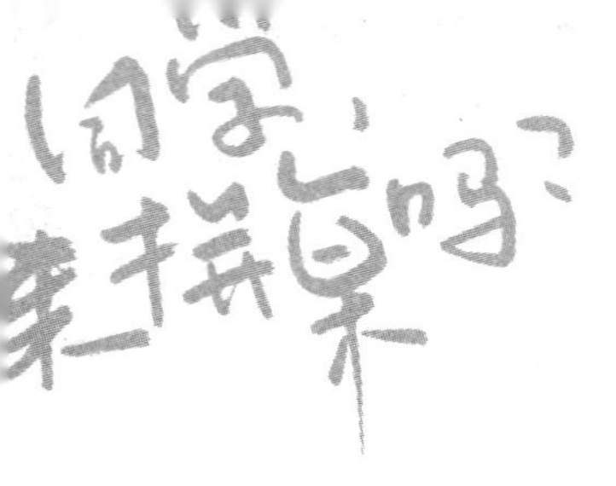

按这个座位表坐！”

老大，你座位表都排好了，刚才还问啥？假装民主吗？我们有反驳的机会吗？

没有！

贺清噔噔地走向门口，假装没有感受到同学们幽怨的眼神，突然顿了一下，朝课代表喊：“课代表！帮我把我办公桌上的胶带拿来！”

被点名的课代表抄起同桌笔盒里的胶带箭步上前，说道：“不用，老师，用我的！”

贺清贴座位表的时候，坐在第一排靠门的两个人快把脖子抻成了长颈鹿，试图背诵全部座位表，然后传递给全班。

没办法，换座位前夕，大家都很关心自己明天坐在哪里、和谁同桌。桌底的手机已经纷纷亮起，嘈嘈切切的私语充斥着整个教室，大家开始疯狂传递消息……

在消息光速传递了两分钟后，贺清拍回了第一组两个脖子都要伸断的学生的头，说道：“都静不下心了啊？那我们找点事情来做好了，学学怎么沉得住气。现在，把今天上午课上发的卷子拿出来，找张纸，做最后一道大题，我十五分钟后挨个收！”

一班的学生综合素质还是不错的，虽然十几岁的少年好奇心起来，按都按不熄，但是一听到老师布置了任务，还是都将注意力收回到课业上。

等下课铃响起，贺清心满意足地带着一沓作业回办公室了。

一班的学生全部躁动了起来，一窝蜂往黑板旁靠门的墙面冲过去，都急着知道自己坐在哪里，挤得连门都开不了，终于有挤到前面的好心人想起来可以拿手机拍照，然后发到班级群里。

小小的教室里热闹极了，几家欢喜几家愁。

“我在第一排，正对着讲桌，要命要命！”

“嘿，哥们儿！咱还是同桌！”

“……”

然后所有学生光速行动了起来，说是今天做值日的学生们多辛苦一下，但是高一的科目——语数英政史地物化生，九门功课同步学，学生们要是每天背那么多东西上课，早就被书包压死了，所以大多数都是把当天有作业和需要温习的东西背回家，剩下的书本资料都留在教室里，给自己的书包减负。所以各个同学的课桌里都装着不少书本，搬书实在是太麻烦了，索性还是直接连着桌子一起搬算了。

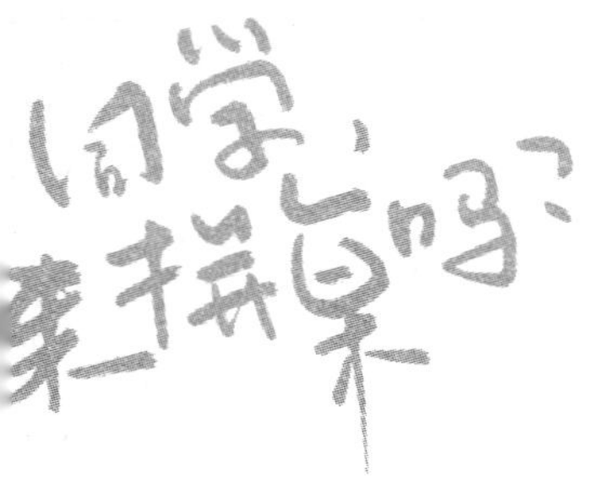

桌子挤桌子，前面的桌子要去后面，后面的桌子要去前面，卡住了，不要紧，大家都有得是力气，把桌子举起来，抬过去！

在一群热火朝天的蜜蜂忙碌中，终于，一班的豆腐块式五横十纵的格局完成了。

比起平时，严彦今天来教室早了点，毕竟新换了座位，对于严彦这种有点小强迫症的人来说，还是需要一点点的适应时间。早晨人少的时候，可以静静待在自己的座位上发发呆，感受一下新位置的气场。

这个位置不仅靠窗，还正对着学校的小公园，能看看窗外的风景，而且是第四排，不用像第一排、第二排一样吃粉笔灰，也不用像最后一排担心老师就在后面盯着你做题。

后面坐的是玩得不错的哥们儿，平时下课后也能两个人一起吐槽吐槽老师；如果想出去打球，只要一个眼神示意，两个人就能一起出去呼朋引伴了。

严彦扫视了一圈，基本上是满意了。

就是和新同桌不怎么熟，在同一个班里待了一个学期了，也没说过几句话。不过，话又说回来，在这种见鬼的高压学习状态下，还有工夫呼朋引伴做孟尝君的人，堪称神人。大部分同学如果不是座位靠得近，或是本来就玩得好，那么一年到头说不上两句话也实属正常。

严彦摆正了心态，新同桌是女生，那自己要多照顾一点点。严彦已经大度地将自己定位成谦让的角色。

严彦待的班级是理科实验班的预备役，班里的学生都是当初高一参加入学竞赛类考试的佼佼者，所以一班里男多女少。班里总共也就十来个女生，女孩子总是备受关照的，加上在男多女少的班里，青春期嘛，大多数的男孩子在女孩子面前都是会自觉谦让一点点的。

严彦开始措辞今天怎么和新同桌第一次打招呼了。

只笑一笑，是不是太羞涩了？

说同桌以后多多指教，是不是太俗气？

说，同桌，我真羡慕你，从此以后，你就有我这么好的同桌了。是不是太自恋了点？

……

严彦心思百转千回，他的同桌依旧没有出现在教室里。

直到距离上课还有不到三分钟的时候，严彦终于等到了他的新同桌。

一个带着风声的女孩子，宛如一颗出膛的炮弹一样，从教室门口到座位，一路横冲直撞，撞歪了 5 个人的桌子，

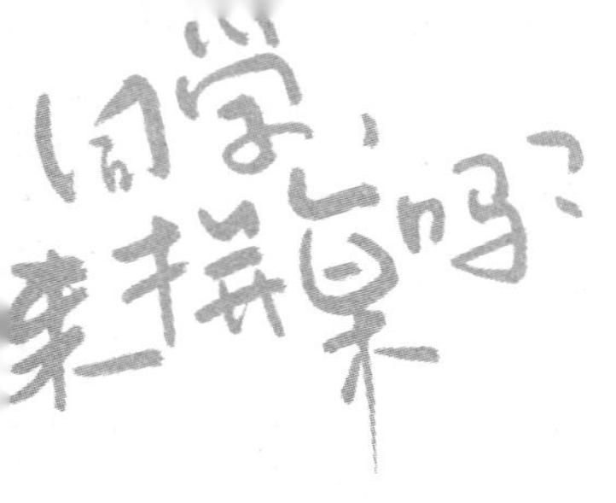

中途旋转，书包差点儿砸到第三组第一排娇小女生的头，还和所有收作业的课代表吼：“等一下！”然后像一阵旋风一样放下书包，掏出一沓练习册和卷子，旋转到各个课代表面前，在人家临出门之前塞进去，甚至追着化学课代表出了教室，跑了半截走廊……

早读铃响了，她才做贼一样从讲台上站着的英语老师后面偷偷溜到了座位上，然后冲着严彦一笑：“早上好！”

“栾栾！不许打扰同桌，就等你了，现在开始听写！”英语老师乔敏柳眉横竖地说道。

严彦张了张口，一个字的音都没出，就被英语老师打断了。好样的，准备了二十分钟的腹稿，整段垮掉。

栾栾坐到严彦身边其实是有点点烦的。

宽松肥大的校服，加上一中严苛到底的校规和要求全身上下连鞋带表不允许超过200元的严苛标准，以至于所有男生的头发几乎盖不住青灰的头皮，再帅也磨得只剩还能看了。

严彦就是还能看的男生中的一个，在一群“统一包装”的白菜中，也算是卖相不错的了。

一班的平均成绩一直都站在年级的顶端，严彦在一班也属于比较优秀的系列。

长得入眼成绩又好，不少妹子吃的就是这款啊！比如说栾栾右前方的好友，她已经回头看了两次了好吗？

得帮多少人打探消息、问话、递情书啊？

栾栾昨天看到座位表的时候就想到了自己的“邮差生涯”，不禁发出一阵哀号。

不过，第一天还是不要太嫌弃了，对不对？

栾栾勉强打起精神来，想着如何破冰，这样好尴尬啊！

借笔？

栾栾看看严彦课桌上不足三指宽的小型铅笔盒，开始怀疑，如果把严彦的笔借走，他会不会只能咬破指头写血书了。

问一道题？

严彦好像物理和英语比较好，正好都是栾栾的死穴，每次做一班特制的竞赛练习，都被虐得不要不要的，可是，确定要把那么丢人的卷子拿出来给新同桌看吗？

啊……

早知道就早起来十分钟，去买点吃的，顺便问他吃不吃了！想到这里，栾栾懊恼得捶头。

“你怎么了？”严彦看着栾栾一个人坐在边上开始捶头，有点受到惊吓。

“能请教你物理题吗？”栾栾一开口就后悔了，不要

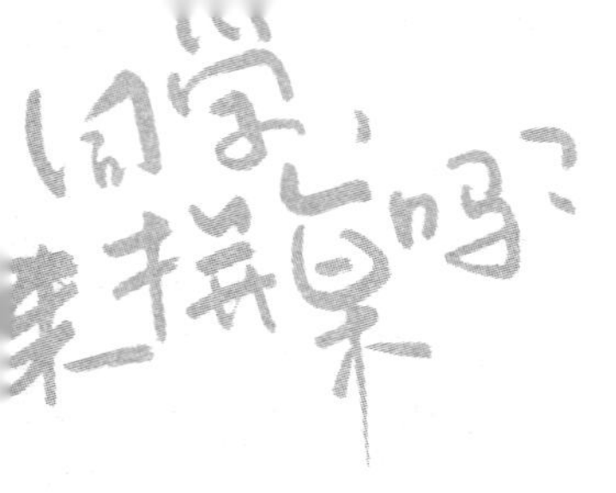

第一天就把自己错到没有几个对的物理卷子拿出来丢人现眼啊！

然后，栾栾强行转了话风：“不是，我想借支红笔来着。”

说完，栾栾当场想捂脸，自己是什么毛病，为啥口误到没朋友啊？

“呃……”严彦顿了三秒，盯着自己的铅笔盒，然后转头向后，敲了敲死党的桌子，“红笔拿来。”

严彦借到红笔后，递给栾栾。

栾栾窘。行吧，彻底捂脸了。

“我有红笔，有3支，就是不知道该用啥话茬儿和你破冰……”闷闷的声音从栾栾的指缝中传出来。

栾栾从指缝中看到了严彦强忍着笑，脸涨得通红，五官憋到变形。于是，她把手放下，一脸的委屈，然后严彦再也忍不住笑趴到桌子上。

现在，应该是破冰成功了吧？

严彦在昨天就偷偷回忆过和栾栾做同学的小一年，想找到和新同桌和睦相处的方式，然后他努力回想着一些片段。

片段1：军训的时候，在军训基地，别的女孩子靠撒娇求教官给打开水用来洗头、洗澡，栾栾则一个人背着4个2升装的军用水壶冲向了楼下的开水房，说打明天喝的开水，成功背回一个宿舍的洗头水，一战成名，从此大家心照不宣，睡前打开水。

片段2：一班女生少，都是老师们偏心的对象，平时对女生不说重话、不点名、不罚站，但栾栾是个例外。如果其他的女生是每次坐在看台上的猴，栾栾就是被杀的那只鸡。一班的老师都喜欢拿栾栾举例子，让栾栾上黑板。

片段3：上周数学课，栾栾被揪上黑板做最后一道大题，她在数学老师的催促下，写了最后一小问的题号，然后在后边写了一行小字“我来不及做了啊……”然后放下粉笔，潇洒离场。

最后得出结论——栾栾是一个不存在常理的同桌。

刚才的破冰事件，更让他证明了结论的正确性。想必之后的日子，栾栾应该也会完全不按套路出牌的。

还有点点期待。

第一节英语课，乔敏和大家寒暄了三分钟关于新座位的事情，然后恢复高冷加严厉的神情，开始进入疯狂讲题模式。乔敏上课向来节奏很快，不少记笔记的人恨不得长出八只手。比如说栾栾，下课后她就直接瘫到了桌子上，

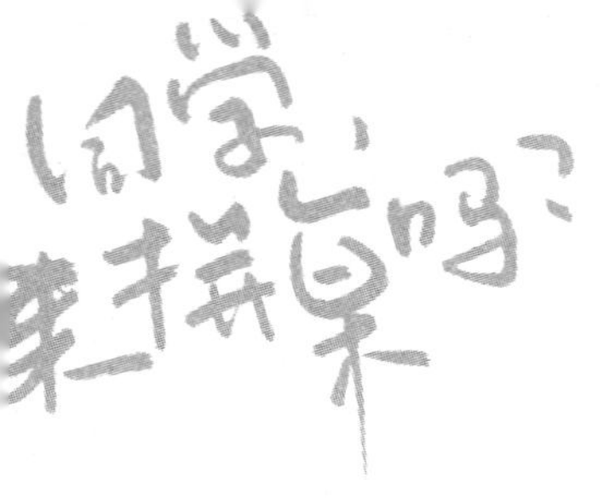

一直瘫到了第二节历史课上课。

严彦默默收好英语课用的书本，作业放书包，书和其他辅导资料塞回桌肚。

第二节历史课，历史老师老王，习惯不用书，也不用课件，依然能把一节历史课讲得像一堂相声。虽然他上课几乎用不着书，但是习惯不能丢，还是要学生们把书摆在桌面上，好像随时会翻开一样。

栾栾打开书，几乎也不看，只是在自己觉得是重点的地方随手画两笔。

下课后，栾栾随手把摊开的历史书放在一边，专心看地图册了。下节地理，教地理的是一个习惯进教室就随口挑一条经纬线让所有学生默写穿过的国家或者地形的老师，一班大部分学生都在临场抓瞎，狂看地图。

严彦默默收好历史书，再拿出来地理课用的东西，开始温习。

第三节地理课，老师要求严，事情多，地图、地图册、地理书、练习册，全部都被用了个遍。栾栾艰难地把所有有关地理的书本垒齐，放在了桌角，不管了。

下课后，严彦默默收拾好地理全套资料，拿出下节化学课要用的东西。

今天化学课，老师讲习题，练习册和练习卷发下来一大堆，上课的时候从这里跳到那里，东西又多了不少。下课后，栾栾把化学课上的内容全部都码了码，干脆铺平了，直接在上面开始改错。

严彦默默收干净化学课全套练习，拿出下节物理课用的书本。

第五节课，也是上午最后一节课，是班主任的课。课堂的最后十分钟，马上要开饭了，人心浮动，贺清早就知道这群熊崽子什么德行，干脆也没有讲什么内容，提前发了家庭作业的卷子，让熊孩子们直接开始做。

贺清在讲台上越看自己排的新座位越满意。

给偏文科的学生配一个擅长理科的同桌，给偏理科的学生配一个擅文科的同桌，希望同学们互帮互助，一起进步。

给比较闹腾的人配一个安静一点的同桌，这样，一个人也闹不起来。

把不自觉的学生调到了第一排，有老师时时盯着，也该收敛点。

然后，贺清看到了什么，眉头一皱，说道："栾栾！把你那桌子收一下！你快把严彦挤得没地方了！"

栾栾这才反应过来自己好像……占了大半个桌面。

怪不得严彦一上午看她的眼神那么欲言又止。

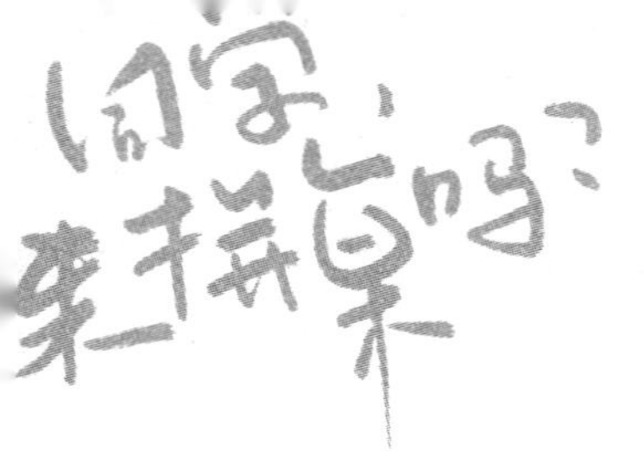

“同桌，不好意思，是不是挤到你了？”栾栾压低了声音问道。

“没关系，我瘦，占位置很少。”严彦的确是个绅士，决定让着栾栾。不就是点位置吗？男子汉大丈夫，计较这个干吗，“我就是好奇，你直接在乱堆着的课本上写作业，不会写破卷子吗？”

栾栾眼睛一亮，笑盈盈地和严彦说：“不会啊！我刚才特地垒平了的！”

啧，确实不按常理出牌，与众不同。

新同桌的第一天，就这样认识也不错。

同桌做了小半个月，严彦又在他的小同桌后面加了属性——小龙虾！

真的是“又聋又瞎”啊！

一班充满了“学霸”的气息，最明显的一点就是全班没有一个不戴眼镜的！但是，大家戴上了眼镜是不是就应该变得眼神好起来了呢？

栾栾不是，戴上眼镜也没什么用！

严彦本着睦邻友好的同桌交际原则，在外面见到了栾栾绝对是会打招呼，笑一笑逗一逗，以示重视的。但是，栾栾每次面不改色地和他擦肩而过，完全看不到他！

他一个人的时候很尴尬，旁边有别的班的哥们儿的时候，更尴尬！青春期的男孩子，最不缺的就是起哄。

“人家不理你！”

旁边的哥们儿挤眉弄眼的时候，严彦恨不得敲爆栾栾的头！

最难的一次是上周体育课，严彦和隔壁六班的人在球场打球，这节体育课紧挨着实验课，大家实验课下课就直接带着实验手册去了操场上体育课。严彦在场上战得正酣，根本无心回教室再放一次实验手册，正好看到栾栾从操场旁的小卖部出来，看样子是打算直接回教室了。严彦临时起意，想让自己的同桌当一次跑腿工，帮他把实验报告册带回去，自己就可以打球打到下课，中午直接去吃饭了。

然后，任凭严彦如何大喊大叫着挥舞双手，栾栾依然目不斜视，抱着自己的书大步往前走。严彦已经听到后面的一片调笑声了，脸红成猪肝色，也不知道是热的，还是羞愤的。一个球场的男孩子们都露出了“懂”的笑容，严彦窘到爆炸。

他决定以后再也不在外面叫他的同桌了，太丢人了！

突然，一直直线前进的栾栾突然回头了，朝他露出了一个大大的笑脸，问道：“你有什么事啊？”

“哇哦！”青春期最不缺起哄的人。

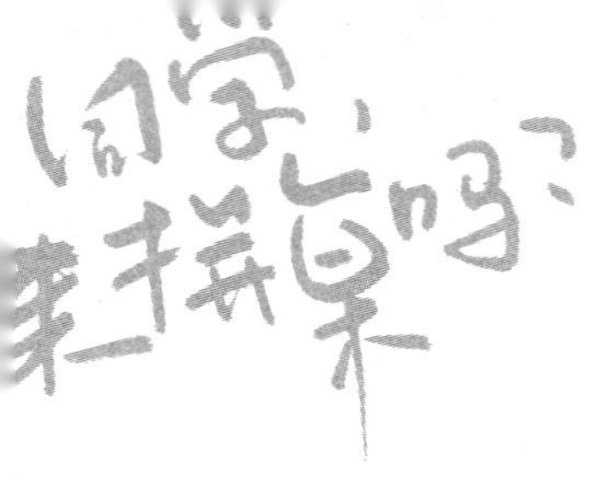

严彦偏偏是人越多，越落落大方的性子，尽管脸红成太阳，还是努力保持潇洒大方。

“你顺路，实验报告帮我拿回去呗。”

如果忽略严彦抖起来的语调、弯起的眉眼和嘴角，堪称标准的友好脸。

“行，拿来吧！”栾栾大方地接受任务，然后提高音量，“咱班的那几个，要我帮忙带回去吗？”

球场上响起欢呼——“谢谢栾姐！”“栾哥义气！”

一时间，同学们都拿着自己的实验报告冲向栾栾。还好实验报告很薄一本，就算栾栾抱了满怀也不算很多。

她随手把刚买的饮料扔给了严彦，说道：“归你了，还冰着。”

严彦得到一瓶冰着的饮料，决定喝人嘴软，大度地不和栾栾计较了。

看不清就看不清呗，一个年级有几个人不近视？他的同桌不过是程度有点深，又不是什么大事。

一班的人，语文课不听写数学，数学课不听写化学，这些大佬们做这些事情都很寻常。不过老师不会忍气吞声，一般都会搞突然袭击，点起来某一只正在疯狂学习别的科目的“鸡”杀给“猴”们看。

严彦从来没遇到这么难提醒的同桌!

“第三题选 B。”严彦小声提醒。

栾栾若有所思,然后斩钉截铁道:“选 D!”

“怎么会选 D 呢?严彦,起来和你同桌说说这道题选 D 为什么不对!”

然后,严彦恨不得掐死这只“小龙虾”!

说到这里,不得不提他被罚抄了 10 遍的《琵琶行》。

一班的语文老师格外喜欢在早读课随机抽查,最常用的做法就是点名背书,高考必背古诗文 68 篇,来来回回抽查背诵。

这种早读对于学生来说有利有弊。早晨的时间对于每天作业多如牛毛的学生来说格外珍贵,是快速补上一天未完成的习题,或者是赶紧记马上要听写的英语单词的最好时机。利是没有被揪起来的学生可以趁着老师抽背时偷偷做这些;弊就是起来背书的人要背到老师喊停为止,有时一个人能背十几首古诗词。

栾栾前一天化学作业忘了带回家,还有半张卷子的题目没做完,第一节化学课,谁也不知道会不会面临突然讲习题的尴尬。所以,栾栾在语文书下垫着化学练习册,整个人忙成了一只蜜蜂,疯狂地补作业,完全忘记了抽背课文这回事。

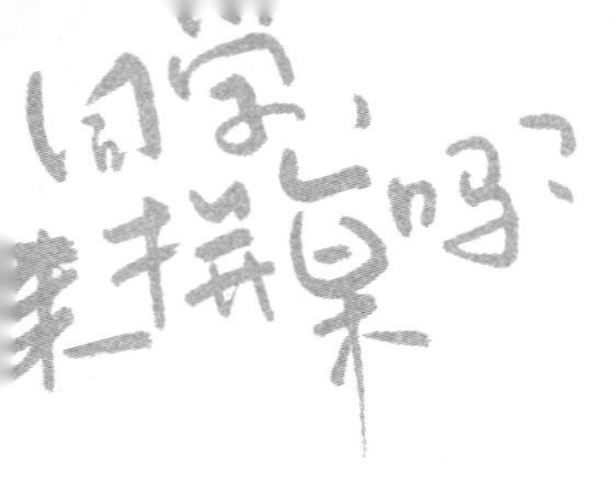

“栾栾，你来背后面的。”

还在配平化学价的栾栾，一脸蒙地被揪了起来。

栾栾慌忙开始戳旁边的严彦，满脸就写了三个字“救救我”。

严彦疯狂重复：“弦弦掩抑声声思。”

第一遍栾栾一脸茫然。

“弦弦掩抑声声思。”严彦说第二遍时，声音提高两个八度。

栾栾依然一脸茫然。

“弦弦掩抑声声思。”严彦觉得自己声音大得已经能让老师听到了。

可是栾栾依旧迷茫无助地看着他。

终于，她像是有所斩获，开口背道：“嘈嘈切切错杂弹，大珠小珠落玉盘。间关莺语花底滑，幽咽泉流冰下难……”

“停，‘未成曲调先有情’后面是‘嘈嘈切切错杂弹’？严彦你这提醒得可不合格啊。你们两个，每人把《琵琶行》抄十遍交过来。”

城门失火，鱼都要被烤焦了！

不得不说，共患难是友谊增进的绝佳助力。

严彦和栾栾现在是一对能互相揭短的好同桌了。

栾栾的思绪终于回到了现实。

“一起吃饭？”严彦追上试图逃走的栾栾。

老同学一起吃顿饭是多么理所当然的事情。栾栾胡乱点头，试图掩饰自己乱跳的小心脏。长大的严彦，在清秀中又带了几分意气，栾栾只好在心底默默给自己打气：不愧是我当年看上的男人，我这眼光！可是，栾栾你也长大了十来岁了啊，可不能再栽了！

“这边我熟一点，有什么想吃的吗？”严彦已经带着栾栾往学校外走

“都行吧。”

“都行，这个倒是有点难了，那你不吃什么？”

“不吃那种仙气飘飘只能拍照，完全吃不饱的。”栾栾发誓，这个绝对是舌头没有经过大脑同意，擅自抢答的！

“好，我知道了，我们去找能吃得饱的店。”

严彦说吃得饱是真的吃得饱，他带着栾栾七拐八拐，转进了学校附近的家属区，在家属区的门店中找到了一家小的粤式餐馆。店面不大，菜品却可以媲美茶楼，价格也是相当美好，栾栾看着菜单就开始双眼放光。

“虾饺、奶黄包、凤爪、金钱肚……”

等栾栾反应过来她点了多少的时候，桌子都上满了！

严彦已经脱下了外套，单薄的衬衣勾勒出青年人特有的分明线条，他不再是从前那个单薄少年，笑容却还和以前一模一样，对栾栾弯着眼问道：“够了吗？”

“够了。”栾栾又一次想当鸵鸟了，自己看起来那么能吃吗？

第三章……读书与撕书

chapter 03

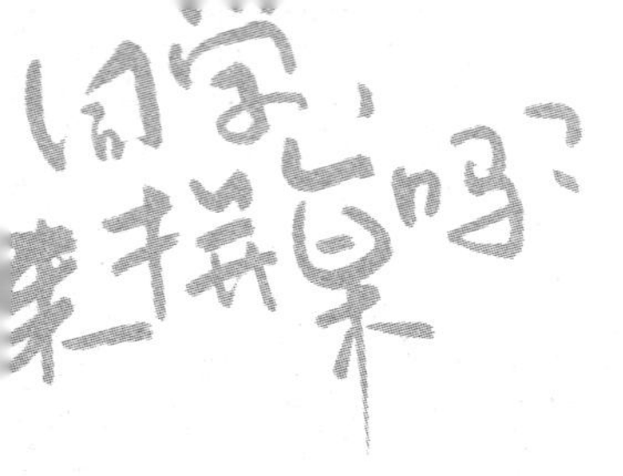

一班的学生几乎都算得上是会读书的，一中本来就是数一数二的省重点名校，每年几乎 100% 的本科上线率，让众多学子削尖了脑袋往里挤，中考分数线也是一涨再涨。外界传闻是进了一中，就肯定进了一本了，而能进一班的学生，更是从这其中选出来的佼佼者了，所以一班也俗称状元的摇篮。

状元的摇篮里躺着的学生，说没有几分小聪明是过于谦虚了。

严彦自认为自己也的确是有点小聪明的，现在他成绩优异，不只是因为他聪明，更是因为他努力。

严彦从来没比别人少买练习册，题却比人家少做了不少，并不是他不努力刷题，而是他更了解自己，不会为了刷题而刷。

一班的老师都是名师，这些老师整理出来的习题没有一道题是废题，与其自己翻遍书山题海找练习，不如就按着老师们的作业来。

严彦的作业都是有一道算一道，做得认认真真、通通透透的，遇到自己不会的部分，会立刻去找其他练习册里相似的习题，进行大量练习，然后再回过头做老师布置的大而综合的题。只要吃透这些刁钻又复杂的内容，一般难度的基础题就难不到他了。

更何况，严彦是一个严谨又认真的人，作业写得认真极了，完全不像他平时讲题那么敷衍的三言两语。作业本上一句多余的废话也没有，也绝对不会跳步骤或者简写，老师讲什么样，他就写什么样，标准答案长什么样，他的答案就是什么样。

狂刷 100 题，不如精学 1 道题。

这个不是老师的口号，而是严彦就是这么做的，所以严彦的作业本和练习册向来工整，知识点罗列清晰明了，上课笔记简洁利落。每到了月考前，严彦的作业册就是传说中的范本，会被大家争相传阅，四处复印。

当然，这种做法并不适合所有人，尤其是对于严彦的同桌来说。

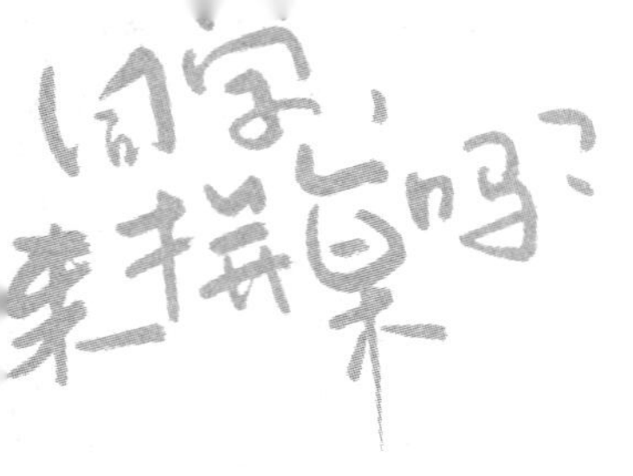

严彦和栾栾几乎就是两个极端。

栾栾虽然马虎大意，但是读书脑子也绝对是够用的，思维灵活，会举一反三。栾栾觉得自己也是有些小聪明的，同时自己也努力，算得上会学习的那一拨了。

栾栾最珍惜的是自己，绝对不会把一做成二，简单的办法就是最好的办法。老师三令五申要做一个错题本，专门整理错题，栾栾从来都是懒得一字一句抄的人，直接复印试卷，把错题剪下来贴本子上了事。

省下来的时间，多做两道题不好吗？

栾栾对错题本也不会爱惜，别人是错题本上写标准答案，考试前当复习教材再过一遍。栾栾是错题本当新题集，直接开做，又错了就继续留着，对了就直接把错题那页撕了，省得还要占位置。

在栾栾看来，懂就可以了，何必要留着这些错题呢？

所以，栾栾和严彦的练习册，哪怕不写名字，一眼就能看出来谁是谁的！字迹工整，步骤清晰，翻着就赏心悦目的是严彦的；而字迹潦草，思路乱七八糟，有的地方可能还破破烂烂的是栾栾的。

自从栾栾和严彦做了同桌，栾栾被老师请去办公室的概率就直线上升，没有对比就没有伤害，而一对比，就只剩下辣眼睛。

一班每天发作业都是淹没式的。

栾栾中午吃完饭回到教室，她和严彦的桌子上已经垒起来高高一摞了，两个人的卷子还有练习册杂乱无章地堆在一起，栾栾看到就感觉自己头皮隐隐发麻。

我的天老爷，今天这得多少作业？

要收拾吗？

不了吧，明日何其多，不妨再拖拖。

栾栾单方面说服了自己，在卷子山中间扒出来一片空地，把自己放了进去，彻底和周公探讨人生去了。

严彦回来后看到的就是，在书山题海中，他的同桌被卷子埋起来还睡得真香！害怕打扰到栾栾，严彦只是简单地收拾了一下桌面，不让它们看起来那么乱，靠近栾栾的一概没碰。

上课铃响，栾栾迷茫地睁眼，呆呆地盯了桌面一分钟，开始梳理下午要做的事情——

去英语老师办公室，订正听写；把上午写了一半的化学作业写完；整理数学错题本，很重要，明天老师要收……

嗯？数学练习册？正好在桌面，那就先做这个吧。

栾栾随手拿过剪刀，翻到昨天的作业，一刀剪了下去。

“你在干吗？”严彦大声问道，眼睛彻底瞪圆了。

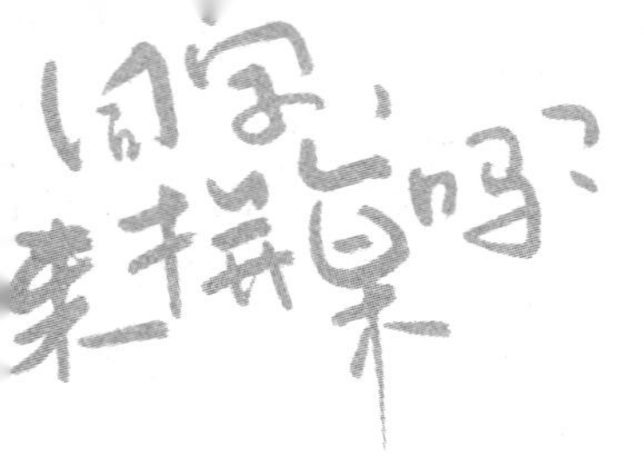

他本想开口让栾栾把压在她身下的练习册还给他，结果栾栾一刀剪了……

剪了他的练习册！

栾栾甩甩头，彻底清醒过来，盯着练习册，看清后，吓得差点儿跳起来。

“同桌！对不起！”栾栾现在不知道该怎么谢罪才合适。

严彦有强迫症，自己的书上有一个折角都会难受的那种，现在自己把他的练习册剪了，恐怕严彦会气到当场去世。

“发生了啥？”前桌后座都探出来了一个询问的头。

“被我剪了。”栾栾一只手捂脸，另一只手挥舞了一下手中严彦练习册的“残骸”。

“啧啧，栾栾你罪孽深重了。严彦的练习册，可是全班考试前的葵花宝典啊。”

栾栾瞄了瞄严彦明显还呆滞着的脸，恨不得把头埋到桌子里去。

是啊，这本练习册就是传说中的标准答案集，现在被自己一刀剪了。

呜呜，同桌我该怎么赔给你啊？

严彦这次是真的生气了，平时严彦虽然给人感觉冷冷的，但是这次，严彦不是冷冷的了，而是结冰！

对一个有强迫症的人来说，他能忍现在被乱七八糟的杂物堆满的书桌，一方面是无奈，课本和卷子实在是太多了；另一方面是修养，尊重别人的学习方式。

可是，刚才有人一剪刀剪掉了他的练习册！严彦的练习册是自己都舍不得扔的存在，工工整整，清晰明了，标准的一份作业艺术品啊，就这么被一剪刀剪了？

严彦既是个大度的人，也是个不委屈自己的人。哪怕严彦现在是真生气了，不过为了面子，嘴里依旧说着“没事”，不高兴却都摆在脸上了！

栾栾虽然是个没啥眼力见儿的棒槌，但是不代表她傻到连自己同桌的情绪都感受不到。见严彦是真的生气了，栾栾咬了咬嘴唇，小心翼翼戳了戳严彦的袖子。

“对不起。”

小猫一样的道歉声，栾栾的内心要多忐忑有多忐忑。

严彦听到这委屈巴巴的声音，心头一软，但是又转念一想：你装个可怜，我这小半年每天认认真真写作业记笔记的辛苦算是全部白费了！于是，他更加坚定不移地生气下去，甚至越想越觉得自己委屈。

青春期的严彦，一方面想像大人一样表现得更大度、

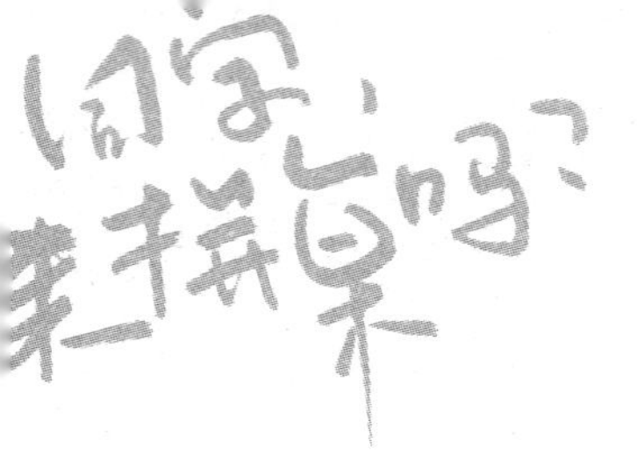

更随意点；另一方面，还是会因为自己的心血被糟蹋而难过，干脆彻底不说话了。

栾栾这下彻底蒙了，同桌真的生气了！

怎么赔给人家啊？怎么才能恢复原状啊？

下午政治课后，严彦课间睡着了，栾栾小心翼翼地从严彦身边抽走了那本可怜的练习册，翻出胶带和胶棒，尝试修补。

被剪刀一刀剪断的纸张，如果用胶棒，十之八九会变得皱皱巴巴的，还要在后面贴上丑陋的小字条负责加固。这个方案，严彦这个连一丝褶皱都不允许出现在练习册上的小孔雀，一定看到就会觉得辣眼睛。

第二种方案就是用胶带，沿着被剪的痕迹小心粘上，如果贴得平整的话，修复的效果会很好，但是风险也并存，如果胶带有弯曲和褶皱，整页都不会平整，如果没粘好想重新再来的时候，很容易把纸张撕出一个洞。

栾栾斟酌了一下，选择了第二种方案，掏出胶带补自己刚才剪坏的地方，她轻手轻脚的，拿出了从未有过的十二分细心。

“你在干吗？”严彦课间在课桌上睡觉只是浅浅眯一下，睡得并不沉。

可这一出声，着实吓了栾栾一大跳，她手一抖，胶带咕噜噜滚下了书桌，还想带着今日“最佳小霉星”练习册一起“逃离”课桌，然后又被栾栾手忙脚乱地按回桌面，胶带粘走了一排汉字……

现在，严彦拥有一本剪了一个口子，又被粘走了一行字的练习册。

千疮百孔的练习册配完美主义的严彦……

“拿来！你不许再动了！”本来就大脑缺氧的严彦现在觉得自己脑袋里的那颗挺聪明的核桃仁正在一抽一抽地跳。

有句老话叫作越帮越忙，应该说的就是栾栾。

栾栾是真的觉得自己错了，错得厉害，做错了事情就应该改正和弥补，可她却越改越错。

怎么办？该怎么弥补损失？

赔礼道歉啊。

栾栾欲哭无泪。

自这天以后，严彦发现栾栾可能把他当仓鼠养了，早晨课桌上偶尔会出现蛋挞、小面包一类的零食，中午可能出现巧克力派和膨化食品，晚上放学的时候，可能就是辣条、泡椒凤爪之类的。

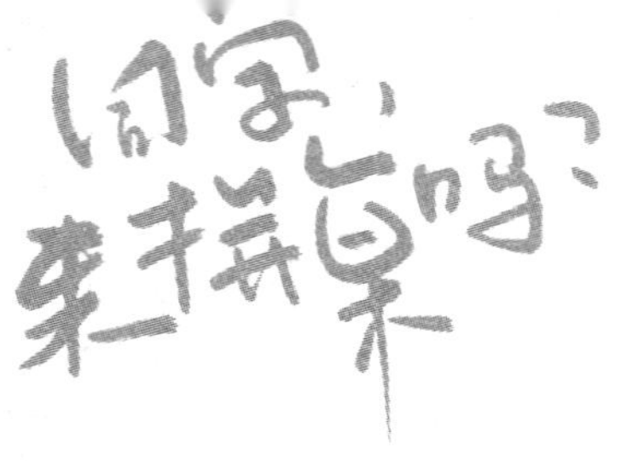

严彦感觉自己变成了栾栾养在课桌旁边的小宠物，她每天分一半零食来逗逗自己，不禁觉得好气又好笑。虽然看到自己的数学练习册如今伤痕累累，但严彦也懒得计较了，拍拍栾栾的肩膀，说道：“哥不是小气的人，不和你计较。”

栾栾暗自在内心腹诽：你不计较才怪！

从前严彦的练习册几乎是标准作业笔记范本，严彦也不介意上课有笔记没有记全的同学偶尔拿走去作参照，但是自从这本练习册“开天窗”以后，全班没有一个人再借到过严彦的数学作业！

栾栾这些天累惨了，她前几天跑了趟图书批发市场，买了一本一模一样的空白练习册，然后开启了填补大业。

学校选的这本练习册，除了厚就是厚，练习量绝对是足足的。而栾栾要以严彦的标准——字迹工整、解题步骤完整、注释明确，从第一页开始补完一整本的练习册。没办法，弄坏了人家的范本级作业，只好自己做出一份范本级作业来赔给人家了。

一个写作业潦草简单的人、一个上课记笔记敷衍随意的人、一个写字东倒西歪的人、一个做事情一直马马虎虎的人，现在正在认认真真、一笔一画、一字不落地写作业，这是栾栾十年的学习生涯中，无数老师从来没有达成过的成就。

“给！”这天早晨，栾栾拍在严彦桌子上一本相当新的数学练习册。

“你昨天把谁的作业背回去了？这不是我的。”严彦忙着背早读要默写的古文，并没有心思搭理栾栾。

栾栾说：“这就是你的。”

严彦错愕地抬起头，发现栾栾一脸认真，终于想到了这本练习册最有可能的“身世”——栾栾赔他的！

严彦是震惊的，心底又无端多出来一点点的酸软，原来自己的这个同桌到底还是在意自己的情绪的。自己一直像个很想要糖果的孩子，一直懂事地不开口，突然有双宠溺的手拿了他最爱的糖果，塞进他的小手里。

严彦现在的内心充斥着一种暖暖的满足感，嘴上却依旧很倔强：“都说了没事了，你折腾这个干吗？”

栾栾内心翻了个大大的白眼，有事没事，你老人家脸上写得还不够明显吗？

就在严彦和栾栾都觉得事情终于了结的时候，愚蠢的两个人类随手将新的练习册当家庭作业交上去了。

课后，数学老师将两人叫到办公室，问道：“严彦和栾栾，解释一下你们这作业为什么错得都一样，而且连字迹都一样啊？”

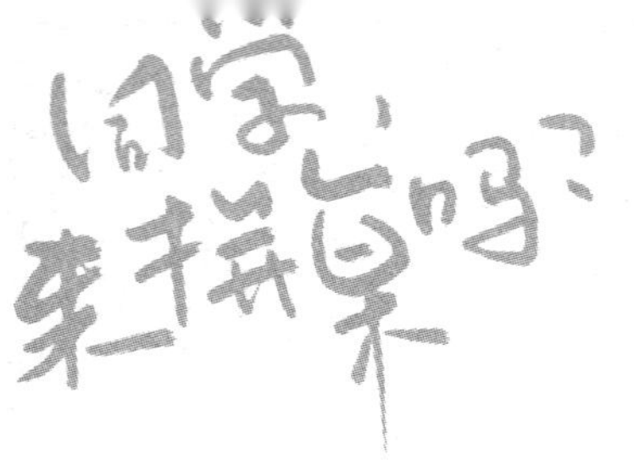

栾栾心里想着：我为啥昨天要把两本作业都写了啊？呜呜呜……

栾栾为自己的画蛇添足而懊恼顿足，付出了一整个大课间的时间，终于解释清楚了这场“事故”的起因、经过、结果。

“呵，栾栾，你自己写作业要能有给严彦赔作业那么认真，得少来我办公室站多少次啊？”

栾栾欲哭无泪。

老师，求放过。

此事由一剪刀而起，由办公室罚站而终。

“这家凤爪不错，要再来一份吗？”严彦又把面前的食物往栾栾那边推了推。

栾栾实在不知道该说些啥，只好埋头苦吃，吃着东西，感觉没有那么尴尬了。

“今天感觉考得怎么样？”

栾栾心想：终于问了一个我可以开口的话题！栾栾从来都没有这么期待严彦开口说话！

“这么说吧，”栾栾坐正了身子说道，“后天的口语考试我都不打算参加了，绝望！”

“哈哈……”严彦笑得眉毛都扬了起来，“有这么夸张吗？”

严彦一笑，整张餐桌的气氛好像都活跃了不少。

栾栾无奈地耸耸肩，摊开手说：“可不是吗？这次本来几乎就是裸考，考前又差点迟到，做听力的时候整个人都不在状态，只能安慰自己花两千多块钱当作见世面了。你呢？”

严彦也学着栾栾耸耸肩，说道：“这次看样子是拿不了单项满分了，状态不怎么好。”

栾栾的眼睛瞪圆了，惊讶地问：“你拿考满分当目标？大神，一如既往地强悍啊。”

严彦看着栾栾瞪圆的小鹿眼，突然找到了当年在教室里，那个16岁的少年被同桌崇拜的感觉，心不由得狠狠跳了两下。

“哪里，如果当老师的成绩不够好，可是砸招牌的事情。”

栾栾现在眼睛瞪得快掉出来了，问道：“你竟然当了老师？你竟然是老师？你的学生都是怎么活下来的？”

严彦的脸色微微有点僵，的确，他不得不承认自己现在脾气依旧不怎么样，没什么耐心，时不时想敲爆这些学生的头，看看里面是不是光滑得像个球一样。

不过，严彦是要面子的，在喜欢的女孩子面前就更是

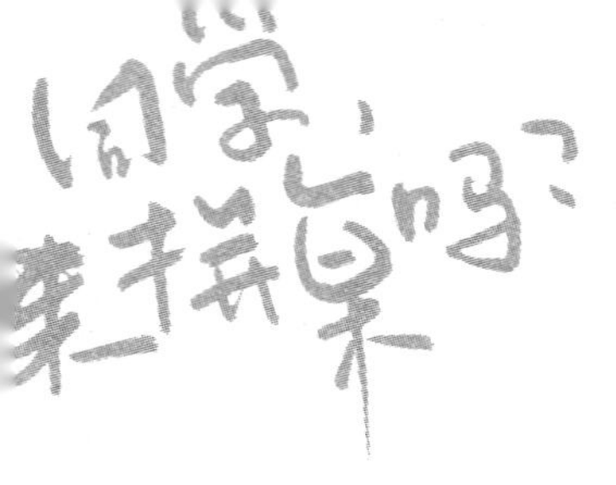

要面子的了，于是说道：“毕竟教过你这样的毒瘤选手，那些学生都是小菜一碟。”

栾栾虽然迷糊，但是理解能力超强，几乎是严彦只要微微点一下，就能迅速反应。严彦现在教的那群才是算盘式选手，哪怕从头讲到尾，不会的依旧是不会。

“行吧，我大概知道你是怎么训你的学生了，”栾栾无奈地戳戳盘子里的虾饺，“冷酷、绝情、不留情面，你感觉教育他们都是在侮辱你智商。上学的时候，我可是被你荼毒得不轻。”

严彦眼睛里盛满了笑意。

眼前坐着的女孩子还像十年前一样，除了装扮和发型不是他熟悉的样子之外，她的表情、神态、说话的语气，还是和当年在教室里那个穿着校服、扎着马尾、坐在他旁边的女孩子一模一样。

他喜欢的人，在弄丢了十年后，突然有一天出现在他的身边，没有被光阴改变得面目全非，剥开这身精致而成熟的打扮，骨子里还是当年那个开朗又有点迷糊的小女孩。

不知道是不是该感谢上天给了他第二次机会。

这一次，不会再错过了。

两人就着满桌子的茶点聊了半天，算得上美好的一顿饭。

“不如，来当我的学生吧。”严彦的语气太理所当然。

栾栾下意识点头，然后随手翻网页，找到了严彦所在公司的网站，飞速寻找严彦的名字。

我的妈呀，我的同桌现在一个小时的课时费2000元以上？

我上不起啊！

第四章……好同桌

chapter 04

一班的英语老师是一个传奇式的人物，威名传遍整个学校，这是一个绝对霸道强悍的存在。

一来，她教训学生是真的凶。

严彦他们的教室在三楼，英语老师的办公室正好对着楼梯口，于是，乔敏经常在办公室用咆哮体吼学生的声音能覆盖整栋楼，这尖锐的大嗓门用词都不带重复的，大家看着被骂得想缩成鹌鹑的同学，总是很容易带入自己，格外感同身受，内心戚戚然。

二来，她有可怕的强迫症和洁癖，有特点到一眼就能记下来。

乔敏长着一副典型不好惹的精明外露脸，高颧骨、细高眉、薄唇，喜欢把马尾绑成恨天高，整张脸吊起来……

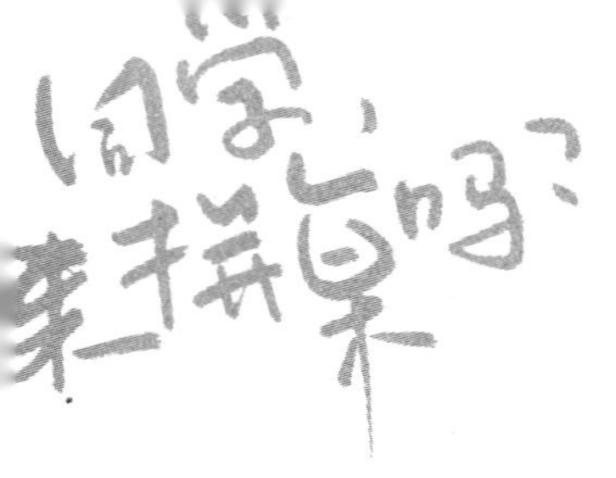

只要见过她，十之八九能一次就记住。

更何况，她几乎就是学校里一个破冰的段子。

一个会用酒精擦书皮的老师，是个什么样的存在？

一个每天用酒精消毒整个办公桌的老师，是个什么样的奇葩？

一个不想碰门把手，所以上课了还站在教室门口，等着里面的学生给开门的老师是什么存在？

这些难道还不够被作业和书本充斥的少年们议论吗？

人就是这么出名的。

对，这就是乔敏。

再就是，严师出高徒是真的。

乔敏所带班的英语成绩一直一骑绝尘，毕竟摊上这么一个彪悍的老师，整个班也没个人敢对英语敷衍了事，再加上乔敏严苛的规矩和绝对变态的惩罚措施，对激发青少年潜力有着无限的刺激作用。

乔敏最厉害的一个壮举发生在两年前她当文科班班主任的时候。一中这类老牌重点中学可是一直都有体招生和美招生的，有的学生在高一高二时，甚至一年到头在教室里都待不了几天，可是到了高三，参加完招生考试后，拿到了加分或分数减免优惠，又得坐在教室里愁自己的文化成绩。

之前，别人学习他们训练，现在要和文化生一起考试了，哪哪都不对劲。

乔敏被这些学生的成绩气得够呛，看到被这三五个人拖累到不能看的平均分，气得差点儿把这几个人生吃了，然后便开启了对这些小朋友的魔鬼训练。

特别是几个快两米高的壮汉，没被篮球队教练训哭，也没在体训中累倒，却纷纷跪倒在了乔敏的红笔下，每天在办公室站成了一堵高高的人墙，背书、背单词、刷题……一刻都闲不下来。

有时候几个人本来笑得正开心，班里人喊一句："乔敏来了！"两米高的壮汉本能地缩肩膀含胸，试图把自己缩成一团，看起来格外可怜。

当然效果是惊艳的，这几个被骂成"朽木"的大块头，一个月后的月考，光英语单科成绩就提高了50分，三个月后的高考分数超过一本线。乔敏创造了这个神话，让一群望子成龙的家长眼睛都在冒绿光。

后来乔敏多了一外号——"乔BOSS"，也正式成为本市教育界中数得上的人物。

这一届，乔敏带一班的英语。

一开学就给这群小家伙立了规矩：

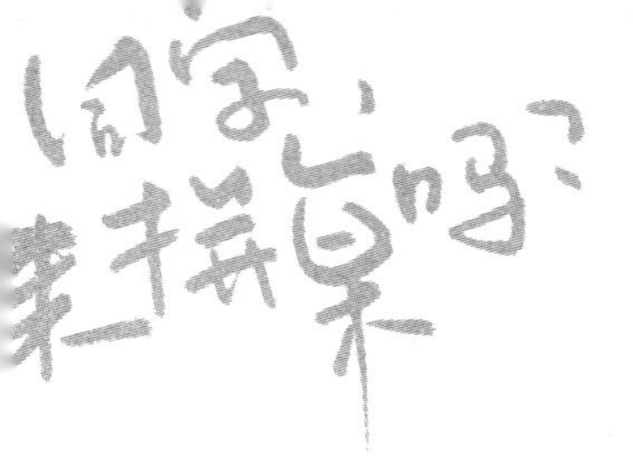

没讲过的卷子习题要随时带着，不许说忘带；讲过的东西不许再错，否则罚抄；忘写名字这种低级错误，没啥借口，忘写一次，名字罚抄 100 遍……

诸如此类，不一而足。

所以一班的英语课因为有乔 BOSS 的存在，一直是高压状态。如果上课没有带作业，你死定了。

这天，乔敏走进教室，敲了敲课代表的桌子，说道："去，把同学们的作业抱回来发了。"

机敏的课代表兔子一样蹦着就冲向了办公室。

然后，乔敏抬眼看向整个教室的人，说："这节课讲习题，趁着你们课代表发作业的时间，把上周一让你们做的报纸拿出来，我先讲了。"

班里出现了一片崩溃式翻桌子、翻书包、翻书架的人，一中布置作业如同雪花飞，每天发下来的卷子、报纸不计其数，现在让大家找一张十天前的报纸，实在是有点惊慌失措了。

"哼！"乔敏冷笑一声，"都和你们说了，没有讲过的卷子和习题都好好带着，我看看谁拿我说的话当耳旁风。"

底下的学生吓到连哀号都发不出来了，整个教室的人都战战兢兢在翻找。

“找出来了吧？找出来就不等了，剩下的人估计也找不到了，”乔敏走到靠窗的位置，点了点第一排一个姑娘的桌子，“你，第一个，第一题填什么？后面的跟着一个个来，这套填空题都是上课讲过的，我看看谁还会错。”

完蛋，今天的英语课进入困难模式。

拜栾栾所赐，一向井井有条的严彦也没在桌子上找到作业；拜贺清班主任的突发奇想所赐，现在距离严彦站起来回答问题还有两个人，眼看就要轮到他答题，卷子去哪里了？

严彦内心几乎是崩溃的，自己这边整整齐齐的东西已经翻完了，剩下的可能就是在栾栾那边……然而，栾栾那半边桌子乱得根本就无法下手去翻好不好？如果是选择题，还能站起来随口回答一个 ABCD，这可是填空啊！这能蒙对除非老天爷给你开了挂了？严彦欲哭无泪，已经做好了下课后整道题抄 100 遍的准备了。

然后，严彦看到栾栾递过来一份报纸的一角。

中学的英语报纸是一个神奇的存在，简简单单的两张纸上硬是拼命集满了一堆题，而且因为这报纸一直都是一期一期来，学生们也早就知道一个简单到极致的规律：这一期的答案就在下一期的最后一版上，23 期报纸的答案只

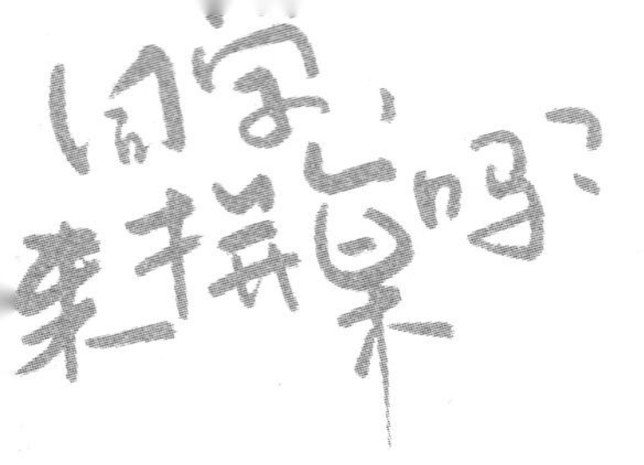

要在24期报纸最后一版上找就可以了。

以一班的进度，10天时间，他们早就做完25期了。

所以，机智的栾栾递给了他一份标准答案——第24期的报纸最后一版。

“第四题是chapter。”严彦虽然手都在抖，但是演技还是不错的，声音很稳，起立的时候也从容不迫，和他平时英语课上的表现没有什么不同。

乔敏瞥了一眼严彦和栾栾已经被翻成废墟的桌子，说道：“嗯，还是找出来了啊。对了，坐下。”

照着标准答案念的，能不对吗？严彦内心的小人已经捂脸捶墙了，但是如果现在流露出来一点点不自然的神情，那不是找抽吗？

所以，我们的“专业演员”严彦硬是压制住了内心咆哮的小人，脸上露出了一个阳光的笑容，一点点腼腆配上亮晶晶的眼神，一副不好意思的样子。

乔敏轻轻说道：“下一个，往后。”

栾栾在桌底下朝严彦竖起了个大拇指，很小声地说：“哥们，牛！”

下课后，乔敏潇洒地离开教室，完全没看教室里被她揪起来站着当木桩的二十个人，整个教室的人都松了一口气。

或许因为这次雪中送炭，两个人现在是一起瞒天过海、逆天改命过的队友了。从此以后，这两个人多了一点熟稔和可以一起做坏事的坦然。

正式升级为一对可以“狼狈为奸”的好同桌。

下午第一节，这节课的时间很微妙，一中的学生们中午都会被强制要求午休半小时，在下午第一节课的时候，很多学生还是一脸倦容，困到睁不开眼睛。学校也知道这些孩子们都是什么德行，所以下午的第一节课给安排的都不是什么太过于重要的课，比如，美术、音乐，还有通用技术。

一班现在明显被分成了三类阵营。

第一阵营努力补眠中，多年的睡眠不足让这群缺觉的中学生能在老师振奋激昂的声音中，端端正正坐着，半睁着眼睛就进入睡眠状态，看起来几乎和正在听课的学生没什么不一样。

第二阵营的学生努力写其他课的作业，上了一上午课，家庭作业已经布置下来一大片了，所以这些习惯一边听讲，一边写别的作业的学生可以说技能是炉火纯青，上面一本书，下面一本练习册，忙得不亦乐乎。

第三阵营就是听课与假装听课团体了，一部分人是好

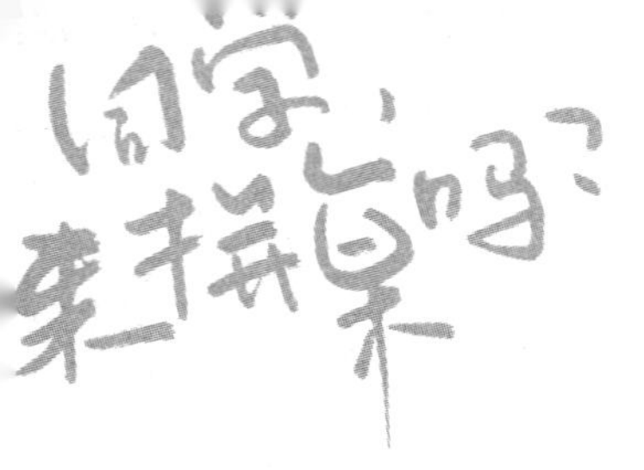

好听课的乖乖学生，另一部分是假装好好听课，实际在偷偷玩乐的学生，屡禁不止的手机、游戏机，这时候就会偷偷在桌肚中出现，主人小心翼翼地一边“努力学习”，一边玩乐。

严彦这几天被周日补习班老师布置的作业折磨到想一头撞墙，不算难，就是又多又琐碎，做起来超级耗时间，最近一直熬夜熬到夜里两点，所以，这节课一直昏昏欲睡。

严彦突然感觉自己手肘被有规律地戳着，一下、两下、三下……严彦连眼睛都没有睁开，出手握住了栾栾用来戳他的笔，说道：“别叫我了，我稍微眯一下，困。”

笔那头的人顿了顿，然后继续执着地戳了起来。

严彦不知道该说啥好了，自己又不是戳戳乐，这么一个劲地戳他干吗，莫非是真有什么事？

严彦困顿的大脑被这个念头激得微微清醒了一下，粘在一起的眼睛微微睁开了。他依旧用手撑着头，微微地转了一下角度，嘴角带着无奈的笑。刚刚睁开的眼睛水光点点，更衬得他眉目极佳，刚度过变声期的男孩子，开口的时候，声音微微有一点沙哑。

“你怎么了？”

栾栾呆了三十秒，心跳忽然有点失措。

难怪严彦是那么多女生心里的一根草啊，一中丑到没眼看的蓝白校服也没把严彦少年的清秀给压下去，真是一个大祸害！

“你眼睛里有小星星……”这是栾栾现在的心声，也直接说出口了。

找严彦干啥来着，美色误事啊，栾栾在内心鄙视自己，完全忘记刚才为啥戳他了！

栾栾后悔得想咬掉舌头，总不至于说“你刚才太好看，我忘记找你什么事了”吧？天哪，这也太丢人了吧，明摆着的花痴嘴脸啊！

栾栾拿出了几何书，说道：“同桌，我们来下五子棋！”

严彦有点蒙：你没完没了地闹醒我，就是因为你想下五子棋，要给自己找个棋友？

同桌，你觉不觉得这样做有什么不妥？

严彦很想翻白眼，但是面对栾栾亮晶晶的、饱含期待的小眼神和红扑扑的脸庞，又不忍心拒绝。这得是多期待啊？行吧，舍觉陪栾栾，你说什么就是什么。

栾栾现在内心一片忐忑，自己找的这个借口蹩脚极了，但是自己刚才是真的沉迷美色，忘记了要说什么来着啊！

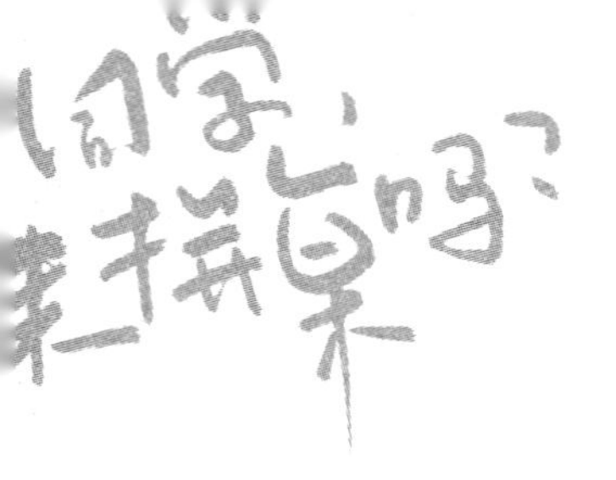

都怪少年太貌美!

严彦揉了揉眼睛，从铅笔盒里拿出了笔，说道：“我用红笔好了，你先我先？”

“我先！”

栾栾抓出来一支黑笔，两个人就用几何本上画好的小格子当作五子棋的棋盘，用笔点出来小小的点当作棋子，简单地开启了找乐趣的模式。

严彦连着赢了三局，翘起来的嘴角都说明了他现在心情很好。

栾栾连着输了三局，第一局的时候，满脑子都是庆幸，严彦没有发现她犯花痴，自己机智地把这个尴尬的场景圆了回来，所以注意力不集中，输了理所当然。

第二局的时候，栾栾注意力已经回归了，虽然不是什么高手，但是也绝对不是臭棋篓子啊，为什么又输得那么惨？

第三局，这回栾栾走棋已经很小心了，和严彦这把棋局耗时很长，甚至超出了几何本棋盘的位置，两个人人为在旁边又加了几列格子，艰难地把这局棋下下去，然后严彦又赢了，这就让人不怎么开心了。

栾栾和严彦的第四局，严彦春风得意，乘胜追击，状态好得出奇。栾栾试图背水一战，实现零突破，小心翼翼，然后，栾栾眼看着又要落败。

严彦看到自己已经有四颗子连成一线，马上胜券在握，已经开始眉飞色舞地庆祝自己的胜利。

栾栾咬着笔头，视线在棋局上来来回回，怎么样才可以赢呢？

突然，一个大胆的决定冒出，栾栾露出了不怀好意的笑容。嘿嘿，同桌，你这次要输了！然后，栾栾把握着的黑笔点到了红笔小点之上！

不得不说，栾栾点的这个位置非常巧妙，现在栾栾有5颗黑子连成一线，而且正好点掉了刚才严彦四子一线中的一颗子。

“你太赖了吧！”严彦刚才笑弯的眼睛弯不下去了。

这个小赖皮！怎么可以这样落子？太过分了！

栾栾却心情很好，左扭右扭，摇头晃脑，一副开心又愉快的样子。

严彦看在眼里，只觉得栾栾整张脸上就写了4个大字——小人得志！本来一直赢，他都已经赢得没有什么兴致再进行下去了，但是现在不一样了，不把栾栾杀到片甲不留，难消他的心头之气！

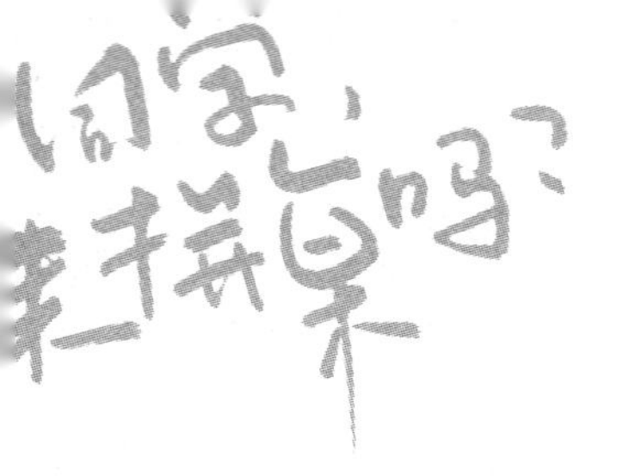

后面的故事就很简单了。

栾栾屡战屡败，屡败屡战，输了一节课。

严彦越杀越勇，越勇越杀，赢了一节课。

两人这场五子棋游戏耗完了整节通用技术课，顺便耗完了整个课间，沉浸在五子棋游戏中的两个人愉快地杀到了第二节物理课上课。

贺清一进门，冲着栾栾和严彦就是一嗓子：“让课代表叫你们两个去办公室一趟，都请不动是不是？”

栾栾一个激灵，她想起来当时一直戳严彦是为了啥了——贺清办公室有请……

然而她被美色所误，还找了个五子棋的借口和同桌玩物丧志，彻彻底底把去班主任办公室这件事情忘得一干二净。

栾栾先用放过我的眼神，祈求了一下一脸震惊的严彦，然后乖巧起立，说道：“老师，我们下了这节课就过去！”

严彦随后起立当复读机：“老师，我们下了这节课就去。”

贺清急着上课赶进度，懒得和这两人计较，只好说道：“都给我坐下，少在那里当人柱，挡到后面的同学了，下课跑快点，现在大家看黑板看我！”

下课后，两个人急急奔向贺清的办公室，但是也没有很紧张。

贺清是一个很喜欢和学生谈心、很关注学生状态的班主任，全班的学生几乎都被她叫进办公室谈心过，并不像其他老师叫学生进办公室基本上就是没啥好事。一班的学生们几乎也习惯了，知道被贺清叫去办公室不会有什么紧张和焦虑的事情，就当是聊聊近况而已。

果然，贺清这次找严彦和栾栾不过是关心几句，闲谈一下，询问一下近况而已。

“严彦，最近这几天，政史地老师都和我反应过，咱们班一上文科课就开始拼命点头的人多了一个你，怎么了这是？晚上熬太晚？”

严彦不好意思地笑笑说：“周日家教布置的作业太多了，最近晚上熬得有点晚，昨天已经做完了，以后不会了。”

贺清无奈地叹了口气说：“你是个心里有数的孩子，我就不多说了。一中的老师已经算得上是全市最优质的了，外面补习的老师，说实话我是觉得不如我们这些老师的，你呀，不要本末倒置，还是以学校里的内容为重，知道了吗？”

接着，贺清又转头看向栾栾，说道：“你少气你们

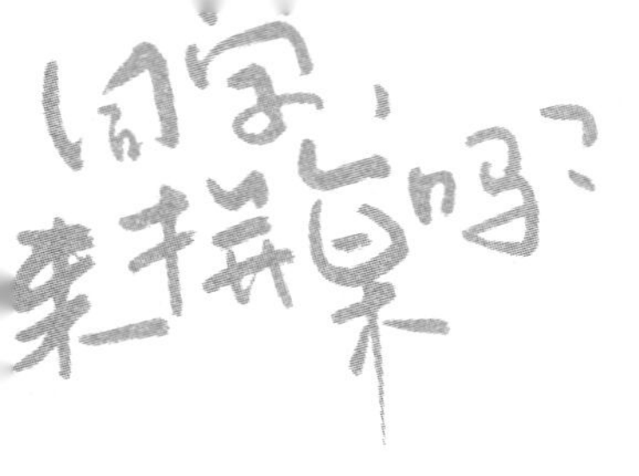

温老师知不知道？上次温老师看你写的作文都要气笑了，内容是好的，但是你这字……他忍无可忍才扣了你卷面分。”

栾栾一脸委屈，小声说道：“温老师罚我每天练600个字，我已经很努力了，可是字就是这个水平，真的好难啊。”

的确，有的人就是不擅长某些事，贺清当了这么多年的老师，也是知道的，有些就是天赋选项，比如栾栾的字，其实拿出去和一般的学生比也不差，只是栾栾实在是文笔斐然，偏偏写得那么一手字，就会让改卷的老师格外痛心，愤怒值加倍。

贺清还是很喜欢栾栾这个心大又开朗的孩子的，听着她委屈又无奈的声音，硬生生被她逗笑了：“行了行了，我也不难为你，你努力把字写整齐就好了，别写得扭来扭去，让你们温老师回头又来找我就行。”

两人齐齐出了办公室。

栾栾一脸认错的表情，左跳右晃地在吸引严彦的注意力。严彦冷着脸，完全没有理她，栾栾感觉有点小失落。

直到回到座位，垂头丧气的栾栾正打算卖惨，然后就结结实实吃了一个来自严彦的栗暴。

“粗心大意、马马虎虎，下次拿个小本本记上，省得你忘！”

栾栾自知理亏，现在脸上堆满了讨好的笑，说：“不敢了不敢了，您大人有大量，原谅小的这一回！”

在学校里的时光过得格外快，每天睁眼闭眼，就是又一天；周一班会，周五大扫除，就又是一周。

转眼，栾栾和严彦已经当了一个月的好同桌了。

“栾栾，有人找！”靠近门口的同学扯着嗓子喊。

栾栾连蹦带跳冲向了门口。

像栾栾这样初中就在不错的中学上学的孩子，在一中的同学也多，大家虽不同班，上课的进度不同，但是学校发的教材练习册总是统一的。栾栾几乎每个礼拜都会收到来自初中同学们的求救，有的时候是忘带书本，来找栾栾借一下应急；有的时候是来问栾栾要练习册。毕竟一班进度快，做得也会比别的班多一些。

栾栾连蹦带跳，翻过一班的桌子迷阵，走到门口一看，原来是自己初中同学苗木。

苗木现在在隔壁三班。

“栾栾，出来，这里这里！”

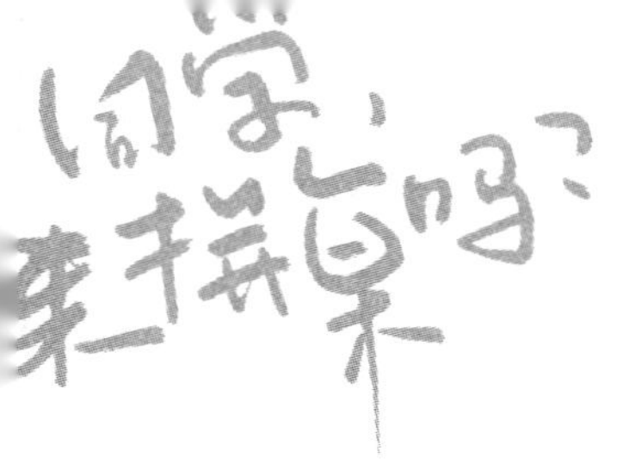

苗木开始盘问道：“你的同桌是严彦对不对？”

栾栾一脸蒙地问：“喵喵啊，你是忘带啥了啊，我的行吗？严彦的虽然整齐，但是他不一定愿意借啊。”

苗木翻了个白眼：“谁问你要练习册！我是问你同桌！”

栾栾好像反应过来了点什么，眼珠一转，露出了心领神会的笑容。

苗木没有不好意思，她是一个非常坦荡的姑娘，两眼放着光，问道：“我的菜有主没？快去帮我打探！”

严彦有主没？

栾栾想到这个问题，内心竟然有一点点失落，不过她很快就恢复了没心没肺的样子。

严彦有没有主，和我有什么关系？作为严彦的好同桌兼苗木的好朋友，她也就帮忙带个话而已，那就简单粗暴点，单刀直入！

栾栾回到座位，问道：“严彦，你有主了吗？”

正在画辅助线的严彦差点儿把直线画到卷子外面去！

栾栾这是什么意思？

严彦的耳朵都泛红了，心扑通扑通地跳，正在往一个从来没想过的可能性上发展：难道栾栾对我……

严彦有点慌了，不知道该怎么回应。

拜这副爹妈给的还不错的皮囊所赐，严彦一直是个很受欢迎的男孩子，读幼儿园时就有小姑娘亲他，小学的时候也收到过不少情书，初中时期也有不少大胆的妹子示好，他一直都是冷漠以对，拒绝得干脆又直接。

一方面，有人喜欢自己，对于青春期的严彦来说，其实内心还是有些骄傲的；另一方面，在严彦心里，开启初恋的那个姑娘，一定得是他喜欢的。

如果是别的人来问，可能严彦就直接怼回去了。

可是严彦自己都没有意识到，因为问的是栾栾，严彦现在的心跳已经乱了拍子。

栾栾压根儿没注意到严彦已经能煎鸡蛋的红脸蛋，自顾自继续往下说道：“我初中的小伙伴，就是现在三班的那个苗木，外号叫喵喵的那个，她托我来问问你。”

严彦瞪了栾栾一眼，说道：“我想晃晃你脑子里的水。”

刚才脸色红彤彤的严彦，现在脸上一片冷漠。

如果你有栾栾做同桌，那么你就可以感受到心跳加速到 180，然后愤怒值再飙升到 280 的感觉。

严彦简单粗暴地把现在自己生气的原因归咎到栾栾像待价而沽一样来问自己的隐私，没有半点尊重自己隐私的

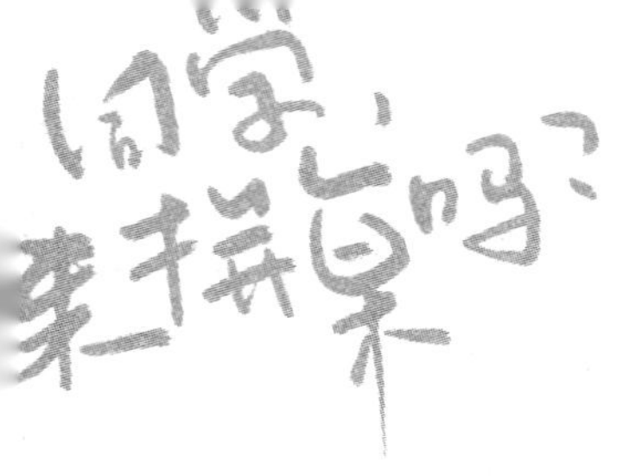

意思。

严彦感觉自己的自尊受到了打击！

栾栾凭着自己多年来当喜鹊的经验，看严彦这个反应就知道他绝对没有女朋友，于是转身走向教室门口，喊住了还没来得及爬回教室的苗木：“他没有！你加油！”

严彦也不知道为什么自己耳朵对栾栾的声音那么敏感，听到这句话，愤怒的严彦恨不得掐断栾栾的脖子！

这到底是个什么奇葩玩意儿？

坐在靠近门口的两个同学露出了“你懂的”的笑容，眉来眼去了一番，心领神会了一个没有任何参考意义的小八卦。

严彦的脸又红起来了。

这天，严彦单方面和栾栾冷战了一下午。

晚上写完所有作业后，严彦看着微信里栾栾上蹿下跳的求和，果断关了手机，然后爬上了床，心烦意乱地睡了。

这天晚上，严彦做梦了，梦里重现了栾栾来问他“你有主了吗”的全部情形，严彦在梦里都能描绘出栾栾今天右手食指上不小心弄到的墨迹……

一切都清晰极了，梦里的严彦心跳如雷，没有等到自己开口就被自己的心跳跳醒了。

半夜醒过来的严彦，懊恼得揉了揉头发。

栾栾这个祸害！

“我送你回家？”

严彦试图以此获取更多栾栾的信息。今天他已经拿到了栾栾新的手机号、微信号和工作地址，还试图拿到栾栾的家庭住址。

栾栾有点不自在地说：“不用了吧，刚才你吃饭的时候不是有人打电话催工作了？我自己回去就行。”

提到这个，严彦脸色就有点不好看，那个脑子进水的朋友真是会挑时候，自己正在打探栾栾更多信息的时候，一个催范文电话让这顿可以再进行一阵的饭局提前结束。现在栾栾不要自己送了，又白白损失一个获取她的家庭住址的机会！

严彦磨了磨后槽牙，把这笔账都记到了那个朋友的名下。

“那行，你自己小心点，到家后和我说一声。”严彦晃了晃手机，示意栾栾给自己电话。

栾栾笑了笑，欢快地和严彦挥挥手，说道：“好的！”

这个考点的交通还算是方便，离栾栾现在的家，坐地铁只要 5 站。

栾栾跳上地铁就开始搜索严彦所在的教育培训机构的APP和网站，默默戳了一个客服，没别的意思，就是确认一下严老师现在的课时费。

栾栾有点被那个价格吓到了。

为了沟通方便，栾栾没等在线的客服，直接打了客服电话。

“你好，请问是有什么咨询呢？”客服小姐姐的声音格外甜。

“那个，我想咨询一下严彦老师的课程。”

“同学想要咨询什么课程呢，线下还是线上？大班还是小班呢？”

“有没有严彦老师一对一的课程，线下的？”

客服小姐姐的声音出现了稍微的停顿：“同学，严老师目前坐标北京，老师的课程是非常满的。如果想要安排一对一的话比较困难，可能时间上会比较晚，而且课时费会比较贵，一个小时的价格在2680元左右。看性价比的话，同学还是选择线下的小班或者大班会比较合适一些。”

栾栾抱着手机欲哭无泪：严彦，你现在一个小时的课时费真的是2000多块钱啊！你这个不学无术的同桌，要上不起你的课了啊！

“同学你还在吗？”

栾栾连忙说：“谢谢，我先考虑一下。”

栾栾在震惊中回到了家，换好了衣服和鞋，拿出手机给严彦报了个平安。

“我到家了。”还配上了一个萌萌哒的小表情包。

严彦那边竟然秒回：“嗯，平安就好。”

栾栾：“同桌，你现在是不是课很多很忙？”

严彦：“是啊，每天早八点到晚上八点，排满了课。”

栾栾：“同桌，你那么贵了，还这么狠的用你啊？现在的学生真有钱。”

严彦：“？”

栾栾：“我今天翻了一下你的课程详情，2680 元一小时，我付不起啊！”

栾栾还发了一列大哭的小表情。

严彦：“谁要你买我的课了？我下课后给老同桌开小灶。”

栾栾：“受宠若惊，你竟然还有时间，会不会打扰你休息啊？”

严彦发给了栾栾一个抱抱的表情包，来了一句：“举手之劳而已。”

严彦：“和从前一样，收你零食！”

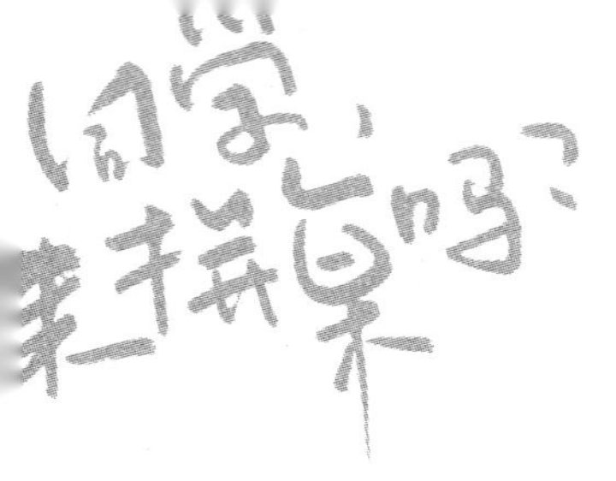

栾栾：“好嘞，想吃啥，您尽管点！”

严彦在心里暗叹：你哪里知道，能看见你，可能就是对我来说最好的休息了。

“草莓吃吗？我洗好了，快出来。”

越悦自从认识栾栾以后，几乎就成了栾栾的半个贴身管家。毕业后的栾栾还没有饿死、病死，越悦居功甚伟。

栾栾的家成了越悦的常驻地，十天半个月就过来投喂一回，以防某个自理能力极差的闺密宅死家中。

“越悦啊，我觉得今天我有点魔幻。”栾栾离开了小开间的床，四仰八叉趴在沙发上，吃着越悦“进贡”来的草莓。

越悦对于栾栾像乌龟翻身一样的姿势已经见怪不怪了，灵活地占据沙发一角，开启八卦模式：“怎么了，今天偶遇了旧情人，触动很深啊？”

栾栾艰难地翻了个身，吃着草莓，含混不清地说：“旧情人？我是单相思，都没有弄到手呢！不是触动深，而是感到害怕，我感觉他好像想撩我。”

“什么情况？”

“就是，他一个身价课时费几千大洋的老师，他说他愿意帮我补习，不收费，只收零食。”

栾栾戳了戳越悦，问道：“这是给他添麻烦吗？”

“你是不是傻？这明显是想勾搭你啊！”越悦笑得像老女巫，“你这个望夫石是等到你情哥哥回头了！”

第五章……蛋糕卷
chapter 05
MY

半大小子，吃死老子。

高中时期的学生饭量吓人。

一中的食堂算是非常厚道的，早晨提供营养早餐，大课间提供肉夹馍、卷饼这类的加餐，中午午餐也是好吃不贵系列。可惜，校区位于寸土寸金的市中心，地方就那么大，教学楼都那么挤，哪里还有多的位置给食堂？

所以，小小的食堂每天都在上演千军万马过食堂口的景象。

卖食物的窗口永远都是人山人海，食堂的桌子也永远是一座难求。短暂的课间，在教学楼和食堂之间来回就已经耗费了大量精力了，所以大多学生都会选择把食物带回教室吃。

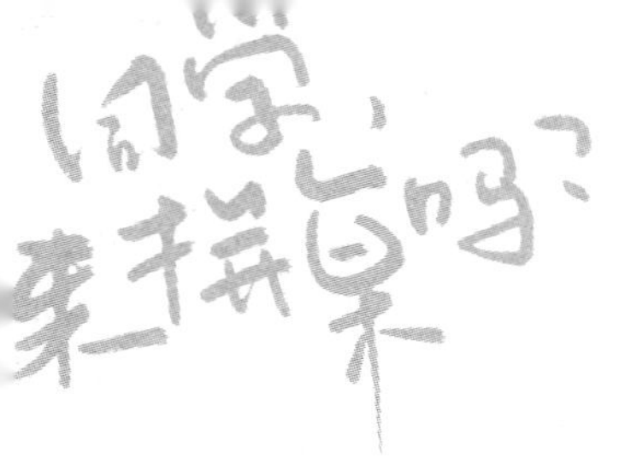

当然，也有跑得慢的学生，上课铃响了都还没把食物吃到嘴里。

比如说，今天的栾栾。

最尴尬的是什么？是拿着食物在手里却没办法吃。

“我想吃了它。”栾栾盯着桌肚里刚从食堂买回来的蛋糕卷。

严彦吓得翻白眼：“大姐，现在是上课时间，要吃你吃，别带我。”

栾栾小心翼翼地撕着蛋糕卷上的包装，眼睛依旧盯着黑板，完全靠手感在桌肚里进行盲人操作。从来没发现一个蛋糕卷粘了那么多胶带，怎么裹了那么多圈？终于，栾栾搞定了这烦琐的包装。

现在，该怎么吃到嘴里呢？

老师在讲台上激情洋溢地讲课。

栾栾想吃蛋糕实在是不容易。终于，她不负众望想出了一个非常棒的主意——假装系鞋带，钻到桌子下面偷吃！

栾栾自己吃了两口后，戳了戳严彦的腿，掰下一大块蛋糕往严彦放在腿上的手里塞，小声说：“好吃的！你要不要来一口？”

严彦觉得自己气到额头的青筋一跳一跳，她自己偷吃不过瘾，还非要招朋引伴是什么属性？是觉得老师看不见吗？

“栾栾！你要把鞋带绑成中国结吗？干吗呢？”贺清冲下了讲台，没两步就走到了栾栾桌子旁边，然后清楚地看到桌子下面的栾栾试图塞蛋糕给严彦的场景。

“都给我站出去！上课吃东西还和老师耍小心眼？”贺清气冲冲直接走到教室门口，拉开了教室门，瞪着这二人，“外面站着好好反省！”

严彦和栾栾一起站到教室外面当风景线。

栾栾算是罪有应得，毕竟蛋糕是自己吃的。

而严彦想把栾栾瞪出来两个窟窿，人在教室坐，锅从天上来，他一口都没吃，就站在门口当门神了。

“对不起。”栾栾看着严彦猪肝色的脸，小声道歉，回想当时的场景，却没忍住，扑哧一声，笑了。

这个道歉，一看就不真诚。

严彦哼了一声，直接扭头不理栾栾了。

中学里没有秘密，尤其是下课后乌泱泱的学生冲出来，看到一班门口站着的严彦和栾栾，熟悉的人自动上前打招呼。

有个同学问道：“哟，怎么在门口当门神？”

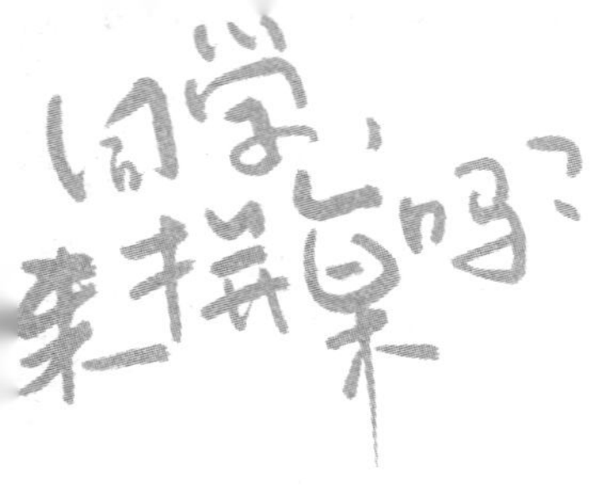

严彦没好气地回道："被发配出来罚站的。"

那个同学惊讶地问："严彦，你可是老师们的心肝宝贝啊，为啥罚站？"

严彦淡定地说："偷吃蛋糕卷。"

一班的那个严彦因为上课偷吃蛋糕卷，被班主任拎门口罚站一节课！

小道消息见风传。严彦算是学校里的风云人物，"打卡"的学生来了一拨又一拨。

好死不死，偏偏又赶上了每周一班出名的连排课，两节物理课挨在一起，老师压根儿就没有让严彦和栾栾进来的意思。

真丢人，严彦恨不得把自己埋墙里，他真是受够了！什么情况？一拨又一拨的，从前熟悉的不熟悉的同学，全部都一一来问候。

他们的眼神要多幸灾乐祸有多幸灾乐祸，笑得要多不怀好意有多不怀好意。这些熟悉的还好，还有些姑娘明显是来打卡拜"学神"的，远远看着严彦，眼睛里都是小星星，凑一起嘻嘻哈哈小声嘀咕，笑得满脸通红，一看就知道怎么回事！

严彦脸皮本来就薄，现在红到耳朵都是红色的了。

栾栾站在旁边看着严彦的脸色越变越红，恍然大悟——我的同桌需要解救！

于是，栾栾痞痞地靠在了墙上，双手抱胸，做出了她调戏班中姐妹们一贯的样子，指着那群笑得满脸通红的姑娘们说："嘿，三班的那两个姑娘，你们两个来来回回好几趟了，白看可不行，得收费，看一眼十块钱！"

姑娘们嘻嘻哈哈，惊呼一声，望风而散。

红成虾米的严彦想当场掐死栾栾：当我是什么？打算论斤卖了吗？

恼羞成怒的青春期男孩子也是有脾气的，严彦为这件事情足足两周没有理栾栾。

栾栾倒是觉得非常委屈地说："明明我说完这话以后，帮你劝退了一个观光团的人啊。"

回答栾栾的只有白眼。

栾栾这种姑娘呢，说好听点是开朗活泼，说不好听点就是没心没肺。要是其他妹子被冷落两个礼拜，早就恼羞成怒、一拍两散了，也只有栾栾坚持每天热脸贴冷屁股，装可怜加卖萌，试图让严彦破功。

伸手不打笑脸人，严彦在嬉皮笑脸的栾栾面前从开始的理直气壮，没多久就变成了心虚。因为一句话就对一个每天笑盈盈的姑娘不给好脸，说出去也太小气了。可是让

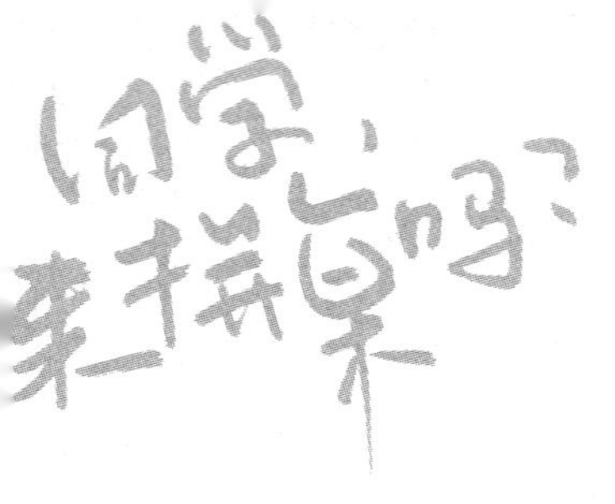

严彦完全不计较了也不可能，栾栾到现在都没搞懂他为什么生气！至少要等到栾栾正儿八经和他道歉，说不该拿他当动物园的猩猩一样收门票，不该严重伤害到他的自尊心，这样才算完！

严彦虽然还是不和栾栾说话，但是开始主动帮栾栾完成一些小事情，比如说，下课去饮水机接水的时候，会带上栾栾的杯子；课代表收作业的时候，会帮栾栾一起交上去；会帮栾栾整理一下桌面，以此表达友好……然而，就是不开口！

于是，这对同桌开始处于一种诡异的状态，一个每天叽叽喳喳不停地说，另一个完全不理；一个迷迷糊糊大错小错不断犯，另一个却一直帮忙补救。

这天，严彦开始和往常一样帮栾栾收拾桌子，如果现在他和栾栾和好了，他一定会一边收拾，一边数落栾栾，一个女孩子是怎么做到把一张好好的书桌堆成这样的？太乱了。

可是现在两个人还在冷战！

严彦坚定立场，一句话都不说，索性趁着课间栾栾去洗手间时收拾。他冷着一张小俊脸，感觉不是在帮同桌收拾桌子，而是安装炸弹，随时准备把旁边的人炸上天。

化学、生物、地理、数学，好家伙，这姑娘是把上午所有课本都摊开摆在桌子上了啊？怪不得一点空隙都没有。咦，为啥有本中国历史？今天上午又没有历史课？严彦很好奇，没有历史课栾栾会拿出历史书？不可能的啊。再说，栾栾又懒又怕麻烦，书皮能不包就不包，真要包书皮也是选择透明的塑料书皮，因为她记不得自己哪本书包的什么颜色的书皮，包这种牛皮纸书皮，纯属给自己找麻烦。

这本书有点可疑。

严彦越想越好奇，忍不住翻了一下，铺面而来的就是两个胸大腰细的妹子……

严彦耳朵泛红，好巧不巧，栾栾正好走进教室，看到严彦呆呆看着手里的“中国历史”。

“呃……同桌，那个，老贺查课外书查得严，我这是……嗯……”

栾栾试图混淆概念、忽略重点，努力维持平静的语气。她的内心正好相反，整个惊涛骇浪、腥风血雨：为啥让严彦看到这个了呢？太尴尬了吧！苍天啊！我的形象！我的脸没救了！

“嗯，收好，别让老贺发现了。”

严彦也是努力维持表面的平静，天知道，他刚刚看到栾栾站到他面前的时候，紧张得心跳都停了一下，大脑一

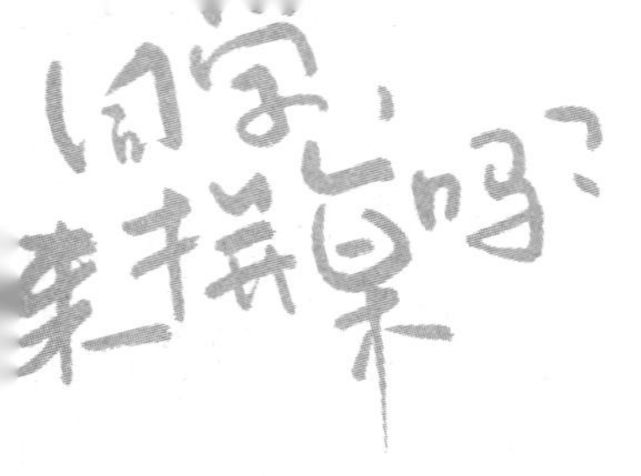

片空白，完全不知道怎么解释。趁人家上厕所，偷看人家私藏的小漫画？怎么看怎么变态啊！

栾栾松了一口气，心想：我同桌就是上道，他要嚷嚷出来，我今天脸就丢尽了。

我同桌刚才跟我说话了？

栾栾后知后觉反应过来，眼睛突然亮了起来，立马得寸进尺地说道："谢谢同桌帮我收桌子，无以为报，报答你一根可爱多怎么样？巧克力味还是草莓味？"

事到如今，严彦也只好就坡下驴，恢复正常的关系，说道："巧克力味。"

终于下课了！当了老师以后，比学生还期待下课铃响，等学生三三两两离开教室后，严彦坐在讲台上，揉着太阳穴。

周末是他最忙的时候，这个礼拜六又去考了场试，下午还加了直播，排的课一节没少，还多了不少试题分析的教研任务，被黑心资本家压榨得透透的。

"严老师，我来慰问你了，辛苦辛苦，"于宇满脸笑容出现在教室门口，"还没吃晚饭吧，我请你，走！"

严彦看到靠在门口的人就气不打一处来，强忍着没有翻白眼和插朋友两刀，冷冷地问："我这么辛苦是因为谁？

你们以为我一天有四十八个小时吗？”

想到自己昨天将近凌晨四点才写完周六考试的考情分析报告，今早第一节课是早上八点，最后一节课晚上八点。一天只给睡四个小时，严彦只觉得天旋地转。

“嗨，这不是着急嘛，市场部急业绩都急红眼了，我们也只能让你们这种金字招牌多曝光曝光，看看能不能多捞点学生。”于宇说话丝毫不客气，宛如严彦是桶鱼饵。

“哼，不吃，回家休息。”严彦脸都气黑了。

“严老师可真是不给面子啊，你说我礼拜天大晚上的推掉小美女的约，专程跑校区来找你，你这说了两句话就直接走啊。”

于宇索性堵住了大半个门。

隔壁教室走出来两个女生，看到这一幕，其中一个女孩子“哇哦”了一声，立刻戳了旁边的人，两个人你看我一下，我看你一下，眉毛眼睛一起挑，心领神会露出一个恍然大悟的表情，说道：“严老师，再见，你们继续，我们不打扰了！”然后就像风一样地跑下了楼。

严彦有点蒙。

“别在这儿丢人现眼了，先下楼。”严彦说完就头也不回地往前走。

幸亏于宇也是人高马大，不然还真跟不上这风一样的

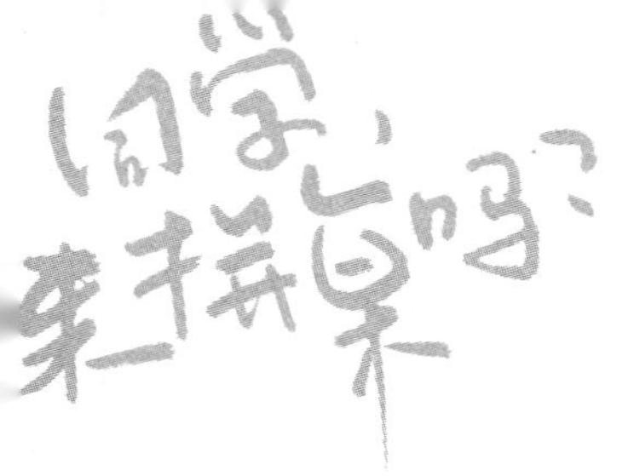

男子。

一路到停车场，于宇看着严彦打算开车门了，一把撑住车门，说道："行了，看你那脸色，刚出土的僵尸都比你好看点。今天你别开车了，我送你回去。"

严彦不说话，也没打算和于宇客气，径直朝于宇的车旁走去。

晚高峰交通熬人得要命，有送上门的司机不用白不用。

严彦调整好座位后，揉着依旧隐隐犯疼的太阳穴。白天在讲台上冷静和从容的气场，这会儿在阴暗的灯光下全部被剥离，严彦的疲态更明显了。

到底是哥们儿，于宇也没心思再逗他了，直接说了过来的目的："我从教务那里帮你调出来两天假期，你明天和后天的课全部调开了。今天本来约了陈诚，说聚一下，我来抓你的，但看你都这样子了，还是送你回家休息吧。教务那边我去看看能不能再帮你调出来点时间，最近你的确也是忙。"

严彦淡淡"嗯"了一声。

最近机构里和他齐名的两位老师，一位怀孕回家待产，一位被借调去了C市，所以他的课时和教研压力都暴增，的确是已经连轴转了好些天了。

严彦说道："不过，今天还是见一下陈诚吧。"

于宇看着严彦一脸疲态，不可置信地瞪大双眼问：“什么时候陈诚这么有面子了？”

严彦冷哼了一声：“我周六在考场见到栾栾了。”

于宇呆了两分钟，突然恍然大悟：“你的……你的……你的‘白月光’！我说呢，怪不得你考前那么不正常。”

于宇眼睛一转，说道：“找陈诚是质问还是算账啊？原来栾栾一直还在 B 市啊，陈诚这么久也没帮你把人抓出来，你们可都是多年交情了。你说这小子，他是真找不到，办事不靠谱吗？会不会早就知道栾栾的联系方式，但就是不告诉你？”

今天这聚会应该有意思，于宇最喜欢看热闹了。

果然不出于宇所料，严老师大发师威，陈诚赌咒发誓，狼狈落跑，好不热闹。

严彦这两个月难得有几天休假，缓了缓已经疲惫不堪的身体就往健身房跑，勒令于宇把他的课程调松点。严彦一个礼拜后的一个早晨起来看了看镜子里的自己，年轻到底是本钱啊，黑眼圈已经消退得差不多了，脸色也恢复了正常，前几天剪的发型，在自己洗了几轮以后，看起来是越来越贴合了。

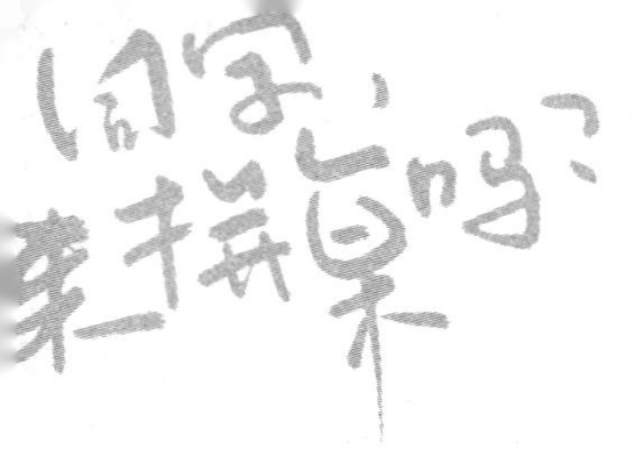

现在的自己，看起来还不错吧？

严彦本来打算周一就想办法约栾栾，他已经等了很多年了，不打算再等了，但是直接被陈诚浇了一盆凉水。

陈诚当时说：“我说哥们儿，你好歹做一下准备再约妹子吧？虽然你长得玉树临风，但是，歇两天养养你的脸色，去换个发型，更帅一点，你的心上人会不会就对你印象更深一点？”

就是这么一个不算是建议的建议，严彦此刻病急乱投医，听了。

严彦看着镜子里的自己，突然有点慌张。

“你眼睛里有小星星。”当初说这话的栾栾脸色红红的，盯着十六岁的他。她应该也是喜欢他的吧？

现在的严彦依旧眉清目秀，五官轮廓更明显了，气质却变了很多，没有了16岁的少年朝气，多了点冷峻和稳重的味道。

这样的自己，现在的栾栾会喜欢吗？

严彦没给自己时间去纠结这些，而是直接拿出手机，翻到栾栾的微信。这两天没事的时候，断断续续地和栾栾沟通，严彦已经把栾栾最近的日程表差不多摸透了。

她今天有空。

严彦问：“今天有安排吗？”

栾栾：“礼拜六，天不好，我要在家长蘑菇。”

严彦：“啧，考虑给自己加一节课吗？我今天白天倒是有点时间。”

栾栾：“你不是周末都满课吗？”

严彦：“嗯，难得有一下午空余时间，晚上七点以后我还有网课。”

栾栾：“也行……我需要带啥吗？我们去哪里啊，有合适的咖啡厅或者餐厅吗？”

严彦：“嗯，这里吧。十二点半见，到时候再联系。我准备去上课了。”

栾栾看了下严彦发的那个地址，距离还好，有地铁直达，预计半个小时的车程。嗯，还可以继续睡。

栾栾得出结论后，把手机扣在枕头上，整个人埋进被子里，今天真的只想和枕头被子缠绵啊！

可是严彦好心好意腾出来时间给自己补课，还是自己之前答应的，她拒绝的话无论如何都说不出口。

而且，那是严彦啊，她一点儿抵抗力都没有的严彦啊！

栾栾定好了十一点起床的闹钟，打算稍微早点起来，妆是懒得化了，但还是洗个头吧。希望自己千万别睡过，

放人家鸽子就不好了。

一个上午，栾栾有条不紊计划着，有条不紊实行计划，起床，洗头，简单护肤，挑一条小裙子出门，四十分钟到达目的地。嗯，距离十二点半还有十分钟，一切正好。

栾栾露出了得意的笑容，一切都在计划中。

严彦挑的地方是一家有简餐和咖啡的店，环境不错，每张桌子都有用植物、书架或者屏风隔开，沙发座椅也格外软。

栾栾随便挑了一个位置就给严彦发消息：“我到了，占好座位啦！”

消息一发送出去，手机微信语音请求的声音就响了起来，严彦发来的。

栾栾吓了一跳，差点儿直接按挂机键。天哪，栾栾你在紧张些什么啊，不就是一个电话？脸色已经开始泛红的栾栾深呼吸了两下，等心跳平稳了，努力平静地回应严彦。

“到了？稍等我一下，停一下车就来。”严彦的声音透过声筒传来，栾栾的心跳不争气地又乱了。

栾栾一直觉得两个人打着微信语音，有一搭没一搭地聊天，气氛有点儿暧昧，有什么是发文字不能说清楚的吗？

严彦的语气太正常，理由太理所当然。

栾栾努力平静了一下，才开口道：“嗯，我在店里了，在中间的位置，具体……呃……”

“哈哈哈，”话筒那边传来严彦的轻笑声，“行了，别挂电话，我还要五分钟左右，我来找你就好。”

是被当走丢的小孩对待了吗？栾栾忙对着话筒说:“我到店门口接你好了！”

“哈哈，别了，乖乖在位置上坐着就好，小龙虾。”严彦笑得很开心，“我可不想在门口上蹿下跳吸引你的注意。”

好吧，栾栾这下彻底没话了。“目中无人”说的就是她了，要是真的和严彦来一次对面不相识，那可就有点尴尬了。

严彦笑起来好像更帅了。

栾栾看着朝她走过来的笑容满面的男孩子，心跳没理由地快了两下。

“点了吗？先吃饱再说吧。”严彦自然地靠在了栾栾座椅的旁边，低头开始看栾栾手里的菜单。

离好近！栾栾已经能闻到严彦身上洗衣剂的味道。

栾栾默默拿起桌上的菜单，打算递过去。

“没事，我这样看就行。”严彦弯下身子，把栾栾试图递过来的菜单又按了回去。

两个人离得更近了。从侧面看，栾栾几乎是已经被严

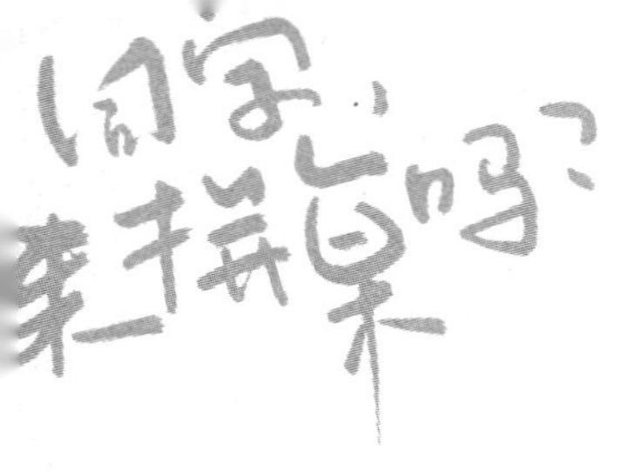

彦圈在怀里的样子。

“嗯，好，这个看起来不错。”天知道栾栾在这种情况下，还维持着语气淡定有多难。

“还有其他的吗？”严彦的声音从身后传来。

栾栾甚至觉得自己听到了严彦胸腔里的心跳声，脸不争气地红了。

“没了，剩下的你来吧。”演技一流、神情淡定的栾栾语气依旧平和。

“好，那就我来吧。”严彦话音落下，就又靠近了一点点，手臂伸过栾栾的身前，拿走了菜单，然后离开栾栾的座位，坐到对面的位置上。

还是慢慢来吧，某个小妞脸红得都能煎蛋了。严彦决定放过栾栾一马。

餐厅上菜的速度蛮快，味道还算可以，毕竟指望这种卖简餐的咖啡厅能做出多好吃的食物也不太现实，能保持大众口味就不错了。

不过倒是救了栾栾。

都怪刚才严彦贴那么近！栾栾现在看着对面俊逸的男孩子，时不时脸红心跳一下。回想起刚才挨在一起的温度，实在是没办法心无旁骛啊！栾栾坦诚地接受了自己是一个容易被美色诱惑的俗人，却也不好意思直勾勾盯着人家看啊。

幸好还有吃的。

于是，栾栾专心盯盘子，认真吃饭，嗯，蓝色的盘子上有小月亮，白色盘子里那颗装饰用的小草莓好像很好吃的样子……

嘴被食物占着就可以不说话了！

“还要加点什么吗？”严彦招手叫来了服务员，又开始翻起菜单。

栾栾当场“石化”，眼睛里写满了拒绝。

严彦仿佛接收到了信息，修长的手指合上了菜单，说道：“吃好了？那走吧，去我家补课。”

“你说去哪儿？你家？”栾栾吓得声音都劈了，又觉得自己刚才有点夸张，找补了一句，“不不不，不好吧，去你家，是不是不方便？”

“你带书了吗？”严彦若有所思地打量了一眼栾栾今天带的小背包，估计只装得下钱包和口红，手机都可能塞不进去。

栾栾尴尬地笑了笑，说道：“我问带啥你没理我啊，手机里有电子版！不行我去打印一下……”

“去老师家补课不是很正常吗？”严彦已经站了起来，

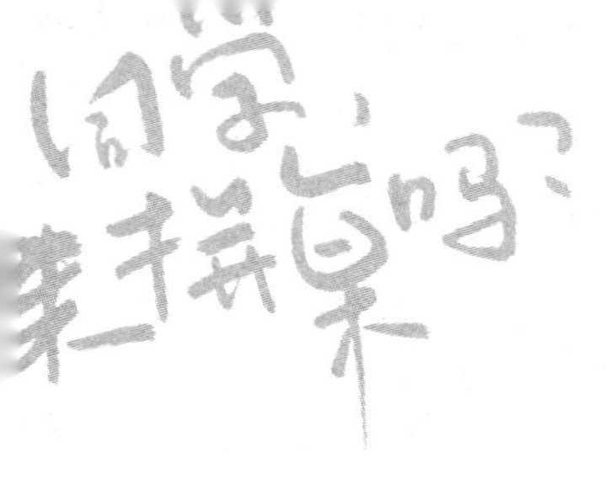

若有所思地挑眉，盯着栾栾说，“我下午七点还有网课，别耽误时间了。过马路那个小区就到了，快走吧。”

栾栾深呼吸了几下，告诉自己冷静，难道要对严彦说：“我怕我自己按捺不住？”

不就补课吗？栾栾加油！

栾栾做完心理建设，对严彦勾起一个大方的笑容，说道：“好啊，带路！”

的确如严彦所说，他的房子离得很近，不到一刻钟就到了严彦的小公寓。很简单的构造，不过是一个一室一厅的小套间而已，但是从栾栾进来后的第一秒开始，就感觉到了这里确实是严彦的地盘。

朝阳的落地窗，不远处放着书架和桌椅，这个很严彦。严彦就是一个向日葵，喜欢有光的地方。

房间看起来几乎没什么零散的东西，这个很严彦。严彦就是一个绝对不把东西摆在明面上的小朋友。

色调干净得出奇，整个房间就没有饱和度高的颜色，都是冷色调，这个也很严彦。严彦就是这么一个冷淡的人……

栾栾开始不自在了起来，明明自己才是一个入侵者，为啥在这里有了一种自己被严彦包围起来了的感觉呢？

“喏，先做做看吧，”严彦拿了张试题，示意栾栾坐到客厅的小书桌上，“好像我这里也没有太多的资料，倒是还有几套阅读的。这几道题难度一般，先让我看看你现在到底是什么水平。”

栾栾乖巧地按照严彦的示意，走向了小书桌，咬着笔头努力做题。然后，她挣扎了十分钟，做不下去了。

“难度一般？是我理解的那个意思吗？是我太菜还是题太难？”栾栾努力又盯了盯卷子，一句话三个单词不认识，蒙都蒙不出来那种。幸亏语言类试卷没那么坑，还是有选择题的，栾栾索性随手先勾了几个顺眼的选项，暗戳戳在老师眼皮子底下摸起鱼来。

“严彦坐在餐桌旁边看书，安全！”

“房间里味道好好闻，不知道严彦用了啥？”

“严彦旁边餐桌上好像有个柚子。”

“严彦今天穿了蓝色衣服，是什么质地啊，看起来很好摸的样子。”

“严彦是换发型了吗？好像有点点不一样。”

“不行，栾栾！你不可以再看严彦了！打住！”

栾栾努力让自己的视线回归卷子。

餐桌上，严彦无意识地翻着书，余光却都落在栾栾

身上。

“咬笔头，也不知道她牙还好吗。”

“她坐不住了，开始蒙了。”

“嗯？一直在瞟这边吗？”

“真的在瞟我？”

“说出来小姑娘该吓着了，要不然还是逗一逗？”

严彦片刻就有了决定。

“栾栾，你眼睛在往哪里瞟？”严彦投来一个疑惑的眼神。

不等栾栾反应，他就低低地笑出声，转手拿起桌上的柚子。

“你先做题吧，”严彦开始剥柚子，“全对柚子就都是你的。”

栾栾一愣。

算了，馋柚子总比馋严彦的美色强吧？

严彦的美色，她已经馋了很多年了。从十年前的那段似是而非的绯闻开始，直到如今。

第六章……绯闻

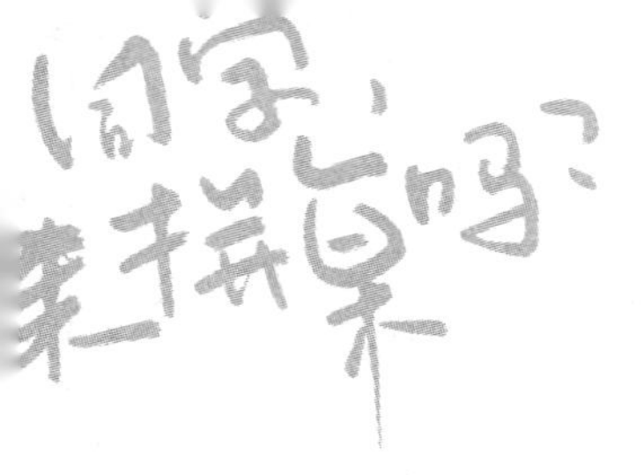

“赌一瓶可乐，明天你回头就找不到你把家建在哪里了。”严彦幸灾乐祸地看着栾栾。

“赌就赌！到时候你别羡慕我的玻璃空中城堡！”栾栾气鼓鼓地瞪了严彦一眼。

本周的一班自习课没有老师占用，同学们全凭自觉成了真自习，因为大半个班都去为接下来的跳大绳比赛练习去了。一中的高一，课程安排得密到插不进手，就这样学校美其名曰为了素质教育，德智体美全面发展，还能见缝插针安排一堆的课外活动。

不过碍于每个班的人数不同，这类集体活动总是会挑出二十到三十人，剩下的同学就当作逃过一劫，可以偷偷躲在教室里偷得浮生半日闲。

栾栾和严彦都有幸躲过了跳大绳活动。这节自习课，留在班里的人暗戳戳用蓝牙和隔壁办公室的WiFi，成功在教室联机了《我的世界》，小团体开玩创造模式。

这次的地图绝对是五脏俱全，有山有海有平原，创造系玩家的最爱，喜欢海滩的已经开始建沙堡泳池，喜欢山顶观光的已经开始炸平山顶。

不过栾栾比较特别，她飞上了天，跑到海中央，开始用玻璃建造空中玻璃堡。

严彦在平原盖庄园的时候，一眼就瞟到了同桌的手机屏幕。

蓝蓝的天，蓝蓝的海，蓝蓝的玻璃，小小的栾栾就芝麻那么大点。

两人愉快地赌了一瓶可乐，她要能找到才见鬼了。

“严彦啊，可不可以帮我找找两根参天的荧石柱子？”

果然不出所料，栾栾在去好友的沙滩泳池参观了一番后，回来就迷路了。

“我立了两根参天的荧石柱在海上，当我的空中玻璃堡的天梯，但是我找不到了。”栾栾一脸崩溃，操控着她的小人在地图里乱飞。

严彦：“等天黑啊。”

荧石天黑以后才会发光，他能想到这个办法也算有才

华了。

栾栾：“那我现在干吗？不然我来帮你吧？”

严彦瞥过来一个眼神，高傲又矜持地说：“来吧，我在盖屋顶了。”

严彦的庄园是典型的种植园模式，小院子旁边有羊圈，不远处就是水塘，一副农场主派头，建筑前面有一条平平整整的路，路两边种着整整齐齐的树和花。

栾栾到的时候，严彦正在给自己的屋顶收尾。

“哇，严彦你用羊毛做屋顶啊。”

“嗯，只有羊毛有这种红色。”严彦回答着问题，手下也没停工。

“考虑倒桶岩浆上去吗？”栾栾眼睛突然亮起来，“这样你就有一个流动的红色屋顶了，会不会很帅？”

严彦侧了侧身子，用行动表明，要离栾栾远点。

栾栾不肯放弃，继续开启循循善诱模式：“我们就先试一小块儿，不行就敲掉重来。”

严彦若有所思地打量了一下栾栾，如果不答应，这个好奇宝宝可能会去农场喂羊或是去门口拔树，不如放眼皮底下看她作。

“就一小块？”

栾栾疯狂点头道：“嗯，就一小块，不行我帮你复原。”

“行吧。”

得到许可的栾栾高兴得在座位上坐着跳了一下，说道：“激动的心，颤抖的手，流动的红屋顶，出现！”说罢栾栾就将一桶岩浆倒上了屋顶。

好像哪里不太对……

“严彦，怎么办？着火了！”栾栾惊慌失措地喊道。

严彦看着在冒烟的屋顶也呆了一下，忘记屋顶这次用的材料是羊毛啊！羊毛遇到岩浆，可不就着火吗！

眼看着整个屋顶都烧了起来，严彦现在不知道该先骂栾栾这个神来之笔，还是先吐槽这个游戏，这个设定这么真实的吗？

“发生什么了？”坐在前面的同学转头正好从严彦的屏幕上看到了火光冲天的房顶，“哇，这个壮观了，火烧顶。”然后发出爆笑，顺便转回身去。

反正看热闹的不嫌事大，前面那位同学开始招呼其他在游戏中的人：“快来看！照着冒烟的地方走就行，严彦的屋顶着火了！”

严彦的脸色更黑了

栾栾眼睛一转，似乎想到了新方案，立刻在一桶岩浆上面又倒了一桶清水。水能灭火，这个底层逻辑应该是没有错的吧？

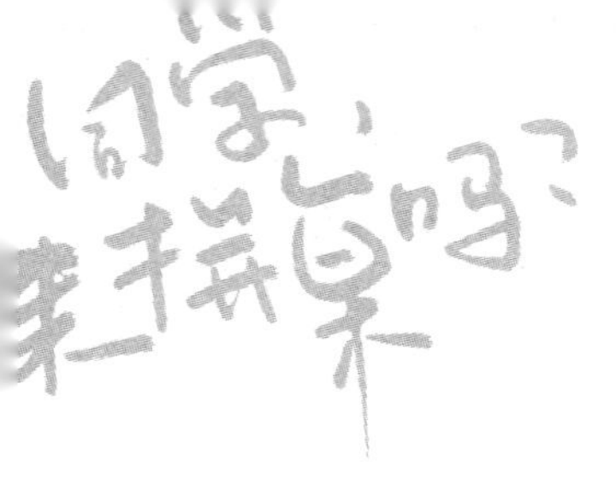

然后，在流动的岩浆上面又覆盖了一层流动的水，本来红色的羊毛屋顶彻底没了，蓝色底下盖着黑色，还有水流不断从屋顶流向地面。画面太美，严彦脸太黑。

游戏还在线的玩家几乎全都聚集到了严彦的庄园前看这个诡异的屋顶，三三两两爆笑调侃着：

“新屋顶配方＝羊毛＋岩浆＋清水。”

“啧啧，严彦的水帘洞庄园啊。”

“谁说水火不相融，这屋顶不错啊。”

“有创意，有创意，‘学霸’玩游戏也是独辟蹊径！”

严彦的脸色更黑了，栾栾仿佛听到了严彦磨后槽牙的声音。

严彦似笑非笑地看着栾栾，说道：“等天黑。”

坐得近的小伙伴略带夸张地露出一个震惊又猥琐的表情，说道：“严彦你难道……天黑了……你要……”眉毛眼睛一起挤来挤去，就知道这群人想到什么了。

栾栾气鼓鼓地瞪回去了！

严彦似笑非笑地看着栾栾，冷冷地说：“放火，报仇。”

完蛋！家门口两根荧石柱才告诉人家不到十分钟。

栾栾呆了。

事件的后续，除了严彦拆了栾栾的玻璃花园以外，还有一个小小的插曲——不知道谁说句“栾栾和严彦是班对儿”。

一开始严彦和栾栾都不以为然，然而这个年纪谁喜欢谁都能引起班里一阵风波。

“严彦好像对栾栾格外纵容。”

“他们早就在一起了吧？”

“难道那次严彦在校门口等栾栾是约会？”

谁也不知，开始的几句调笑后来会变成那样一场风波。不过是多了几句流言，就让两个人错过十年。

办公室里，贺清沉着脸。

学生们总觉得自己能瞒天过海，其实有些事情怎么可能逃得过老师的眼睛。只不过青春期懵懂的感情很美好也很真诚，但是也很容易画上句号，长则三五月，短则几周，也是常见。所以，大多数时间，贺清都是睁一只眼闭一只眼，装没看到，搞得郑重其事反而尴尬。

然而严彦和栾栾这两个，过分了。

学生在自己班里嘀咕两句也就罢了，现在整个年级都在传那个又帅成绩又好的严彦，被他的同桌拿下了。

学校里本来就没有什么秘密，如果她这个班主任再不管，恐怕到时候多少蠢蠢欲动的少年心都会浮起来了。

一中都是十几个老师在一个和教室差不多大的办公室

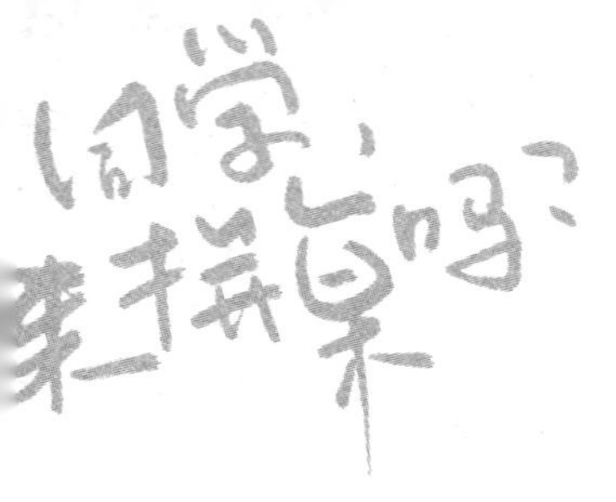

里办公。栾栾作为办公室罚站点名的常客，这天又在乔敏桌旁当人形摆件。贺清招招手，很容易就把人带走了。

贺清看着一脸不在状态的栾栾，莫名觉得自己胸口有点闷得疼，不知道该怎么和这个心大的孩子开口，最后斟酌了一下，问道："栾栾啊，最近你和严彦走得有点近？"

栾栾疑惑地"啊"了一声后，顿时笑开了："同桌啊，肯定近啊。"

这是个姑娘家，不能直接说，得婉转！贺清深吸了一口气，告诉自己慢慢来："我是说，最近班里不少人说你们两个有点暧昧，老师上课点你们两个名字还有人起哄。"

说到这里，栾栾脸色变得有点红，贺清感觉自己点到了，正准备把现阶段以学业为重，你们还小的说辞再好好说一遍。

栾栾却露出了一副她惯用的破罐破摔的表情，语速极快地开始交代："这事吧，其实是上上个礼拜二活动课我们联机玩游戏来着，然后就在游戏里说了一句玩笑话。"

贺清气了个倒仰，好样的，她今天本来只想打击早恋，没想到又顺便挖出来他们上课期间联机玩游戏。

更气的是，如果是别的女孩说出来，贺清会认为对方是避重就轻、装疯卖傻，可栾栾这孩子……还真说不好她是怎么想的。

贺清干脆明说："栾栾，你们现在不是谈感情的时候。多的话我不说，你回去好好想想。你去吧。"

栾栾轻轻笑了，应了一声"哦"，然后一如往常离开办公室，回了教室。

栾栾出了办公室就没法再维持不在状态的迷糊了，整个人几乎是飘着回的座位，心绪整个都乱了。

对严彦真的毫无好感吗？不是。

听到严彦喜欢栾栾这样的话，还是有点甜和害羞的啊。

其实，是喜欢的吧？

……

栾栾这节课整个人都心不在焉，一颗心扑通扑通地在跳。如果贺清不点出来，自己都不知道自己喜欢严彦，很喜欢的那种，也不知道什么时候喜欢上的。

栾栾越想越乱，开始咬起了笔头，大有啃塑料的架势。

"你怎么了，乔 BOSS 罚了你什么？"严彦用笔尖点了点栾栾的桌子。

"啊，没什么，中途被老贺抓走了。"栾栾一副不想多谈的样子，连个眼神都没有给严彦，继续孜孜不倦啃笔头，随手在选择题上圈圈点点，假装认真读题。

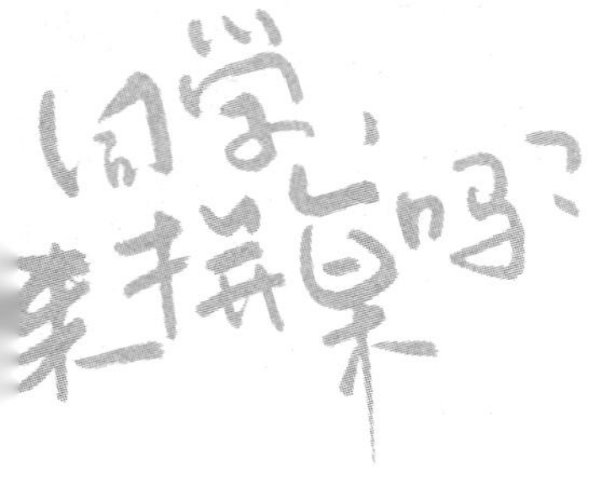

有问题！太明显了！严彦确信贺清一定和栾栾说了很严重的事情，栾栾整个人几乎都是恍惚的。

严彦见过迷糊的栾栾，见过莽撞的栾栾，见过急中生智跳脱的栾栾，见过拿到奖状神采奕奕的栾栾，印象里，没有这样恍惚的她。

会是为什么呢？

严彦看着旁边完全不在状态的栾栾，有点乱，不知道该怎么帮她了。

严彦僵硬地用手轻轻捶了一下栾栾的肩膀，栾栾直接被撞到了桌角，瞟过来一个“我正烦着呢，不想搭理你的眼神”后，直接趴在桌角发呆。

她到底怎么了？严彦想不通了。

讲台上，老师还在激情洋溢地讲课，这一对儿呆同桌各自神游。

好不容易挨到下课，严彦还没来得及好好和栾栾说一句话，贺清的召唤就来了。

“严彦，老贺喊你去趟办公室。”物理课代表抱着卷子朝严彦的方向吼。

办公室里，贺清推开摊在桌面上的作业，摆出了一副严肃的样子，问道：“严彦，你和栾栾走太近了，你怎么想的？”

严彦脸色先是涨红，然后唰的一下又白了起来，最后没说什么

这一切，贺清尽收眼底，轻轻叹了一口气，说道：“严彦，你是个心里有数的孩子，栾栾还不知道怎么回事儿呢。你们这个年纪……”

贺清突然停了下来，看了看办公室里人来人往的，站了起来，示意严彦跟她出去，径直打开了隔壁目前没人在使用的公开课展示教室。

偌大的教室里，只有贺清和严彦两个人。

贺清的声音在空荡的教室里显得格外清晰。

“你和栾栾都是老师眼中优秀的学生。你是男孩子，大了，就该你担事情了。栾栾看样子，是还没开窍呢。老师也是过来人，知道这时候的感情很珍贵美好，但是……趁现在栾栾还没发觉，也对你们没什么影响，断了，伤害最小。你不是不知道咱们学校规矩多严，之前那些个例子，还记得吧？有些事情对实验班是格外开恩，有些事情对实验班是坚决打击。”

严彦露出了然的笑容。

“老师不想伤仲永，还一次伤两个。知道你难受，喜欢人家就多承担点吧，现在快刀斩乱麻，对你和栾栾都好。

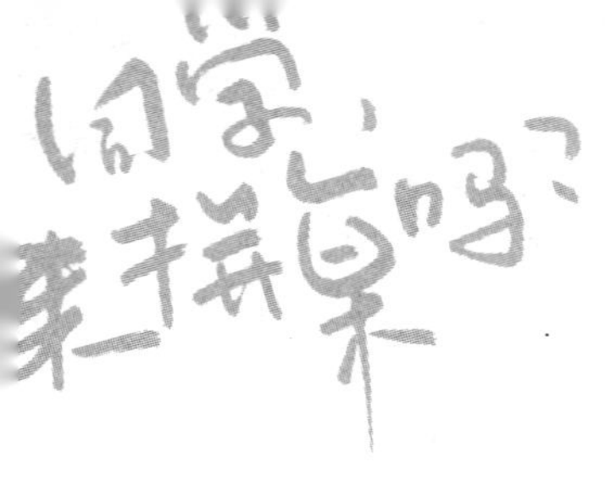

我会把你们座位调开。以后保持距离吧。断了吧，没准儿还有将来。”

严彦在贺清说完后顿了顿，感觉自己心如擂鼓，仿佛被人握在手中逐渐收紧，是被发现这段隐秘感情的紧张？还是对栾栾没开窍的恼羞成怒？还是因为贺清的那句“断了吧”？他分不清。

“好，我知道了。”严彦从来没听过自己这样的声音，嘶哑里带着几分哽咽。

他强抬起头，没让眼中的泪水溢出来。

贺清看着已经初长成的少年强行忍泪，又一副冷静自持的样子，不禁有点骄傲，也有点心疼。

“就别让栾栾反应过来了。”严彦又垂下自己的眼帘，小声说了一句。

“嗯，”贺清轻轻叹了口气，“严彦，你是个优秀的孩子，将来你还有大把的青春，会有很多好姑娘喜欢你的，现在的这个可能在你的将来不值一提。”

栾栾和严彦的座位调开了，离很远，之后无论怎么换座位都不再有交集。调开后，严彦再没有对栾栾说过一句话。

栾栾试图和严彦搭话，可是一遇到严彦不理不睬，冷若冰霜的态度，栾栾就莫名其妙心虚，又有点委屈，索性也不开口了。

本来嘛，在一个教室里做过同桌的学生，处得好会是莫逆之交，处不好，也不过是将来毕业照上的某某而已。

栾栾无数次安慰自己，这不过是一场无疾而终的乌龙暗恋而已。

可是，她管不住目光，管不住耳朵啊。

从来没有发现自己的视力那么好，在操场打篮球的严彦，在教室回答问题的严彦，在课间大笑的严彦……她不用转头，也不用刻意，只要是有严彦在的地方，眼睛和耳朵就自作主张围着他转了起来。

中学的时光总是没什么概念的，考过了这次月考，准备下次期末，这次竞赛完了，再来一场活动，时光就像被推着走，转眼就是一年。

终于到了文理分班的时候，历届以来的一班几乎都是将来的理科实验班，很少有学生分出去，大概是每届学生流动性最低的班级了。

“哎！栾栾你要去楼下十一班学文？”物理课代表嗷的这一嗓子，叫醒了中午午休还没醒过来的教室。

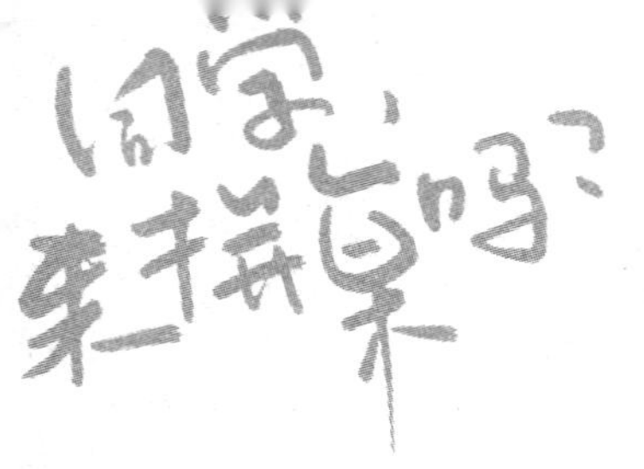

作为班主任的课代表，每次消息都比别人快上很多。

栾栾迷迷糊糊睁开眼，脸上还有着刚才压出来的红印子，回答得有气无力：“对啊。”

随着这声“对啊”，整个教室都炸了起来

“你为啥要去学文？你明明理科成绩那么稳！”

栾栾无奈地翻了个白眼说：“我文科成绩也很稳好不好？我刚好数学好，到时候用数学拉人家 20 分，我文综最后一道大题都不用写了。”

“可是，可是，可是……理科选择专业更多啊！”

前后左右的学生纷纷投来诧异的目光。

“栾栾，你爸妈怎么说啊？”

“啊！岂不是下学期我们就看不到你了！”

……

栾栾座位周边的喧闹离严彦很远，严彦却一字一句听得清清楚楚，他的心像是被浇了一桶又一桶凉水。

以后都不在一个教室了吗？

自己这些日子对“栾栾”两个字都有了应激反应，在教室里，最期待的事情应该就是能在目光转动的时候可以瞟过栾栾，偶尔看到她在笑，心会变得又酸又软。

自从不理栾栾了以后，她好像看都不看我一眼了啊。

篮球场上刻意耍帅，也没让经过的她多看一眼；课间操下楼的时候，故意走在她附近，和同学的聊天超大声，她也没回过一次头；最近的距离，也就只有她偶尔课间睡着，自己“不经意”从她身边走过去找别人拿东西的时候……

本以为自己这些日子已经够难了，严彦在心里叹了口气。

当已经压抑心绪难受到麻木的时候，原来还有这一击等着他。

心底空落落，面上笑盈盈。

罢了。

以后，可能就只有课间操的时候，隔着十几个班的距离，远远望她一眼。现在，还可以多看看她，也想多让她看看我。

“所以 T、M、N 三点共线，所以 $5/6\lambda+5/6\mu=1$，所以 $\lambda+\mu=6/5$……”

严彦的声音清晰又平静。

“嗯，非常棒！”数学老师笑得眉眼弯弯。

“整个班，也就严彦回答问题向来和书写出来的一样，思路太清晰了，”老师的嘴角满满都是笑，然后板起脸点

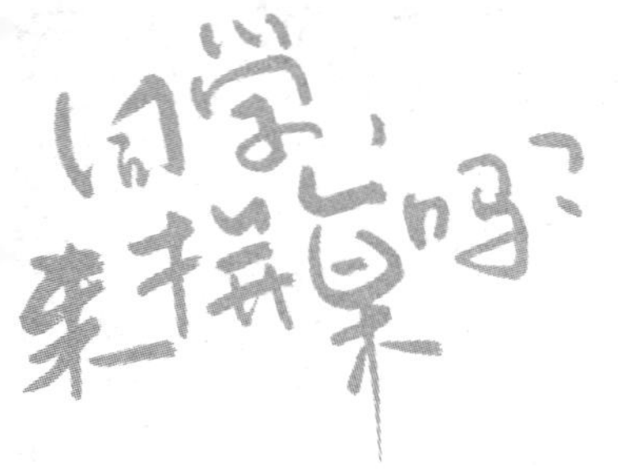

了点黑板，“都给我看这里，你们一个一个都能得不行啊，但是，高考改卷按步骤给分，你们这些自以为是的大神，跳着给我写是不是？这次凡是跳步骤的，我全都直接给了零分，好好长长记性！”

“啊……”班里传来一片哀号。

严彦现在的同桌本来就是好朋友，一点都不客气，咬着牙在严彦坐下后开骂：“你这牲口，最近上课干吗那么积极回答问题？全科的老师最近都认为班里除了你以外的人都是不用心的学生。”

没有对比的时候，他们只是有点迷糊的傻孩子，日子勉强还能过。

严彦直接怼了回来：“我不积极的时候，你也是字都写不好的学生。”

朋友举起右手，伸了一根手指，抿着嘴，冲严彦说道：“真行。”

严彦似笑非笑哼了一声转过头去，用余光偷偷瞄了瞄栾栾座位的方向。

刚才，她是一直在看我的吧？

严彦的心突突跳得疼，在一个教室里待的时间不到半月了，以后，恐怕是连看看她都难了。

原来打定主意不理，在同一个教室里也无法产生一点点交集。原来，时间可以轻而易举地将那一点点缘分消耗殆尽。

严彦感觉自己嘴里涩涩的，这个女孩子，自己从每节课都可以偷偷看几眼，就要变成每天能不能看一眼都是碰运气了。

甚至她可能永远都不知道。

严彦每次想到这里，就感到胸闷气短。

严彦是真的很忙，栾栾在他公寓待了半天，真实感受了一轮严彦的“忙”，说是没有课了，工作手机一直响个不停，来自网课学生们的问题没完没了。期间又接了一个工作电话，就埋头开始写范文了。

转眼又到了网课的时间，两个小时的时间，学生还能偶尔开开小差，严彦可是要全神贯注，一刻不停讲两个小时。

等严彦关掉电脑，天已经黑了。

栾栾已经从书桌旁端端正正坐着，变成歪在沙发上一个哈欠接着一个哈欠打起瞌睡。

“终于下课了！”栾栾如获大赦一样伸了个懒腰。

如果沙发上的女孩子还穿着那一身蓝色的校服，随手绑的马尾再扎高一点，他会觉得自己是在做梦。从前下了

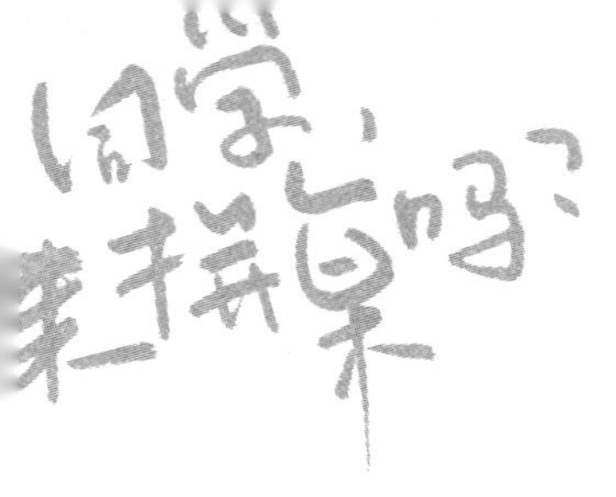

最后一节课时，他喜欢的姑娘就会露出这种轻松的表情，整个人都会像只猫一样舒展放松开来，眼睛也会微微眯起，看着他的时候，好像里面只装得下他一样。

很奇怪，严彦以为自己已经记不清过去的那些片段了，还以为再过几年，栾栾可能就会变成梦里一团说不清道不明的暧昧，人也会渐渐模糊。

有一天，他会忘了这个女孩，只记得初恋的甜和涩。

可是栾栾的出现，就像重新打开了记忆的闸门，那个从前被他放在脑后的姑娘越来越清晰，不是现在这个衣饰精致的栾栾，而是当初穿着校服蹦蹦跳跳的栾栾。

他像是又补全了一块记忆。

就像现在，看见沙发上栾栾舒展身体，他想起来高一那年冬日的教室。

化学老师在讲习题。窗边的暖气片烤得栾栾小脸通红，她搭了两个人的外套隔着有点烫的暖气，软软地歪在衣服上。在温暖又柔软的环境里，实在是太容易睡着了，栾栾整节课全靠意志力在支撑自己不要睡过去。

严彦尝试着用笔戳戳快栽到桌子上的同桌，然而压根儿就没有用。

那节课下课，严彦看到的就是这样的栾栾——如释重负地打着哈欠伸懒腰，喃喃道：“终于下课了！”

当时，睡眼迷蒙的栾栾给了他一个笑，眼睛里好像只装得下他一个，16 岁的严彦因为这个心跳都漏了两拍。

现在人就在自己沙发上做着这个动作，他漏了两拍心跳的感觉又找了回来。

物是人非会凄凉，人是物非只会想。感谢上苍。

两个小时自己压根儿不喜欢的写作课，栾栾快听绝望了，更何况严彦上课，她又不好意思当面玩手机，只能拿着纸和笔假装自己在用功，这可真是犯困加倍。

下课了，她可以回家了吧？

栾栾站了起来，拽了拽已经被扭出褶的裙子，还没来得及开口说话，严彦就已经先声夺人了。

“饿了吗？”严彦打开了冰箱，浏览了一下，转过头，对栾栾笑了笑，“晚上吃简单一点吧？可乐鸡翅和黄瓜炒鸡蛋怎么样？”

栾栾拽裙子的手，差点儿没把自己裙子扯掉。

老师留自己吃晚饭？这……妥妥的鸿门宴，可是，严彦留自己吃晚饭，一走了之好像很不给面子。

可是，这算什么啊？

来人家家补课，还混吃混喝的。

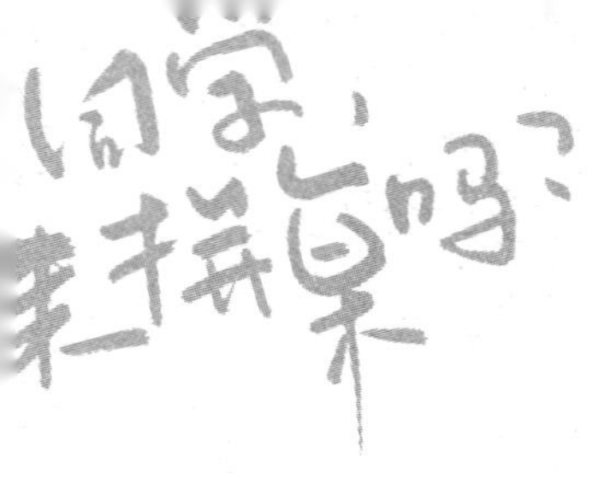

“怎么，都不喜欢？那有想吃的吗？我再点一份外卖。”严彦说着，询问的眼神已经飘了过来。

现在还可以拒绝吗？栾栾在内心扶额。

罢了罢了，白吃一顿晚饭，反正晚上自己回家吃什么还没有着落呢，大不了回头多给严彦买点东西当伙食费。

劝自己就是这么轻松的事情，栾栾想通了以后，脸皮都厚了一层。

去朋友家里做客，人家留一顿晚饭有什么问题吗？社交礼节而已。

“我想吃小龙虾，”栾栾略略思考了一下，决定反正要吃就吃好，说着就拿出了自己的手机，打开外卖软件搜索起来，“哇！这里在这家的配送范围！”

栾栾兴奋地说：“我上次吃过就一直惦记着，但是我家那边有点远，这家店不送，今天就这个好了！严彦，详细地址！”

靠在冰箱旁的严彦，长长舒了口气，这顿饭差点儿就留不住了。

“手机拿来。”

严彦的手指在屏幕上飞快点着，给栾栾的外卖软件加上了自己的住址还有电话。

“还用的九宫格？”严彦把手机递了过去，顺势坐到沙发上，侧身看着栾栾。

有点近了啊，刚才为了靠得舒服坐到角落，现在的栾栾退无可退了。

一定要这么考验我对美色的抵抗力吗？

一个人帅身材好有魅力，从前你还暗恋过的人，靠这么近，还用这眼神，这笑容……

我扛不住啊！

栾栾不自觉地开始脸红了，已经不知道自己在说什么。

“输入法哪有那么容易改啊，都已经是机械记忆了，你还是26字母全键？”

严彦饶有兴致弯起了眼睛，仿佛很高兴的样子，说道：“对啊，还是26键。”

栾栾说完话，就后悔得差点儿咬掉自己舌头。

十年了，你还记得人家用26键这种事情，这不是典型的图谋不轨吗！虽然未遂，但也还是很尴尬啊！

果然嘛！你看人家都笑成这样了，天啦，不知道该怎么找补回来。

“输入法嘛，我感觉其实就和咱们刚开始用手机的时候用的机型有关系，当初手机宽，开始就是用全键盘的人，最后都还是26键。像我这种一直用的都是滑盖和平板类的，就一直九宫格下去了……”

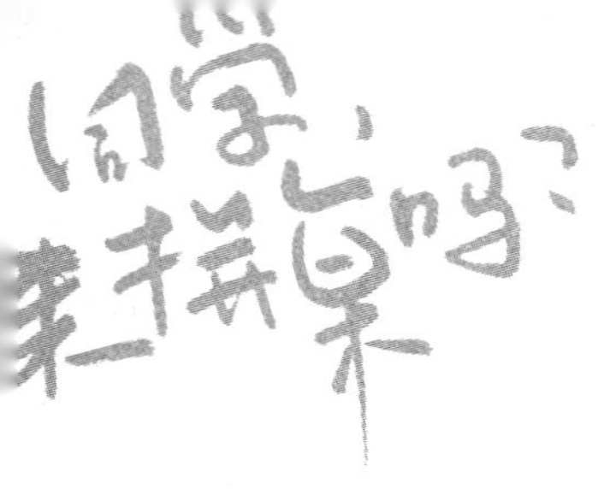

栾栾紧张的时候会漫无目的说一大堆，说的细节会更多……

栾栾为什么紧张了？

严彦只要一想到可能有他期待的那个可能性，心底处就有一块地方开始变得酸酸软软起来，仿佛要滴出来一滴酸奶一样。

再续前缘，说起来容易，可是要先穿过人海茫茫，再越过时间相隔，担心最容易变的人心现在是不是还有那一份悸动。

严彦以为自己只是怀着一腔少年时的意气，在试探着追一个自己不知道对不对的梦。

可是当他稍微伸出手，就发现他会收获的感情可能要比他想象的多很多。

不管当年如何，现在的自己是喜欢栾栾的，而栾栾，应该也是喜欢自己的吧？

严彦其实很不耐烦这种小心翼翼地试探，可对象是栾栾，做起来竟然有点甜。

“挑好了吗？你的小龙虾。”严彦离开了沙发，走向厨房，留给栾栾一个背影。他平复了一下心情，把注意力集中到食材和厨具身上。

幸亏当年出国留学的时候，因为挑剔的中国胃，练就了一身厨艺。

本来严彦只打算喂饱自己，可是严彦是一个认真的人，虽然不怎么喜欢做饭，但优秀的人可能哪方面都优秀，认真的个性让他做饭的时候更严谨专注，严格按着食谱来，菜不会很好吃，但味道也不差。本来就出彩的中国菜，他在国外煮一锅饭能馋来一层楼的人。

觍着脸蹭饭的人，一边白吃白喝，一边还要评价味道。

严彦计较那群人伙食费的同时，他们的建议也一条不落地记下了，排除那些从中华小当家扒来的建议，有些还是能采纳的。

久而久之，严彦的厨艺绝对甩同龄人几条街。

栾栾点好了小龙虾和饮料后，厨房里传来切菜的声音，纠结着自己是不是得去厨房帮个忙？白吃白喝，坐着等喂，应该只适用于对老妈，在别人家还是乖巧点吧。

栾栾收了收心思，轻手轻脚往厨房走去，在门口小心翼翼站着。

“那个，我来帮忙啦！”栾栾努力做出一副信心满满的样子，掩盖不会做饭的心虚，“老大来发配任务吧！”

“行啊，你来把鸡翅上面开几个口子。”说着，严彦

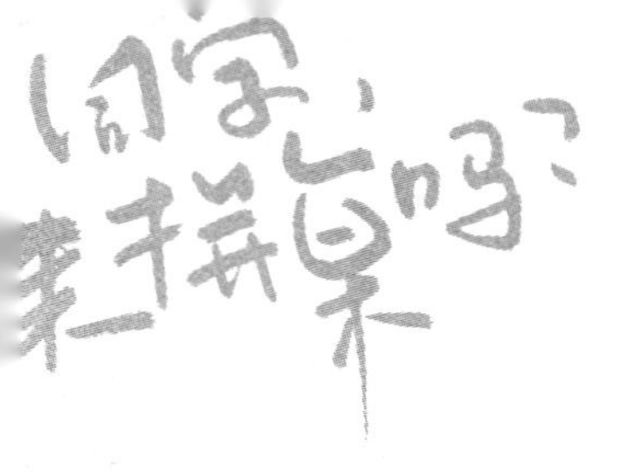

把案板旁边的位置让给了栾栾，自己转身去开油烟机了。

给鸡翅开口？就是画几刀吧？应该很简单的，嗯，我可以！

栾栾对自己充满了信心，拿起菜刀一副气势满满的样子。

两分钟后。

“栾栾，你知道开口要开在肉厚的那一边吗？”

栾栾一脸蒙，呆滞地摇头。

严彦无声叹气，如果不是他一直往栾栾身上瞟，也看不到这口都不知道开到哪边的真实水平。

“出去剥。”严彦塞给栾栾一小网兜蒜，一看就是从超市里新买回来没开包的。

栾栾低头看了看，问道：“全部都剥完吗？用不了这么多吧？”

“嗯，全剥完，将来用，”严彦抢过栾栾手里的刀，放在案板上心才算真的放了下来，“我晚上可不想吃可乐手指头，你还是出去吧。”

栾栾一怔。

严彦见她这副气鼓鼓的样子，还挺可爱，忍不住伸手帮栾栾拢了拢头发，轻轻在她头上拍了两下，说道：“好了乖，去吧。”

某只被摸头杀震惊到的栾栾，一脚深一脚浅地坐到了餐桌旁，开始认真剥蒜。

如果你十年前暗恋的人出现在你的世界里，你会感叹这个世界的神奇，感谢这段神奇的缘分。

如果你暗恋的人表示他想追你话，而且不是你在做梦，可真是老天朝你砸了一块大馅饼！

这贼老天！这种幸运，我不敢接啊！

栾栾觉得信息量有点大，大脑的 CPU 已经死机了，思绪开始乱飘，16 岁的严彦、厨房里的严彦、那么多年错过的严彦……

如果梦中情人真的来跟自己表白，能像自己幻想的一样，和好友们吹牛一样，就好了。

而不是像现在一样，乱成一团，千头万绪，千言万语，却不知如何向前。

“严彦！我今天可是带了瓶好酒，开门！”于宇敲门和大喊的声音可能整个楼道都听得到。

如果可以，严彦想回到半年前，扇死那个热心帮朋友在家附近找了新窝的自己，这个朋友不仅平时蹭吃蹭喝蹭玩，还要在今天当“电灯泡”不成？

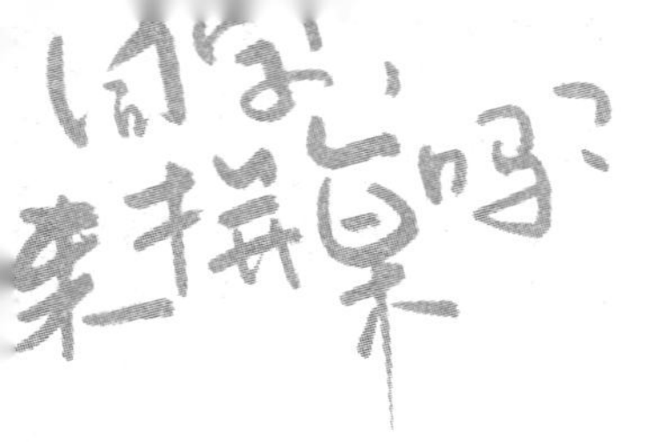

“来之前怎么也不说一声？”严彦黑着脸打开门，对于宇冷言冷语的。

“你这个人，怎么总是那么多事情，好朋友来你家串个门，还带着酒打算来陪你虚度光阴，你怎么和遭了强盗一样？”于宇轻车熟路往严彦房间里走，痞里痞气的，完全不把严彦的黑脸当一回事儿，“什么味？好香，难得你下厨，我来得可真是巧，嘿，今天能蹭一顿。”

然后，他看到餐桌旁站起来一个清秀的女孩子笑着说：“你好，我是栾栾，严彦的高中同学，今天来这里蹭课的。”

严彦黑脸没吓退于宇，栾栾的笑倒是吓退了他两步。

于宇给了严彦一个歉意的眼神。

哥们儿，这个我真的不知道啊，知道我绝对不来，现在走来不来得及？

“不打扰你们上课，我回头再来。”于宇试图离开是非之地。

严彦已经关了门，说道：“来都来了，你吃了再走吧。”

苍天做证，于宇这次是真的不知道严彦这句话是客气，还是真的挽留，正在挤眉弄眼给严彦使眼色“我是去还是留”。

严彦脸黑着，目光在于宇身上定了一下，然后瞥向了门。这种时候，谁要你当电灯泡挡路？

这次于宇看懂了，示意性眨了眨眼，准备撤离！

“那个，就留下一起吃吧。”栾栾剥了两个蒜也没想出来现在该怎么办，刚好于宇进来，索性当次鸵鸟。

脖子一横，豁出去了。

于宇心想：走不走，这怎么走？

严彦黑着脸继续瞪于宇，但是人转进了厨房。

懂了，听姑娘的。于宇终于读懂了潜台词，只好屁颠屁颠跟着严彦进了厨房，

“有没有什么需要我帮忙的？来来来，我来洗。”于宇挤进洗菜池边，然后借着油烟机的抽风声，小声和严彦嘟囔：“对不住，今天饭桌上好好给你当助攻。”

“哼，你早点滚就好。”

严彦的厨艺出乎意料地不错。栾栾咬着鸡翅，表情有点惊艳。于宇本来就是察言观色的人精，刚才惹了严彦的尾巴，正愁没地方使劲呢。

“美女，严彦厨艺不错吧。我跟你说，单论厨艺，严彦绝对是我们这一拨人里的这个，”于宇竖起大拇指，“去年我们一群人去轰趴，以为烧烤管够还吃什么饭啊，结果山里下了一场大雨，烤肉摊子全部撤了。我们以为晚上只能喝酒喝饱，没想到严彦愣是靠着房东提供的那三瓜两枣

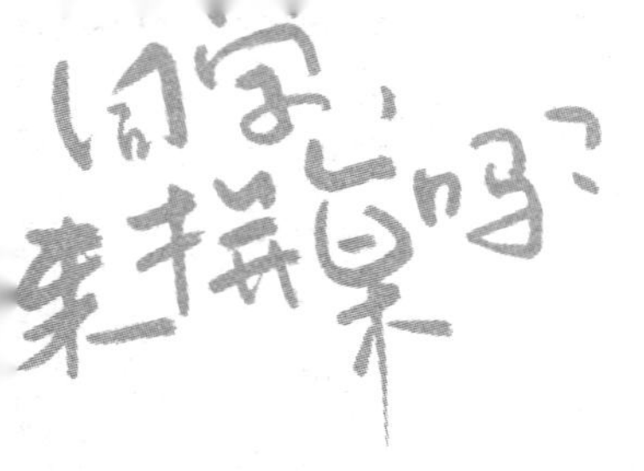

做了桌菜出来，那味道，绝了！”

于宇看栾栾瞪圆眼睛听得津津有味，便越说越多，越来越起劲，直到严彦忍无可忍打断他。

“栾栾点的小龙虾我觉得还不错，你尝尝。”抓紧吃，赌住嘴，严彦用行动来表明态度。

“哦哦，我尝尝，尝尝，”于宇立刻将注意力转到餐桌，抓起一只龙虾吸溜了一口，“嗯，味道不错！我得剥开尝尝。”

严彦面前的小碗里面已经剥好了几只虾，他又舀了一勺汤汁浇进去，理所当然推到了栾栾面前，说道：“喏，帮你剥好了。”

正在费劲剥虾的于宇面无表情：你有那么碗剥好的虾，就不能匀我一个吗？

盯着碗发呆的栾栾对着几只剥好了的虾脸红了：这个举动是不是太暧昧了一点啊？

栾栾努力抛开脑袋里闺密上周的荼毒“男朋友还是有点用的啊，吃虾的时候，有人会殷勤地帮你剥壳，拧不开瓶盖的时候，有人帮你来拧瓶盖啊”！

栾栾这口虾吃得格外心不在焉。

严彦问道：“好吃吗？”

“好吃啊！”于宇指头嗦得震天响。

“好吃！咳咳……”栾栾心里正在写小剧场，一个紧张呛着了。

“慢点，”严彦自然地拍着她的背，“问一句而已，好吃也不用这么紧张啊。”

于宇盯了盯餐桌上的菜，又看正在拍背的严彦眼神温柔得要滴出水来，却一个眼角都没扫他这个兄弟一眼，于宇觉得自己眼睛疼。

得出结论，这顿饭得就狗粮吃！

于宇以风卷残云的气势吃完了碗里剩下的小半碗食物，然后掏出手机随手刷了两下，说道：“那个，我工作上还有点事，先撤了。你们慢慢……嗯……”

飞速离开了狗粮分发现场，这是已经感觉到气氛不对了吗？

栾栾内心就更慌乱了，现在就剩两个人了怎么办？

栾栾犹豫了好久才开口说：“不用麻烦你这么多，你的朋友会误会的。”

“误会什么？”严彦的表情像是在压抑什么。

“误会你好像喜欢我啊。”

转身去厨房倒水的严彦，差点儿跌了手里的杯子，回头就看到栾栾认真的双眼。

“我……”该怎么告诉你，我喜欢你，不是误会，是

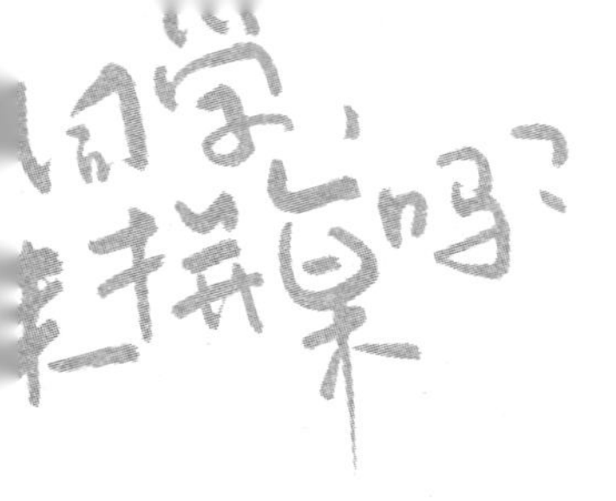

事实，这么多年，一直喜欢你。严彦张了张口，太多年了，太多被遗忘和压抑的情绪了，不知道从何说起。

严彦内心小声地吐槽着：更多的是委屈，我表现得这么明显，她是一点都没有感觉吗？

看严彦一言不发，甚至带了点点慌乱，栾栾眼底闪过一点点失落，看样子是误会了。也许自己不过是人家茶余饭后的一个乐子，来见证一下是否十年如一，魅力不老，想到这里，栾栾心都凉了。

如果喜欢，何必这么慌乱呢？

“我不想搞得那么认真，就这样相处不好吗？”当年对她暧昧到全院皆知的学长也是慌乱地这么说的。

后来的事实证明，他只是不想对她认真，毕业的时候他为女朋友在操场摆了心形玫瑰，办了一场盛大的求婚，毕业证和结婚证一起拿。

只有不怎么喜欢才会慌吧？

“我该回去了，挺晚的了。”栾栾的声音格外温柔。

严彦却听出了疏离，发生了什么吗？自己还在酝酿怎么开口，可现在仿佛还没有抓住，她就又要跑。

他被推开了吗？严彦不太确定，当年两人暧昧满满的时候，自己都没有勇气表白，过去了十年，好像更不知道从何说起了。

尤其是现在的栾栾，灯光下脊背挺得笔直，微微抬着下巴，像是进入了备战状态，已经不再是刚才沙发上那一团放松又惬意的样子，而是像遇到了威胁一样，警惕了起来。

自己是做错了什么吗？严彦现在更慌乱了，脑袋里念头一个接着一个纷扰而过。

“太晚了，不安全，我送你回去。”那句我喜欢你，终究变成了一句普通的叮咛。

“好。”

一路无言，直到严彦开车到了栾栾小区门口。

“谢谢。”栾栾转身下车，大步走开。

严彦在车上鼓了一路的勇气泄了。

第七章……还书

chapter 07

她在做什么？

严彦在微信输入框里的字敲了又删，删了又敲，手机屏幕亮了又关，关了又亮。

雷厉风行的自己，竟然没有勇气向她发一句消息。

那天分开的时候栾栾的样子，像是在躲他。

严彦懊恼地把手机扔到了沙发角落，自己窝进了那天栾栾窝着的位置，又开始回忆那天的一幕一幕，思考是哪里出了问题，明明当时在沙发上的栾栾对自己并不排斥，甚至是有好感的。

可是事情从什么时候开始转变的呢？

严彦开始梳理自己的思绪，一点一点重新构思那天发生的场景，回忆每一个细节。

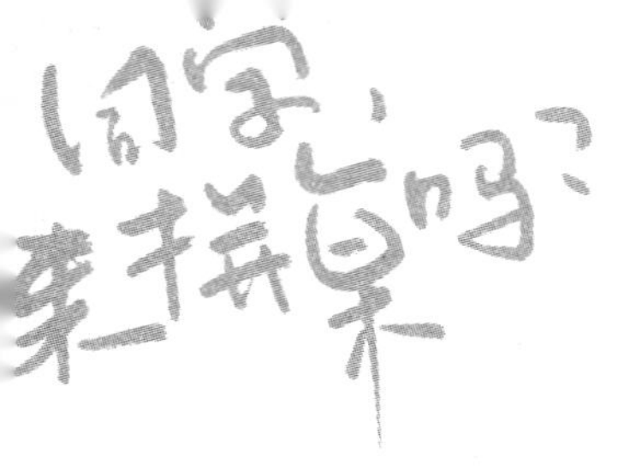

回忆多次，就像给记忆加滤镜一样。

一遍又一遍地重复，严彦感觉每一次都有出入，已经快分不清是真实的记忆还是他的想象了。于是，这个严谨派选手不负众望想出来了一个科学又笨拙的方法——

好记性不如烂笔头。

严彦打开电脑,创建了一个名字就是“栾栾”的文件夹，每回忆一遍，就动手敲下来回忆的整体细节，时间、动作、反应、效果，用表格写得明明白白。存入文件夹，文件名用回忆的时间和场景。

严彦看着文件夹里已经两排的文档,感觉自己要疯了。

难不成追姑娘还要他像数学竞赛一样建个模分析不成?

越想越忐忑，越不敢开口。严彦觉得自己很为难，这道题太难了。

严彦有两个礼拜没有理栾栾了，像念书的时候一样，突然冷漠。

座位分开后，虽然贺清没有明说什么，但是这已经算是很明显的表现了，整个班的人噤若寒蝉，再没人提起这对同桌的事情。

上学时候的注意力太容易转移了，昨天家庭作业里难到晕厥的题目、当红偶像新出的专辑、下周要进行的月考、体育课要测试的仰卧起坐……全都是学生们的关注重点，没过两天，之前那场小小的流言风波就已经消失无形了。

栾栾快失落炸了，从来没失眠过的姑娘辗转反侧了好几个晚上，睁着眼睛等天亮。老天给她开了一个大玩笑，她刚刚发现自己有喜欢的人，还没来得及享受喜欢一个人的甜蜜和忐忑，也还没尝试过追求，就已经被班主任扼杀了。还没开始恋爱，就先体会了失恋的感觉，这得是什么运气啊！

栾栾从来都不是一个容易死心的人，明知山有虎，偏向虎山行，这种事情也不是一次两次做了，对自己喜欢的人示好有什么不对吗？栾栾努力说服自己。

就这样失恋了吗？她不甘心啊！

不得不说，同在一个教室里上课，想把其中一个同学当作透明人没有一点交流，还真的不是什么难事儿。栾栾本来不想那么刻意，可是突然发现严彦好像在躲她。

她无论在课间、午休，还是在上学放学时，都会和严彦完美地错开。哪怕是同时被老师叫去办公室时，也会出现她已经出来了，严彦才进去的情况。每天连擦身而过的机会都很少，偶尔在走廊或者楼梯口遇到，栾栾刚刚扬起

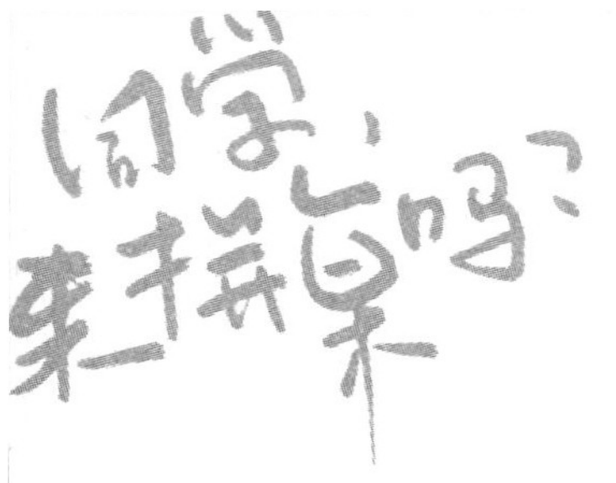

笑容准备打招呼，严彦就低头走了，不知道是真的没有看到，还是单纯的不想理她。

栾栾有点失落，更多的是委屈，魂不守舍了几天后，决定主动出击。打招呼你不理我，我主动凑过去，你该和我说话了吧？

这天中午在食堂，栾栾端着餐盘走向严彦所在的餐桌，扬起甜甜的笑容，目不转睛地盯着严彦，问道：“介意我坐这里吗？我找不到空位置了。”

栾栾心跳如擂鼓，如果他还躲，那就是……

“你和她说吧，我吃好先撤了。”严彦连一个眼风都没有扫过栾栾，面无表情端着餐盘走向了回收处。

旁边的汪洋急忙救场，这尴尬，别过会儿栾栾哭了。

“来来来，刚好他撤了，你坐他刚才的位置，对面的位置阳光直接晒着，眼睛疼。”汪洋殷勤地帮栾栾搭了一个台阶。

栾栾收了收眼睛里已经弥漫起来的雾气，重新勾起一个笑容，说道：“好啊，有好位置谁不高兴！”

这天中午，栾栾的话格外多，却不记得自己说了什么。

要有多讨厌，才能一句话都不愿意和对方说呢？

栾栾不知道。

但是，这样的冷漠对一个满心粉红色的少女来说，够疼了。

再抬起头的栾栾，从表情上已经看不出来任何异样。她高高兴兴的，还让想等她的汪洋先走，仿佛严彦的突然离开一点问题都没有。

汪洋想着没准自己在这里，栾栾反而不自然，倒不如直接走了。

“她和你说什么了？”严彦突然从食堂门口闪了出来，正好堵在汪洋面前。

汪洋吓得向后跳了一步：“嘿，你怎么还在这里？”直接对严彦翻了个白眼，“人家和我又没有什么交情，说什么说啊？”

严彦冷着脸，试图越过人山人海，再看一眼栾栾在的位置。

人潮攒动，只能看到一片校服。

严彦转头往教室的方向走，盯着和他并肩走的汪洋说:“别大嘴巴，回头什么都别说。”

汪洋隐约知道点什么，看到严彦这个状态，算是落实了小心思。

“你个小心眼，人家不过是和你传了几天绯闻，影响了你光辉的形象而已。何况又不是她传的，你干吗把栾栾当仇人啊？还是说，你是真的喜欢栾栾？”

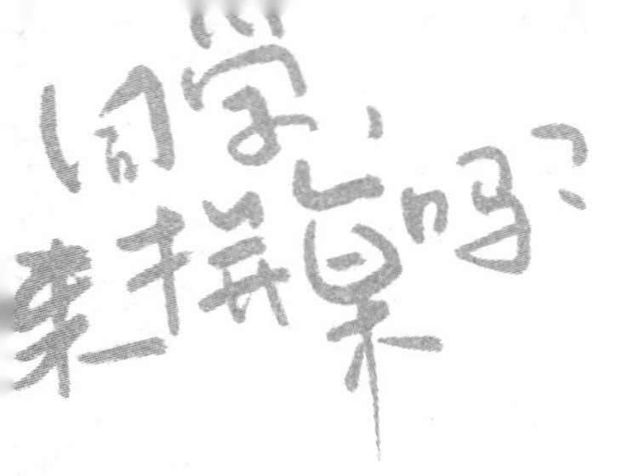

严彦黑着脸听汪洋把话说完。他天天刻意躲着栾栾，不和栾栾交流，就是为了让这些有的没的流言全都停了。

可是汪洋正说中了他的心思，又满足了严彦有了点想把自己的喜欢公之于众的心态。严彦这才感觉到一丝甜蜜和紧张，又狠狠地压了下去。既然已经做了决定，就该到此为止，这份喜欢，自己一个人知道就好。

这天下午之后，栾栾收起了对严彦所有的友好。

有些女孩子，看着大方温和，实际上倔强又别扭，骄傲起来又带着决心，比如说栾栾。

如果，已经有人对你表现出那么明显的疏离，那么哪怕是再喜欢对方，栾栾也不会允许自己再贴过去了。

如你所愿好了。

栾栾的社交谱里，出现了一个叫严彦的黑洞。

有严彦参与的任何活动，栾栾总能找到拒绝的理由；有严彦出现的任何地方，能看到，也当作是看不到；有严彦的任何话题，听过也就只当听过，不会多说一个字，一问三不知。

我喜欢你，可我也不会委屈自己。

见面不过陌路人。只不过这个陌路人赚了她好几夜的眼泪而已。

“怎么，礼拜六窝我这里魂不守舍的？你暗恋的情哥哥约你了？”越悦抢过栾栾手里的遥控器，“我家几百个台，您老人家从头到尾按了三轮，就没有一个能把你魂叫回来的频道？”

栾栾有点尴尬地扯出来一个小小的笑容，瘫在了越悦的贵妃椅上，盯着越悦家客厅华丽的水晶灯流苏，有点晃眼，眼前好像出现了五彩的光斑。

“我多嘴问了一句，两个礼拜没理我了，看起来又是一个顾陈塝。”栾栾叹了口气，“唉，我的这颗少女心怕是又要碎了。”

越悦歪到了栾栾身边，问道：“顾陈塝？当初追你追得尽人皆知，你一开口，把人家吓跑了的那个？”

栾栾有气无力地点了点头，用鼻音发出了一个“嗯”。

“有一个八卦啊，不知道当不当讲。这个事情吧，我从顾陈塝舍友的哥们儿那里听来的，和你有关系。”

灯光有点晃眼，栾栾拿沙发上的抱枕挡住了眼睛，越悦这都从哪里听来的料啊。

“说吧。”

“据说，顾陈塝是真喜欢你。”越悦的语气信誓旦旦。

栾栾很干脆地用抱枕回复了越悦，还捂紧了自己的耳朵。这话能信？

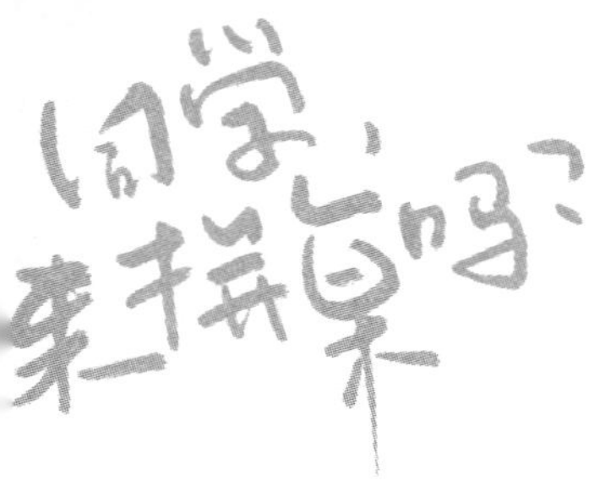

“他和我说以后别那么认真，不到三个月就找了他现在的老婆！”

“我和你说真的，”越悦拿开了栾栾头上的抱枕，“据说啊，人家当初对你是一片真心。你呢，冷若冰霜，当时一句逼问，人家以为你烦他了，就只好趁你开口赶人之前先表示不要你了。”

什么逻辑？栾栾坐起身子来怒目相对。

“我觉得可信度挺高的。你想想，顾陈埻是多心高气傲的人啊！那么拉下脸追你，你不为所动其实就很伤人家自尊了，你又说了那话，人家被你吓到心死也不是没可能。”越悦头头是道地分析着。

栾栾听完这话气得想翻白眼：“算了算了，别说你分析的了，说八卦原内容。我倒想看看这个八卦是哪一点让你得出了这个结论？”

越悦抓了把瓜子，一边嗑，一边重新复述：“这可是两段劲爆货，我上个月打听到的。

“第一段是你大二吓唬完人家以后，顾陈埻有一次出去和哥们儿喝酒喝多了，忍不住哭过一回，回去以后删了电脑里一个保存你照片和聊天记录的文件夹。注意，此后不到一个月，他就和现在的老婆在一起了，据说她因为安慰了他一段不为人知的难过，终于打动了他。

“第二段是咱们大三时，顾陈[illegible]和他老婆在一起没多久，他和哥们儿玩真心话大冒险，有人问他是不是真的喜欢你，他说喜欢，但是觉得你一点都不喜欢他，所以放弃了。后面终于找到灵魂所爱。”

栾栾面无表情，越悦嘎嘣嘎嘣嗑瓜子的声音格外清脆。

“所以，你是说我当年自己作没了一段姻缘吗？”栾栾转头看着越悦问道。

越悦随手抓了一把瓜子塞给栾栾，说道：“是啊，你为什么单身到现在自己不知道吗？看开点吧。这瓜子，香！”

栾栾低头看着手里的瓜子，一颗一颗放进嘴里，咬得格外响。

越悦在一旁嗑着瓜子继续说：“说实话，但凡你表现出来一点点你喜欢他，或者肯给顾陈[illegible]一点点机会，让他看到希望，现在可能真没他老婆什么事儿。人家放弃你是因为觉得你一点都不喜欢他。”

栾栾加入消灭瓜子大军，嗯，的确，这瓜子不错。

“那我应该死去活来纠缠？这样也太不酷了。”

越悦投来一个朽木不可雕也的眼神：“姐妹，你脑袋里是养鱼的吗？谁叫你去纠缠啊？我是说你要是喜欢，就得表达出来，不喜欢就算了，这才是酷。你对酷的误解有

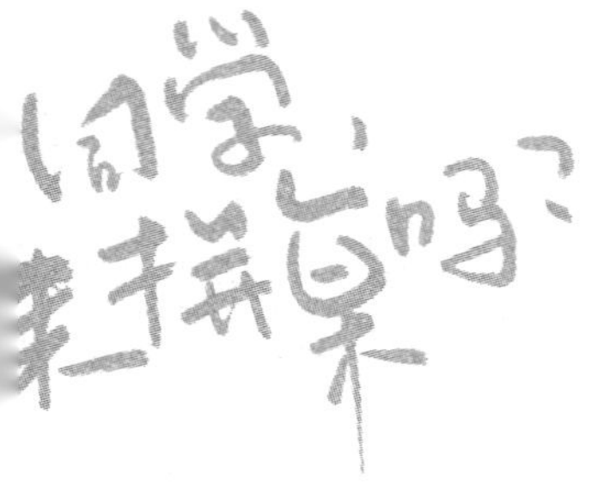

点深啊。”说着抢走了栾栾手里的瓜子。

“别吃这个了，吃核桃吧，你这个样子，得补补脑啊！”

被抢了瓜子的栾栾有点不高兴，刚才的瓜子是真的挺好吃啊，她的爪子又悄咪咪地伸向瓜子盘，津津有味地嗑了起来，回道：“哦，我知道了。”

越悦无视了栾栾偷瓜子的行为，翻了个白眼说：“你知道个啥！

“说，你还喜欢严彦吗？”

越悦已经拿起了核桃夹开始夹核桃。

栾栾点了点头，说道：“喜欢的。”

“那严彦他现在有女朋友、未婚妻或是老婆吗？或者他现在考虑恋爱吗？”

栾栾摇摇头道：“没有主儿，考不考虑恋爱我不知道。”

“那你知道该怎么做了吗？”越悦的语气格外温柔，如同循循善诱的幼儿园阿姨。

“不知道啊。”栾栾眨巴眨巴眼睛。

“呆子啊！我白说了这么多！”越悦摇头叹息，干脆点明了，“把人家约出来，暗示也行，明示也罢，把你那点小心思说清楚。成了呢，圆了你十年的初恋梦；不成的话呢，你趁早忘了他。已经错过一个顾陈[illegible]了，你打算继续因为惦记严彦错过几个啊？”

“哦。”栾栾继续嗑瓜子。

“来，姐妹吃核桃。”越悦递过去刚才剥好的核桃仁，“多吃点核桃补补脑，我现在觉得你脑子可能也就核桃仁那么点大。”

栾栾无语。

亲闺密，自己找的。

回到家后，栾栾在自己的床上翻来覆去。

真的是我的原因吗？

对顾陈塝，因为不够喜欢，所以是气恼；对严彦，像是委屈，所以……

“把人家约出来，暗示也行，明示也罢，把你那点小心思说清楚。成了呢，圆了你十年的初恋梦；不成的话呢，你趁早忘了他。已经错过一个顾陈塝了，你打算继续因为惦记严彦错过几个啊？”

栾栾脑海里拂过今天越悦说的话，又看了看从严彦家里顺出来的复习资料，终于鼓起勇气拨了严彦的电话。

手机亮起，神游中的严彦眼神瞬间聚焦。做教育的，早就习惯了下班后还有学生的追问和加班的教研任务，24小时在线是正常工作状态。

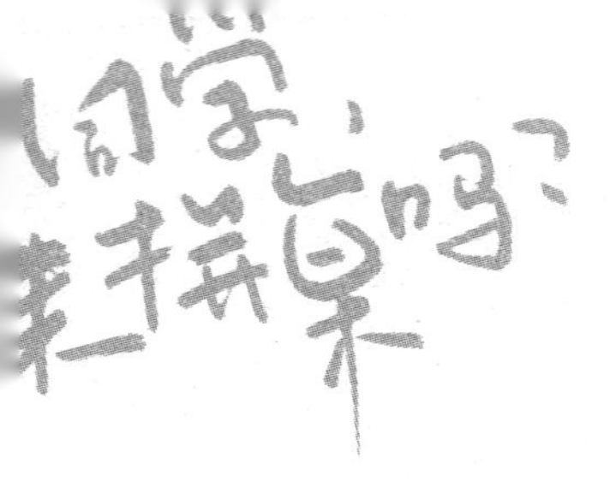

见来电显示是栾栾，严彦控制不住嘴角的笑容，心跳同步加快。

“喂，怎么了？”严彦接电话前特意清了一下嗓子，试着让自己的音色变得富有磁性又温柔。

学生们说自己这样说话的声音很好听。

栾栾的声音透过听筒传了过来：“我上次从你那里拿了书，需要我把书寄给你吗？”

“寄给我？”

这么急着和我撇清关系？严彦的眉头皱了起来。

“嗯，”栾栾顿了顿，“如果你方便的话，约时间见面还给你也行。”

刚才还火力全开的严彦，瞬间由愤怒变成了惊喜。

栾栾主动约我？

严彦有点不敢相信，半个月前，以为煮熟的鸭子被自己弄飞了。而现在，鸭子主动找到自己想往锅里跳。

剧情转变得有点……

严彦觉得自己又有一点跟不上思路了，心在狂跳，却不知道下一句该说什么。

“呃……其实也不是很着急。”

话一出口，严彦就后悔得想咬掉自己的舌头，听起来好像自己想毁约，不想见她的样子。

“我是说，你可以约方便的时间，上班带着书也挺沉的……”

到底在说些什么啊，严彦有点鄙视现在的自己。

“嗯，那就礼拜五见吧，我找好地方告诉你，”栾栾的声音很温柔，像是老友相聚一样的轻松，“你有什么想吃的吗？”

严彦颇为自嘲地笑了笑自己，他会有心思在食物上吗？

这是一个机会，难得的机会，我再也不会像上次一样那么奢侈地试探了。如果没有机会慢慢地接近，把感情按照我的预期培养起来，那至少要给自己争取一个开口的机会，当面告诉自己喜欢了十年的女孩子，自己有多喜欢她。

“相信你的眼光，你挑就好，到时候见。”

“好，拜拜。”栾栾挂了电话。

从卧室到客厅，再从客厅到厨房，又从厨房回到卧室，我要干什么来着？刚刚我在干什么来着？严彦整个人都是飘忽状态。

漫无目的在房间走了几圈，自己十几岁的时候也没有那么傻吧？

严彦终于冷静了下来，开始看自己的课程表。刚才对栾栾的邀约是一口答应，自己当时哪里想得起来周五有没

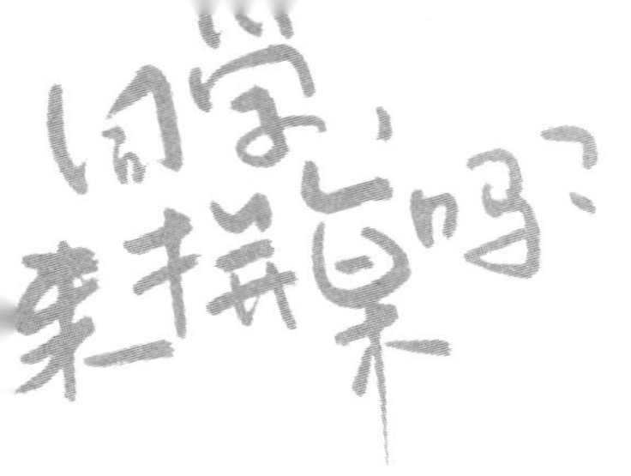

有课。

事到如今，自己先把时间空出来比较要紧。

“于宇，我礼拜五下午的课调开。”严彦看完课程表以后，立马微信找了哥们儿。

“大哥，你这时候说要调课，怎么不逼死我啊？教务那边不拿刀追杀我吗？这么突然，我去哪里给你找个老师代课？”于宇的信息从来都是秒回，不过，解不解决问题就不知道了。

“你想办法。”严彦不想和这个话痨再浪费时间了。

有这个时间，不如好好想想周五该怎么办。

“你真不是个东西，”于宇微信语音消息的语气很是无奈，“代课的人应该是找不到了，我看你礼拜四下午倒是没课，我帮你提前吧。”

“嗯，礼拜五没事别来打扰我。”

“有约会？”于宇瞬间八卦了起来，“你如果抱得美人归，到时候别忘了请我喝酒！”

严彦想了两个礼拜，想不通自己凭什么要求栾栾，她从未说过喜欢自己，也从来都不知道自己喜欢她，自己却在迁怒她。

接到栾栾的电话时，他心跳如雷，却又恼怒不已。

这一个礼拜，他都是甜蜜的。

严彦已经快要记不得上次这么忐忑是什么时候，现在才礼拜天，已经在期待下个礼拜五了。

寤寐求之，辗转反侧。想见她想了十年了，这次的感觉却格外强烈。可以见喜欢的人，谁又不期待呢？

栾栾今天破了今年的三个纪录——

记录 1: 早晨六点起床，这是她今年起得最早的一天。

记录 2：眼妆化了三次。

记录 3：她用了弹性时间，下班早退了！

栾栾早上来上班的时候狠狠惊艳了众人一把。

提前走的时候，周围的同事心领神会交换了一个“有情况”的眼神。其中一个大胆的同事，挑着眉毛问：“栾栾今天约了谁？”

栾栾淡定地对着镜子补了个口红，眼风一瞟，在精致眼妆的烘托下，潋滟的风情铺面而来，得意地说：“约了小哥哥，拿下我就有男朋友了！”

“哇哦！”周围发出起哄的声音，“栾栾威武！去吧皮卡丘！”

直接表达爱意和主动进攻的栾栾，率先接受了来自同事们的祝福。大胆示爱的少女格外有魅力，不是吗？

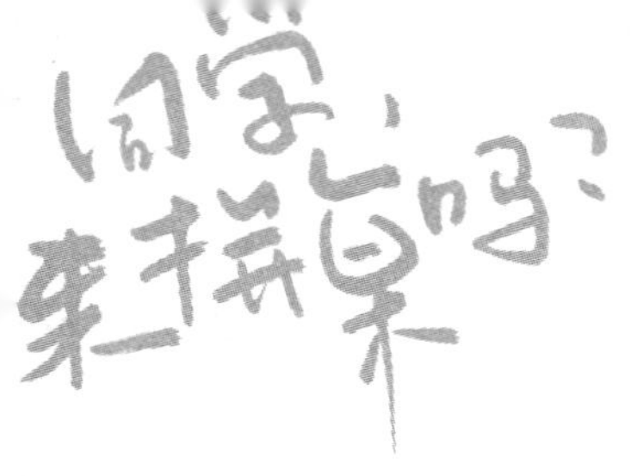

出门后的栾栾却没有了在办公室时的自信，她和严彦约的七点，六点半她就来到了约定的居酒屋门口。

如果紧张的话，就早一点到，熟悉的环境会帮你脱敏，这个还是严彦教她的。别人在走廊里抓紧时间看书的时候，严彦是第一个放好书包进入考场的人。不少人说“学霸”不需要这两分钟的临阵磨枪，实际上，严彦的原话是“看那两分钟能记住啥？你要是能记住早记住了；你要是记不住，多看两分钟也没什么用。考场不一样，多熟悉一下座位和环境，就像早一点拥有主场优势，会好很多”。

早点到，早点去建立自己的主场优势吧！

“你好，订了今晚的位置，姓栾。”

“这边请。”

居酒屋的服务员领着栾栾走向了后边的小包厢。

栾栾拉开门，看到严彦已经在小桌子前一本正经地坐好了。

他提前了多久过来的？我早到半个小时都不配熟悉环境的吗？

栾栾飞快扬起笑脸，脱掉鞋子爬上榻榻米，问道：“来很久了吗？”这个家伙，现在提前热场的习惯已经变得这么夸张了吗？

严彦看了看手机，又看了看表，确定栾栾早来了半个小时，有点惊讶。栾栾这种踩点小能手，竟然会提前？

“嗯，下午没课，早点过来了，倒是你为什么这么早？”

“我……”栾栾红了红脸，有点尴尬地咬了咬嘴唇，“弹性调休时间再不用就过期了。”

严彦在内心苦笑：总不好说是一想到要和你表白，我就紧张到需要提前来这里踩点吧？他才过来了不到十分钟，本来想提前一点过来熟悉环境，自己就会没那么紧张，表白可能更容易点。没想到栾栾也这么快，还没排完的表白台词又被打断了。

“两位打扰一下，现在需要点餐吗？”

幸好有服务员的打岔，不然这个为什么到这么早的话题栾栾还真的不好接下去。

“好的，菜单先给我们吧。”栾栾起身接过了菜单，似乎很饿的样子，迫不及待翻了起来。

“小姐，我去帮您拿个靠垫，坐到先生那边去吧，靠墙坐着直接伸直腿会舒服一点，”显然，体贴的服务员以为栾栾一叫就起身那么快的原因是跪坐在榻榻米上不舒服，想挪挪位置，愉快地帮忙出主意，“刚好也方便一起看菜单点餐。”

坐到严彦身边吗？栾栾脸色红了红，还好在居酒屋暗黄色的灯光下也看不清晰，出公司前才检查过妆容，现在

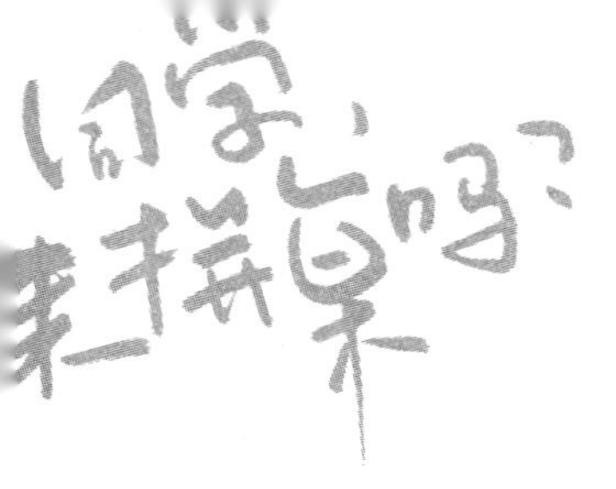

应该还是漂亮的吧？不坐近点，岂不是浪费了今天化了三个小时的妆？

栾栾笑眯眯接过靠垫，在严彦的右边摆好，然后把自己利落地塞进小桌子里，在心里暗暗和服务员道了个谢，如果不是这个提议，她还真的有点不好意思直接挪到严彦的身边。

把菜单在小桌子的中间摊开，栾栾心虚得睫毛忽闪忽闪的，悄悄地靠近严彦。据说，漂亮的女孩子在表白的时候最难拒绝，今天自己还是收拾得很漂亮的吧？

严彦盯着旁边的女孩，感觉自己的心口有一角被拎了起来，又酸又软。十年前，他喜欢的女孩子就是这样坐在他的旁边，梦里出现过无数次的场景，居然实现了。

不过梦里 16 岁的栾栾穿着校服，扎着马尾，全神贯注研究的是试卷。而现在的栾栾，穿着剪裁得体的红色连衣裙，裙子很好地修饰着栾栾的身材，衣料在暗黄色的灯光下折射出酒红色的光泽，正好把栾栾象牙白的皮肤衬托了出来。今天栾栾精心勾勒的妆容让她本来就出色的五官变得更加出彩。

在梦里，严彦对坐在旁边的栾栾说过很多话。

吐槽过他们的老师，给栾栾讲过化学题，向栾栾说过自己为什么突然不理她，说过喜欢她，说过他这些年开心的不开心的事，还告诉她，他很想她。

这个场景熟悉得不能再熟悉了，这是严彦期盼了十年的场景。

“想起了从前，”严彦盯着栾栾转动的手指，轻轻开口道，“你就是这么转笔，技术贼差，回回不知道滚到哪里去了，然后满地找。”

栾栾扬了扬菜单上绑着的笔，说道：“所以你的意思是当初我就应该在我的桌子上也弄根绳子，把笔绑着，省得弯腰趴地下捡笔被老贺训。”

“贺老师还是比较喜欢淑女一点的女孩子，你爬上爬下，跳脱得和只猴一样，她自然是看不惯，就老训你了。”严彦回忆起从前的场景，笑得轻松多了。

“是啊，我就是全班那只被杀来给你们看的鸡，”栾栾轻松地耸耸肩，“你知道当初咱们教室斜对角的公开课展示教室吗？老贺把我揪进去单独谈话好几回，真是每次手指头都要戳我额头上。”

“嗯，老贺也单独叫我进去过。”严彦向后靠在了靠枕上，语气里带了点悲伤。

栾栾却眼睛一亮，露出了八卦的笑容，问道：“来来来，透露一下，你这种老师手心的宝贝为什么会被叫到办

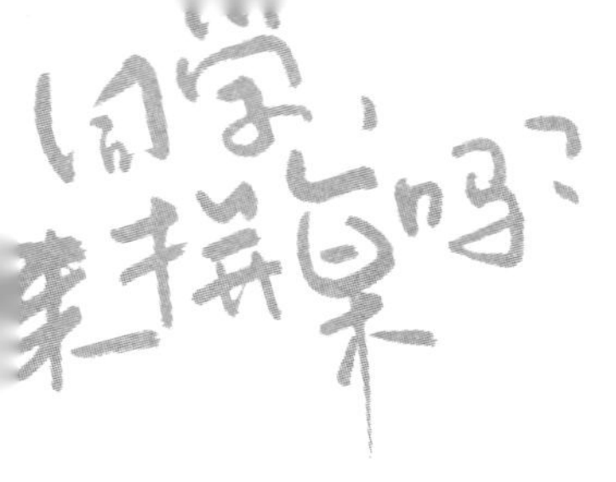

公室去？”

严彦叹了一口气说：“因为你。”这次严彦的目光正正地看着栾栾的眼睛。16岁的严彦眼睛里有星星，现在的严彦眼睛里的星星像蒙上了一层水雾。

“因为我？”栾栾突然觉得有点慌，“难道是你替我背了锅不成？”她试图开个玩笑岔开话题。

“是背了我俩的锅，准确来说，我的锅更大些，”严彦笑了笑，语气又正经了起来，“我被老贺警告了，不许和栾栾早恋。”

不许和栾栾早恋，不许和栾栾早恋，不许和栾栾早恋……

栾栾的大脑现在只有这一行字单句循环，这是什么意思？

严彦可不知道有个小妞的核心CPU已经被这句话惊到过载了，继续将他想说的都说了出来：“那时候，我真的挺喜欢你的，如果老贺不强插那一手，不知道现在什么情况呢。”

挺喜欢你的，挺喜欢你的，挺喜欢你的……

栾栾感觉自己的大脑要炸了，这个信息量是不是大了点啊？

“什么时候的事？”栾栾下意识去抓桌上的杯子，感觉自己有点渴。

“调开座位之前，”严彦看了看栾栾已经半空的杯子，拿起桌上的水壶，往里添了点，继续说，“那段时间，班对儿传得挺严重的，估计老贺看出来我是真的动心了，她不出来拦一下，我可能真的顺水推舟。”

栾栾只好庆幸今天妆面粉够厚，应该看不出自己彻底红透了的脸，可是笑容却藏不住了，眼睛的欣喜也藏不住了。

原来当初，从来都不是自己一厢情愿吗？

“至于后来，得和你道歉，”严彦说到这里有点慌，这十年，他已经不再是当初那个不知道怎么处理感情，就只好用最低级的不理她的方法来试图远离的少年了，哪怕早就知道被这样冷漠拒绝的栾栾当时可能会有多难受，“开始是老贺盯着，我担心……”严彦话刚出口，就没办法往下说了。

十年了，还说这个糊弄别人的借口做什么？

“我当时不知道该怎么办，刚刚开始有了喜欢的感觉，又惊喜，又害怕，想告诉你，又不敢，所以用了最笨的办法。”

贺清只是导火索，归根结底是当初的自己没有勇气去面对这份喜欢，甚至连句我喜欢你都没有说过。这场喜欢

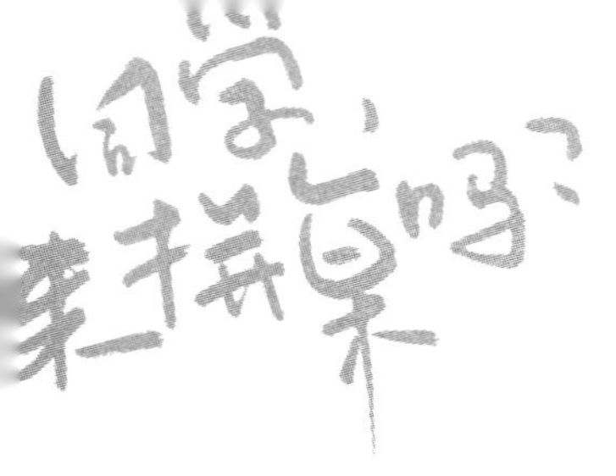

还没有开始，就被画上了句号。

“再后来已经来不及了，”严彦带着点苦笑摇头，“你已经不理我了，然后又分了班，再然后……”

毕业后，严彦出国留学，从此天各一方，一人守着一段懵懂的初心，觉得可能此生连见面的机会都没有了。

栾栾低头理了理裙子上的皱褶，心想：今天来不是为了表白的吗？栾栾，没什么不能说的了。

“那天，贺清也找了我，”栾栾咬了咬唇，鼓起勇气开口，笑着看严彦，“问我和你是不是在一起了。我当时没有反应过来，一脸蒙地出去了，被她提起我才想了这个问题，我是喜欢你的。”最后几个字，声音细小到几不可闻。

“嗯，我知道的，早就知道了。”

有些声音小也没关系，等了它十年的耳朵，绝对不会再错过这句话了。

严彦等这句话等了很久了。

接下来的一顿饭，两个都有点激动的人吃得云里雾里，吃了什么，吃了多少，哪里还知道这些。

栾栾只知道严彦今天像是按了开关一样，变成了自动喂饭机，刺身都蘸好酱油放栾栾盘子里，炸物烤串就差一口一口喂到栾栾嘴里了。

严彦只知道栾栾应该是又紧张了，她只要一紧张就会不停说话。这一顿饭，她就没有安静过，脸庞红扑扑的，叽叽喳喳没完没了，像只小麻雀。为了让她安静下来，自己有个开口的机会，便投喂了不少食物。可惜还是无法打断。

“送你回家吗？”两人从居酒屋出来，天已经黑了，严彦无奈地看着栾栾一只手还在揉吃得有点撑的小肚皮，另一只手就小拇指勾着包包，大拇指艰难地在手机屏幕上滑着。

“我想去游乐园。”栾栾扬起脸，期待满满地看着严彦。

刚对你表白的女孩子用这种小宠物一样的眼神看着你，拜托你带她去游乐园，严彦说不出拒绝的话。

“行，没开门你可别在门口哭，走吧。”严彦无奈地露出宠溺的笑容。

“我刚买了夜场票。”栾栾得意地笑了。

去游乐园的路上，严彦接了个工作上的电话，处理的时间有点长。栾栾倒是也很安静，一路上除了摆弄手机，就是用亮晶晶的眼神盯着严彦偷偷地笑。

从停车场出来，时间已经很晚了。

游乐场的夜场也是有时间限制的，栾栾从车上下来就一路加速，恨不得小跑起来。

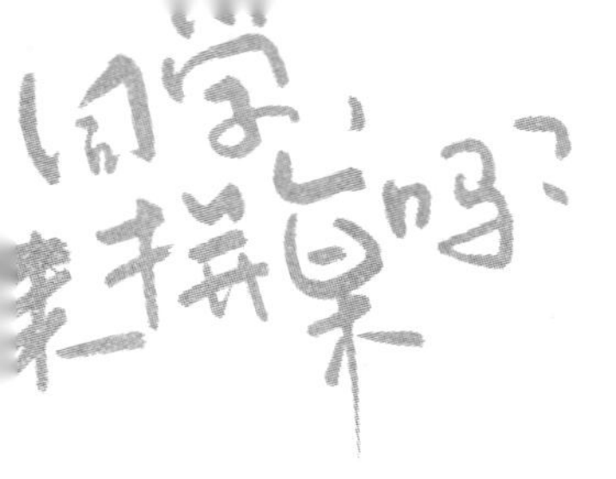

严彦在心底小声询问自己：这姑娘到底要做什么？

“栾栾，到底要去哪里啊？”严彦一路被动跟着跑。

和严彦设想的不太一样，他想过栾栾会害羞、会欣喜、会平静，也有可能落荒而逃，甚至是拒绝，可是，现在的她为什么非要拖着他去游乐园？

严彦不解地问：“所以，你紧赶慢赶就是为了坐摩天轮？”

已经稳稳坐在摩天轮里的严彦有点跟不上栾栾的思路，跟着她一路狂奔，连蹦带跳地冲向了摩天轮等待区，踩着最后的点，终于把自己送进了摩天轮的乘坐篮里。

“我开始有点怀疑你是不是打算把我推下摩天轮，彻底死个透。”严彦看着还没把气喘匀过来的栾栾，眼神里充满了对栾栾动机的怀疑。

“这摩天轮可没居酒屋在的楼层高。”栾栾翻了个白眼。想推你下去，为什么在居酒屋的窗户面前没有动手？

“所以……”严彦摊了摊手，“难道你也会像偶像剧里的主角一样，非要在摩天轮上表个白？”

栾栾的脸红了。

栾栾的脸又白了。

这时候被说中，接近于被嘲讽了。

栾栾眨了眨眼睛，努力维持着自己表情不要崩，盯着严彦认真地说：“对啊。我很久以前就想。如果我有了喜欢的人。我就会在摩天轮上告诉他。我喜欢他。”

严彦觉得自己的心跳得有点快，难得见栾栾这样正色以待，这是在和自己表白吗？

严彦感觉自己的心软成了一摊水，正打算说些什么，栾栾却又开口了：“毕竟，这封闭的小包厢半个小时都不会有人来打扰，人也跑不了，说不动就继续说。要是实在是说不动了，就一脚把人踹出去，不死也半残。”

然后，坐在对面的女孩子索性拿起了进游乐园的门票，站起来直接把门票横在了严彦的脖子上，说道：“这位小帅哥，今天给你两个选择，要么乖乖从了我，从此吃香喝辣；要么，我就干掉你，让你从此当个孤魂野鬼。”

严彦的脸色一言难尽，感觉自己得带栾栾去看医生，实在是不想理这场闹剧，索性直接把脖子往前送了送，早死早超生。

“哎呀，宁死不屈，竟然是个烈性子，”栾栾叹了口气，“没办法，骗不到啊，那就只能先下手为强了？”

说着，站在对面的女孩子果断弯腰，吻住了严彦的嘴唇。

等摩天轮停下来的时候，下去的栾栾脸色红红的，嘴唇也红红的，恼羞成怒地瞪着严彦，转身快步走开。

调戏变成反被调戏！

严彦追了上去，低头对着栾栾耳朵说：“你下手的时间可以更久一点。”

栾栾刚消下去一点的红晕，又爬上了脸颊。

“你也太……直接了点。”栾栾到底没在大庭广众之下说出“露骨”两个字来。

严彦无奈苦笑，心想：我要是不直接，八成你又什么都不知道吧？

从前傻乎乎的姑娘，可是把追她的人折腾得够惨。

栾栾可能不知道，自己其实挺受欢迎的，上学的时候就不少人暗恋她。

最后还是落在严彦手里。

9 月，还有一小部分人申请分科调班，10 月一切就会尘埃落定。一个月的时间里，严彦一直在期待有一天栾栾会背着书包出现在教室门口，大声宣布在文科班背书背成了一个磨盘，从今以后搬回理科班，专心学习理化生。

可是一直都没有。一个月了，除了有一次他特意“路过”十一班门口，看到了在讲台上擦黑板的栾栾，剩下时间，连看她一眼都只能在课间操的操场上，隔着几百个人头看蹦蹦跳跳的一个小点，要多失落有多失落。

不过今天严彦心情不错，因为一中高二从10月开始，有部分选修课开始走班制，不同的教室上不同的课程内容。一班分属的课程是“化学与生活”，不少没什么偏好又懒得挪班的人，都简单粗暴地勾选了一班的科目。以栾栾的性格，要么直接简单粗暴地勾一班，要么为了和她一班的小伙伴聚聚，十之八九也会勾一班。当然，还有可能性就是栾栾有格外想上的科目，不过目前看来，可能性不大。

最重要的是，顶级“学霸”想要获得信息，只要微微打探一下就可以了，两天前给栾栾从前的朋友讲题的时候，严彦已经得到了栾栾选择了化学与生活这一门课的准确信息。

想到这里，严彦就忍不住开始期待。

严彦有点稳操胜券的心态，只等着栾栾自己送上门。严彦告诉自己耐心点，只要等到下午倒数第二节课，教室门口就会有他期待的女孩子出现。严彦难得在学校里感觉到了时光的漫长，一直盼着什么时候下课。

终于，选修课开始了！

一直一动不动、能不动就不动的一班，也开始变得乱了起来，陆陆续续开始有人出，有人进。严彦依旧坐在自己的位置上，不动声色地写作业，一副淡定如云的样子，其实耳朵早就竖起来了，在等栾栾熟悉的声音响起来。

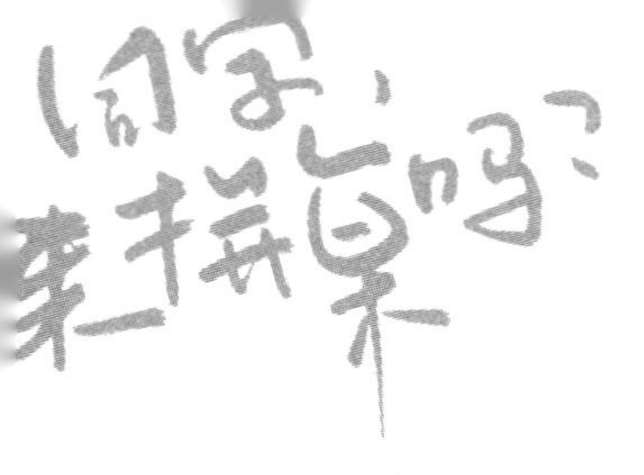

可惜，该来的不来，不该来的来了。

“哟，严彦，旁边没人吧？”陈诚几乎是毫不见外地自动入座，“座位被同桌她朋友占了，我来你这里蹭会儿。”

“没人，他同桌去隔壁班了，坐！”小伙伴自动开启了揽客模式，直接把严彦旁边的位置“卖”出去了。

严彦只好站起身笑笑，表示热烈欢迎，可耳朵和眼睛的注意力还都在门口，栾栾这个小磨叽肯定又在教室里磨洋工！

“张黎！这儿！”

“嘿，我说汪鹍同学，你怎么也来这里了？”

陈诚打从在这里坐下，严彦这个靠边的位置就被他变成了教室实质上的“中心”，他可真是知己遍天下啊，好像和每个人都能说上几句话。

“彭鹏？你也选了这门？”陈诚发出了惊叹的声音，“你不是因为化学实在是带不飞才去的十一班吗？”

彭鹏？栾栾现在的同班同学？

教室里人声鼎沸，但严彦的脑袋因为这个消息立刻安静了下来，吝啬的目光终于从作业本上挪开了，瞟上了彭鹏。

“别提了！当时网络选课的时候我在食堂，我这个粗壮的手指头哟！被一群饿疯了的人挤来挤去，我都不知道我选的啥就提交了！”彭鹏说得颇为无力。

“来来来，坐这里坐这里，”陈诚愉快地把周围的位置又分出去一个，“那你这次可能惨了，这节课的化学老师可是飞一样的上课节奏，还格外喜欢点她觉得不会的人回答问题。”

“我懂了，你这是把我安排在这里帮你吸引火力值的吧？”彭鹏已经坐在了严彦的前面，转过头黑脸看着陈诚。

众所周知，老师有一个频繁点名对象的时候，就会较少关注周围的学生，这样就能逃过一劫。

“嘿嘿，这哪能啊？”陈诚笑得倒是一脸憨厚，“我是给你提供外挂的，喏，‘学神’严彦，点你起来，自然有他救命。”

严彦在内心翻了个白眼，心底想的却是彭鹏身边的座位。如果栾栾来了，会不会看到她自己班里的人，坐到彭鹏旁边呢？

那就离很近了。

严彦若有似无地带了点笑。

期待又多了一层。

然而上课铃响了，栾栾仍然没有出现。会不会是迟到了？

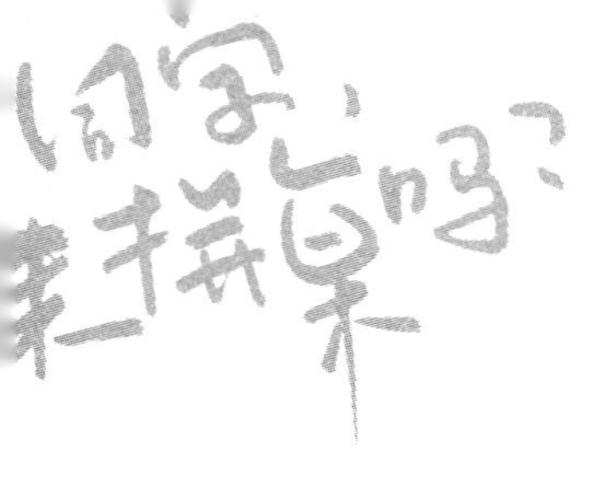

化学老师进了教室，直接关上了门，高挑的丹凤眼扫过教室，原本还有点嘈杂的教室，顿时安静了下来。

“来了不少新面孔啊，好了，我们先点个名，让我认识一下。”化学老师已经抽出花名册，开始一边点名，一边勾勾画画。

“行，人齐了，”化学老师把花名册拍在了桌子上，“这倒是挺让我吃惊的,咱们班里还有文科实验班的同学。彭鹏，你为什么选了我的课啊？”

彭鹏飞速站了起来，总不好说自己是被人挤得点错了吧，便一脸真诚地说：“我喜欢化学，想多学习化学！”

“那我心里就有数了，知道怎么要求你了。”化学老师点了点头，示意彭鹏坐下，然后叫课代表去办公室拿资料和卷子。

“大家应该都知道我是带竞赛的，化学与生活选修课，学校本来也就设计了两套方案，一套就是给大家讲科普类的常识，算是培养一下兴趣；另一套呢，就是给我们将来要进行的化学竞赛做辅导。咱们这个班呢，我看了看花名册，绝大多数同学的化学成绩都还算得上优秀，所以，咱们就执行第二套方案吧。以后这节课，主要就讲化学竞赛的内容，至于彭鹏，虽然已经不用学化学了，但是还有心选这个课，那应该还是很有兴趣的，刚才本来想问你会不会觉得困难，不过你那么有信心，也就跟着大家好好学吧！”

化学竞赛！

彭鹏觉得自己现在被晴天一个雷劈得外焦里嫩。

这是个什么神奇的世界？

陈诚率先发出了幸灾乐祸的笑声，戳了戳严彦，示意严彦看脸都吓白了的彭鹏。

严彦则收起了因为栾栾没有出现而产生的失落情绪，对彭鹏投去了友好的眼神和安慰，试图搞好关系，以后从彭鹏那边打探打探栾栾的消息，现在不铺路，回头怎么上路？

陈诚说得没错，这个老师的确上课速度超级快，思维敏锐，跟上她的节奏必须全神贯注，一班整个教室都开始变得忙碌了起来。

一班作为实验班，上课的时候也的确比其他班挖得深，学得细。严彦和陈诚早就习惯了这样高标准、严要求，上课节奏虽然快，但不至于跟不上。

而彭鹏就惨了，本来对化学就无感，现在老师讲什么完全就是迷茫状态，每个字和每个词都听得懂，但为什么合在一起就不知道是什么意思了呢？

老师在讲台上激情洋溢，彭鹏只觉得欲哭无泪。

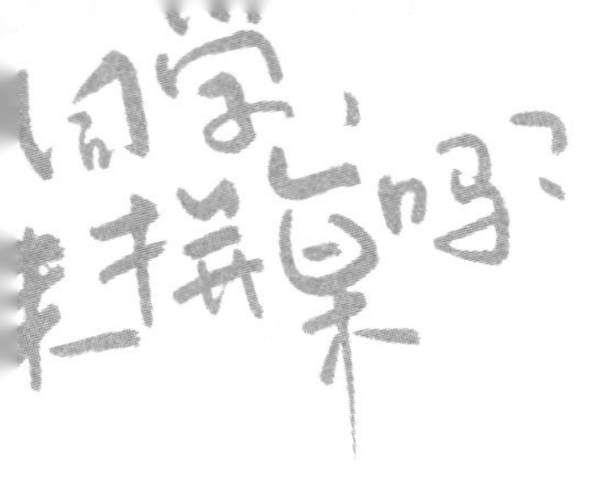

“自己做一下我刚发的卷子第3题，做不出来就小组讨论一下，我过会儿来讲。”化学老师已经写了满满两黑板的内容，转身开始擦黑板，眼看着要开始下一轮进程了。

彭鹏尝试着读完了题，一个字都没懂，直接转了身，小声对着陈诚嘟囔:“这完全就是天书啊。我看都看不懂。”

陈诚“噗”的一声笑了出来，索性放下笔，略略大声故意说了几句自己的思路，然后给教室各个角落的兄弟们眼神暗示，整个教室都在带动下开启了讨论模式，嗡嗡嗡也听不出来大家在说些什么了。

这时，陈诚才松了一口气一样，推开了试卷，简单直白劝道：“哥们儿，这东西的确不是人做的，一班这种实验班中的战斗机，最后能有20个人去参加竞赛考试就不错了，你没必要难为自己。”

陈诚右手拿起笔开始转了起来，继续说道:“要我说啊，你不如下课直接去讲台上找老师说，要么转班，要么你期末的时候考试成绩酌情计算。你看看这个教室里，应该也就你一个文科班的了。”

彭鹏顶着一脸崩溃的表情说道：“我本来有个伴儿的，就是那个从你们班转出去的栾栾，本来她也选的化学，结果她被老温点去书法班了，说什么时候把她那狗爬字摆正了，什么时候再谈走班的事。”

严彦的眼睛终于从卷子上抬了起来，轻轻地对着彭鹏“嗯”了一声，脸上流露出恰到好处的疑惑。

原来如此，得来全不费工夫。

“栾栾？她应该是没什么问题的，那妮子灵活得很，化学成绩当初在我们班也算是不错的，你原来是等着她给你当大腿啊。她在你们班怎么样？”陈诚随手转着笔，像是严彦肚子里的蛔虫一样，问出了严彦想要问的问题。

“她挺有趣的，而且人应该挺不错的。上次我……算了。”彭鹏耳朵尖都红了起来，这副欲言又止的样子，实在是明显得过了头。

陈诚本来就善于察言观色，是散播消息的一把好手，看到这样的彭鹏，眼睛一转，就开始“合理推测”了，挤眉弄眼了一番后，问道：“怎么，你对栾栾好感度还挺高？”

彭鹏这次红得整张脸快冒烟了，艰难地维持住了冷静自持的表情，说道：“胡说些什么，只是觉得她挺好的。”

“你们文科实验班里十分之八都是妹子，你就觉得她挺好啊？”

彭鹏听完陈诚略带调侃的提问，索性也坦白了起来：“就是觉得她挺好的，我们班里妹子多事情也多。为了今天谁不和谁说话，姑娘们都能传三节课的字条。我要找，

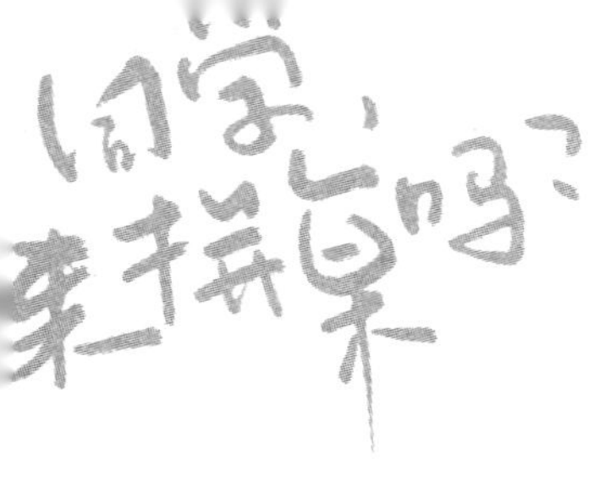

肯定就找栾栾这样的，又爱笑，又直率，清清爽爽的，相处起来多舒服啊。”

陈诚一副吃了大瓜的样子，但是人家话都说到这份儿上了，他再不依不饶调侃就是讨人嫌了。陈诚能在学校里知己遍天下，和人交往的分寸一直拿捏得不错。

“啧，哥们儿有眼光。不过你可能得排队，喜欢栾栾的又不止你一个，”陈诚眉眼转了转，“我可是知道七班的那个苏明，上初中的时候就挺喜欢栾栾的。”

严彦觉得心里有点堵得慌，怎么喜欢栾栾的人这么多？他今天期待了一天，连个人影都没看到。

“行了，别在背后议论女孩子，”严彦直接黑着脸打断他们，“还是看题吧。”

“行行行。”陈诚做了一个闭嘴拉拉链的动作，开始看题。

严彦最近有点不高兴。

第二次的选修课，严彦从洗手间回来时，看到旁边的位置又被陈诚霸占了，他正嬉皮笑脸地和后座的同学聊游戏聊得不可开交，倒是没看到上一节课出现的彭鹏。

严彦在心底打了一个问号，有了个不太好的预感。

上课铃声响起，班里缺了彭鹏也没见化学老师爹毛。

严彦压低了声音，问坐在自己旁边的“孟尝君”：“陈诚，彭鹏难道是退课了？”

陈诚连头都没有抬，说道：“他转隔壁书法班了呗。”

“书法班？”

陈诚啧了一声，摇了摇头说：“你还真的相信他是点错了来的咱们班？十之八九是看栾栾选了这节课，醉翁之意不在酒。”

所以，栾栾被老温扣留在了书法班，他就转去书法班了？

严彦的脸色有点黑，心里更不是滋味了。

我想见的人看不到，还要我知道情敌现在和她在一个教室里，没准儿正对着栾栾献殷勤……

整节课严彦都散发着“别理我，我现在心情不好的信息”。

以至于陈诚下课后和伙伴们吹嘘，都变成了：“那题难，我们的‘学神’严彦整节课都没点笑的模样。我还能跟上，这已经说明我很优秀了好不好！”

栾栾趴在桌子上开始发呆，一中果然是典型的面子里子工程一把抓，这得是有多不要脸的创造力才能想出来这么坑的选修课啊？

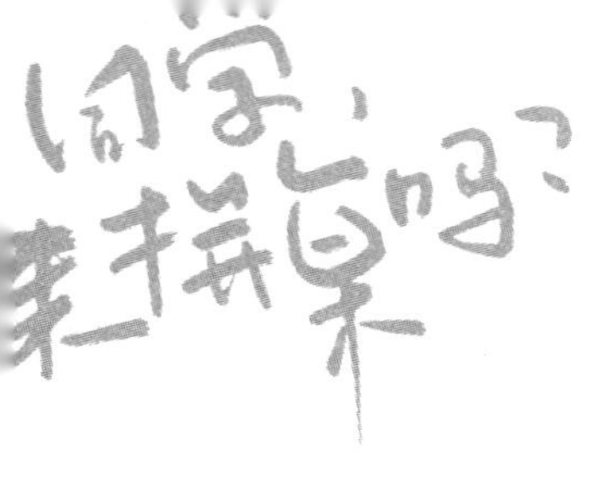

选化学与生活的都学化学竞赛；选战争与和平的，全部被迫拿出了历史选修四；选运动系列的，现在全在操场排练运动会的表演方队……

被拎到书法班的栾栾也没好过到哪里去，以为是毛笔墨水，结果是钢笔字帖、描红加田字格，绝对让人倒数三二一就崩溃。

栾栾没有“夹带私货”是不可能的，文科班里写小东西的姑娘多成了片。教室里不方便用电子版，所以多多少少手里的小本子里都有一些各类设定的小片段。这类小本子，会在教室里传来传去求各方同学的“锦上添花”。

栾栾这次就拿走了孟柳的小本本，答应在上选修课的时候帮孟柳把卡住的一点给写完了。可惜，这位小伙伴的内容实在是有点难为她。孟柳卡住的地方正好是双方表白的片段。

让在一个感情世界里“出师未捷身先死”的小白来写情诗，这可真是有点看得起她。栾栾摊开小本子盯了半天，无从下手。

“老温在看你。”彭鹏隔着一条过道小声提醒一头扎进小本子的栾栾。

栾栾比了一个谢谢的手势，开始捞过来田字格，装模作样一笔一画抄写起字帖扉页的前言。

果然，老温没多久就从讲台上走了下来，在栾栾的身边站定，盯着这个装都不认真装的小姑娘，练字抄写前言，也是敷衍到没眼看了。不过，水至清则无鱼，老师至严则被骂。

老温看了看最后还是什么都没说，踱着步子走开了。

“你在写什么？”老温一走远，彭鹏就用气流声开始偷偷询问栾栾。

栾栾从字帖和田字格本底下抽出了孟柳的小本子，准确地砸到了彭鹏的怀里，小声说：“写情诗！”

彭鹏不知道是被本子，还是被栾栾这句“情诗”砸得有点头晕眼花，心突突跳着。

“情诗？”彭鹏激动得声音都有点变了。

“对，情诗，卡住了，写不出来。”栾栾完全没有听出来彭鹏的声音都变了，只当是因为上课，所以彭鹏也不好发声，只好用这种奇怪的声音来和她说话。

“那，不然我来吧。”彭鹏顺手将小本子压到了桌肚里，脸上露出了羞涩的笑容，耳朵尖都变得红红的。

如果这种送上门的机会都抓不住的话，彭鹏觉得自己可能也太迟钝了点。

栾栾没心没肺的，完全就没有当回事儿。在十一班，

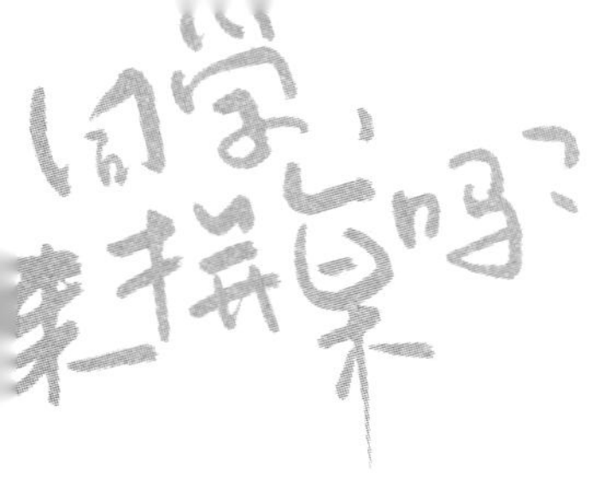

这种一个小本子流传大半个班的行为实在是太普遍了，甚至会有很多人一起为同一个故事写内容，在无数人手里流传到最后，才会变成一个奇奇怪怪的小故事。孟柳本身也不会介意有人在她的故事本上添砖加瓦，谁加不是加呢？

彭鹏一整节课都是飘着的，大略扫了眼前后文，就开始提笔劳作，满心满腹都是“情诗”两个字。

给栾栾写情诗。

彭鹏倒也是真有两下子，反正练字课，带不带脑子无所谓，干脆就笔继续动，心已经全部跑到了情诗的起承转合、平仄押韵上了。下课的时候，到底还是拼着自己的满心真情写了一首情诗出来，红着脸递给了栾栾。

结果某位大心脏小姐，看都没看一眼，当着彭鹏的面，直接把本子还给了孟柳，而且她还把眉毛眼睛都皱了起来，给了孟柳一个无以为继的表情，说道：“你这文实在是太缠绵了，我实在是有点难下笔，不过还好有彭鹏，他帮你补完了。”

彭鹏的脸色由红变白又变黑，感觉自己要死在这里了。

孟柳一脸惊喜，打开小本子看了眼增加部分，看向彭鹏的眼神都变了，变成了赤裸裸的崇拜。

“彭鹏，真没想到你写这种表白情诗真的还挺有一手啊。”

孟柳一脸陶醉地抱着自己的小本子。

彭鹏想把本子撕了的心都有了，想想自己花了一节课遣词造句，想尽办法给栾栾暗示的情诗，就这么成了孟柳写文的素材。

最可气的是，栾栾看都没有看一眼！

一眼都没有看！

真不知道是苍天保佑，还是机缘巧合。

第一次。

“我到家了，你该回家了。”栾栾站在小区门口和严彦挥挥手。

“我送你到楼下吧。”严彦捞起了栾栾的手，勾着栾栾的手指。

第二次。

“我到了，你该回家了。”栾栾站在单元楼下面和严彦挥挥手。

“我送你上楼吧。”严彦温柔的眼睛笑眯眯地看着栾栾，要多深情有多深情。

第三次。

“我到了，你该回家了。”栾栾站在自家门口和严彦挥挥手。

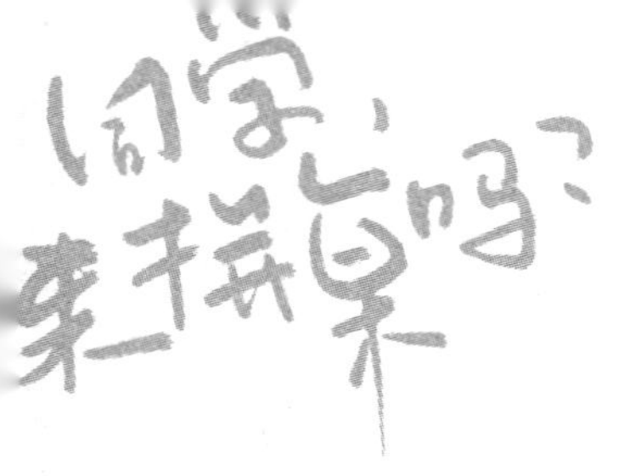

“真的不带我进去吗？收留我吧。”严彦这次干脆圈住了栾栾，眼前的女孩子除了开门，再没有其他空间可逃。

“所以，你是在我家门口诱惑我？”栾栾露出了一个不可置信的表情。

“对啊，出卖色相换取住宿权，”严彦忍不住轻笑了一声，咬着栾栾的耳朵低声说道，“乖，开门。”试图诱哄意志力不坚定的女孩子再进一步

“不行。”栾栾这次拒绝得斩钉截铁。

房间乱成一锅粥啊！我怎么敢让严彦进门来看！栾栾一想到今天早晨为了装扮自己翻箱倒柜弄出来的一大片“废墟”就觉得心虚。和窗明几净、漂亮大方的严彦家里相比，完全就是两个地方啊！

“真的不可以吗？”严彦轻轻在栾栾的脸颊上亲了一下，笑得更温柔，眼神更迷离了。

栾栾有点难做，这次太难做了点。

栾栾背靠着自己家的门，面前的严彦越靠越近，栾栾已经能够感觉到从衣服中透出来的热量，小脸被熏得红彤彤的，眼睛滴溜溜地转来转去。

现在怎么办。

严彦目不转睛地盯着栾栾，看她像只受惊的小兔子一

样可怜巴巴缩在门角，抵抗的力道实在是非常薄弱……

“栾栾，”严彦又轻轻地喊了栾栾的名字，“我喜欢你。”然后吻了上去，等栾栾气喘呼呼地挂在他手臂上的时候才放开她。

“你如果想在这里卿卿我我，我倒是不怎么介意……”严彦的话还没说完，正好楼上传来开门的声音。

“不然，去你那里卿卿我我吧！”栾栾嘴倒是比脑子快，想出了一个新主意。

严彦挑了下眉，突然笑出声，抱住怀里的栾栾就顺手揉了揉，果然，还是那么的出乎意料，说道：“荣幸之至，只要你愿意。”

“算了算了！”栾栾开始从包包里掏钥匙，“你把我送回来，我再把你送过去，B 市的晚高峰就是这么来的。”栾栾的钥匙旋转了半圈，顺利打开了家门，不安地看了眼严彦，提醒道，“有点乱，你做好心理准备。”

打开门的一瞬间，严彦忍了又忍，最终数十年得偿所愿的激动也没压过对房间的吐槽：“栾栾，你是龙卷风吗？”

栾栾无辜地眨着眼说：“人家都说要你别进来了。”

时隔十年，严彦又找回了当年帮栾栾收拾书桌的感觉——怎么会有人这么乱？

七七八八的小零食几乎铺满了整个茶几，完全没有空

的地方，栾栾硬是找到了一个缝隙，准准把钥匙投过去占了个位置。

梳妆台上也满满当当，也不知道主人早晨是怎么离开的；半开的衣柜处于要溢出来的状态，还有一堆衣服连带着衣架，不是在床上歪着，就是在地上瘫着……

对于严彦这样的人来说，这个屋子真是连站的地方都没有了。

第一次去女朋友家会发生什么呢？

大扫除到天亮！

第八章……
旧梦一场
chapter 08
MY CLASSMATE

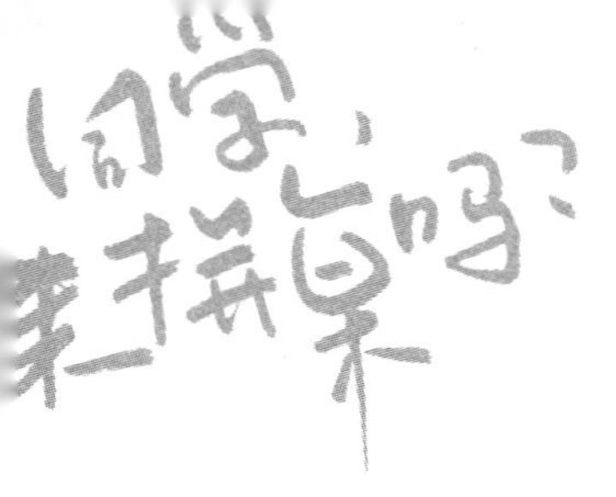

“还要改啊，我们俩这都改了半个月了吧？”陈诚现在看着自己的作文本就牙疼，“你说我也就罢了，毕竟老温一直看我就不怎么顺眼，可你不一样啊，‘学神’也不好用了吗？怎么一直让你改？”

严彦本来就烦得要命，最近事情多成麻，各类竞赛都在准备着，课后还有老妈给请的小班家教，老温还一直卡他的作文不合格，一天24个小时不吃不喝不睡都不够用了。

现在旁边还有个陈诚叽叽喳喳个没完没了，他是真的想让他闭嘴，还给世界一个清静吧。

“不知道。”严彦卷起自己的作文本，脚下的步伐又加快了一点，今晚作业又加800字，得快点了。

“哎哎哎，我有一主意。”陈诚叫住了越走越快的严彦。

“咱们去找一个文科实验班的人帮咱们改改，毕竟那是老温当班主任的班，老温喜欢什么题材，他们最清楚了。”陈诚看严彦的步子放缓了点，继续说道，“当然不能让人家直接写，而是让他们帮我们改一版，咱们拿回来抄。赶紧把这件事情了结了，不然继续这样拖下去，什么时候是个头啊。”

“说得倒是轻巧，人家每天估计也忙得四脚朝天，谁愿意帮你改作文啊？一晚上两篇，还得改成你的水平，这不是太难为人了吗？”严彦有点动心，但还是有点拉不下脸。

“嘿，这你就放心吧，我可是传说中的知己遍天下，不就找个帮忙改作文的人吗？别人不行，我肯定行，就我这无敌的刷脸神功，总能找到人的。”

严彦上上下下打量了一番陈诚，不可置信地问：“就凭你？”

陈诚翻了个白眼，说道：“行行行，没你帅，你往门口一站，说要人帮你改作文，我告诉你，十一班那些姑娘能为这件事打起来，你信不信？”

陈诚从严彦手里拿过严彦的作文本：“给我吧，我拍两张照片。放心，不会透露你的一点信息，我办事你放心。明天早点来学校，咱们把作文誊写一遍，保准此事与君绝。”

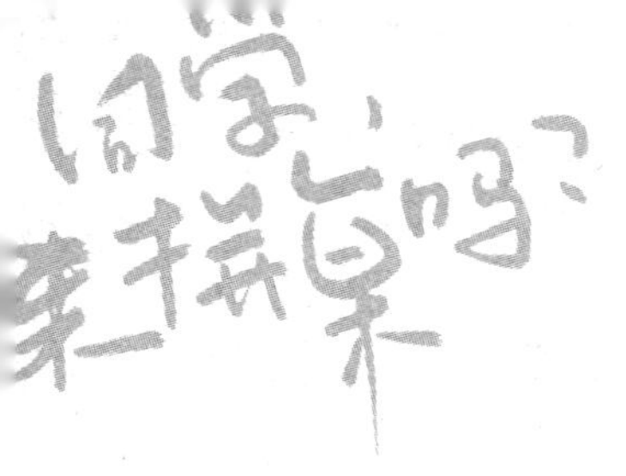

“信不过你，”严彦回到座位翻出了备用的作文本，“做两手准备吧，我自己写一篇，明天早晨等你的另一篇。”

陈诚倒是也不恼，反而是得意扬扬地说：“只怕你明天早晨的时候，觉得自己昨天花时间写这篇的行为简直傻得冒泡。”

严彦这次连眼皮都没抬，意思很明显了——我就静静看着你吹。

陈诚双手偷偷缩在桌肚里，开始疯狂发信息。

“栾栾，能帮我和哥们儿改篇作文吗？老温打回来重写十几轮了，快写成日记了，写吐了都，再不过哥们儿就死在办公室了。”

手机消息没有回应，陈诚也没着急，在学校大家手机都是常年静音，秒回属于凑巧，回复弧度大才属于正常。

过了两节课和一个中午午休，陈诚已经找到了暑假在游戏群里认识的人，帮忙把他和严彦的作文打成了文档之后，这时候才收到了栾栾回复的一个疑惑的表情。

“哥们儿真挺不住了，再不搞定我们就要被拖死了。”陈诚发了一个大哭的表情。

“行吧，我帮着看看，但如果是老温故意找你们碴，可能我改了也不行，毕竟老温不折腾到认错是绝对不会松手的，”栾栾回复的速度倒是也很快，“你下节课方便吗？

我去一班找你，还是你来十一班？”

“不用，我找人都帮你转成电子版了，你今晚或明早敲好以后，给我就行，”陈诚开始表情包轰炸，一排感激，谢谢的小表情中间夹了两个 Word 文档。

栾栾接过两个文档，随意点开了一个，虽然文体都变成了正儿八经的宋体五号，已经没了主人认真又带着点飞扬的字体，但是熟悉的文风却铺面而来。

段落之间的字数像是算好了一样，多不过两行，少不过一行，惯用的议论文案例，熟悉的阐述方式……

栾栾看了一遍又一遍，典型的严彦风格啊，严彦也会被老温抓包到跳脚，不得不找外援吗？还撞到自己手里了。

栾栾看着手机里的文字，感觉自己呼吸都有点乱拍。不争气啊，离开一班也好几个月了，自从搬到楼下以后，很少会见到严彦了，可是自己就像中了蛊一样，耳朵只要听到严彦的消息，就不自觉地会关注，眼睛看到严彦出现，就会下意识地聚焦。严彦变成了一个听觉和视觉的敏感词，只要是有严彦出现，自己就能捕捉到信息。

原本以为离远一点以后，可能就会慢慢丢开，直到将来严彦也成为那个见面只是觉得眼熟的同学而已。

自己的注意力还能停留多久呢？

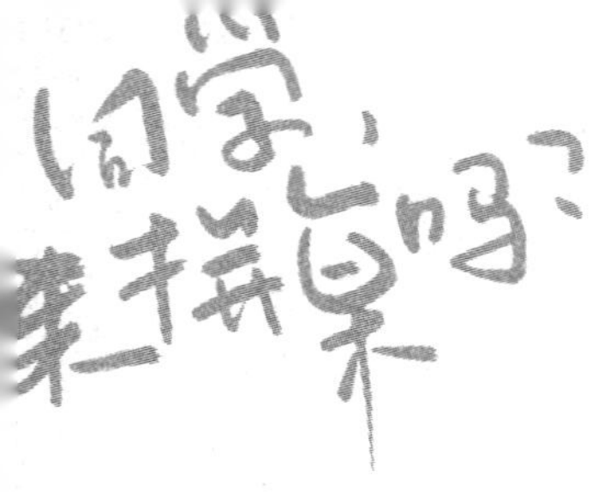

可是，这颗喜欢严彦的心好像自有主张，它因为每一个严彦的消息而变得敏感，它时不时在一些场景就会想起严彦。如果是他，他会怎么样呢？

栾栾难为了自己一阵儿，每过一段时间就坚决要断舍离严彦。可是，运气就是这么神奇的东西，越不想关注他，撞到他的几率越大。那段时间，她在教室里听姑娘们八卦严彦，在办公室听老师夸严彦，在楼道里走路都有可能遇到正好下楼的严彦。

栾栾那段时间快疯了。

幸好栾栾是个想得开的姑娘，索性不难为自己了，自己这么喜新厌旧的人，爱豆可以一年换三个，更何况严彦？

眼看着自己这几天都没有想起来严彦了，没想到这又间歇性强化了一把大的。

栾栾回家以后，三下五除二改掉了陈诚的作文，陈诚这家伙，怕是对文学素养有什么误解，明明有一个简单清晰的结构，非要用一堆复杂又华丽的辞藻一大片一大片往上加，好好的一篇文章最后看起来就像一个好词佳句集合，就像一个本来适合淡妆的清秀佳人非要给她化一脸浓妆，粉扑哧扑哧往下掉，要多腻歪有多腻歪一样。

栾栾只好把陈诚那些太没用的词，该删的删，该换的换，多了一些想象空间的留白，把厚厚的粉给卸掉。其他的位置没敢太改，怕超出陈诚的水平，老温一眼看出来，又得重写。

至于严彦的，栾栾想了半天都没有下手。不是不会改，而是想法太多，不知道哪个才是最好。既想让他有最好的，又想欺负他一下，为自己报个小仇；既想让他看出来自己的心血，又不想让他知道自己用了心。

纠结了半天，还是一字没动，眼看着时钟快走到两点，再不改完今晚就没法睡了。栾栾离开书桌瘫到了床上，严彦啊，这可真是个大祸害。

栾栾在床上打了个滚，试图在脑袋里进行一次离心分离，把那个叫严彦的小人赶出去，然而估计离心速度太慢，严彦百折不挠，依旧在脑袋里跳来跳去。

实在是没法改啊！

栾栾最后还是从床上滚到了书桌旁，算了，既然改不动，就干脆重新按照严彦的方式写一篇吧！

严彦不喜欢抒情文，记叙文只具备流水账水平，好词佳句倒背如流，可惜没啥用，因为他嫌矫情，所以一概不用，除了逻辑性强之外，严彦风格最大的特点就是结构的比例基本上从来都没有变过。栾栾理了理思路，双手终于按到了键盘上，开始敲起了严彦的作文。

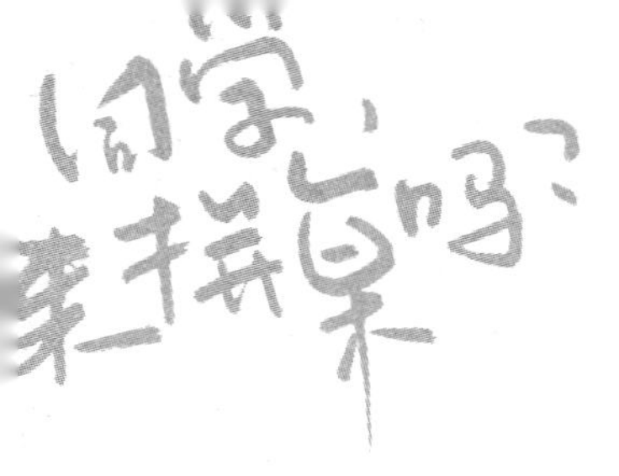

两点四十，栾栾写完严彦文章的时候抬头看了一眼表，除去自己瘫床上消极怠工的时间，帮严彦敲的这篇作文，算起来比她自己写一篇还快。

栾栾将两个文件打包，一起发给了陈诚。

严彦哪里会知道这些，明天再说吧。

“哥们儿，谢了。”早晨六点，栾栾收到了来自陈诚的回信。

早晨恨不得变成火箭的栾栾，平时哪里有空看手机，但是今天，栾栾没多久就看手机一眼，生怕错过了什么。

还好，等到了。

陈诚像一个炸弹一样冲进了教室，兴奋地说：“严彦，这儿！快拿着！”陈诚直直地把自己砸到了严彦所在的座位，然后往他桌子上拍了一张打印好的A4纸。

“我办事还是靠谱的吧，这次得好好谢谢人家，人家昨天半夜快三点给我发过来的。熬夜帮忙改好的人情我可是欠大了，”陈诚摇着头弹了弹自己手里的A4纸，“你看看，大佬出马就是不一样，我这篇感觉用心了好多，而且还是我能写得出来的，这次保证过了。”

陈诚已经准备好告别自己的每日写作文生涯了。

严彦已经在新的作文本上写了一篇了，没想到陈诚还真的找到了一个外援。严彦略略浏览了一下帮自己修改的文章，看看这位大佬是怎么给自己修改的。

然而30秒扫读完毕后，严彦又认真再看了一遍，主题是自己的，文风是自己的，结构是自己的，然而，这完全是一篇全新的内容，仿佛是另一个水平更好的自己在昨天写出来的东西。

如果不是自己分裂出了另一个自己的话，能做到这件事情的人只有一个，那人现在在十一班。

“严式涂色作文法。”栾栾看完严彦月考试卷背后的语文作文，露出来一个果然不出我所料的眼神。

“你什么意思啊？”严彦从栾栾手里抽走自己的语文试卷，直接卷起来敲了敲栾栾的头。

栾栾歪头躲了一下，说道:“哎呀，不让人家说实话吗？你的每一篇作文开头是什么，中间写什么，结尾用什么，都是一模一样的啊。每次不管作文题目主题是什么，你都是换换案例和观点，换汤不换药，不知道的人以为你作文模板就背了一套，打算用一辈子了！”

“的确是从前背的模板，现在习惯成自然了。”

“你这种没有创造力的人类，真是无趣。”栾栾斜眼瞟了一下严彦。

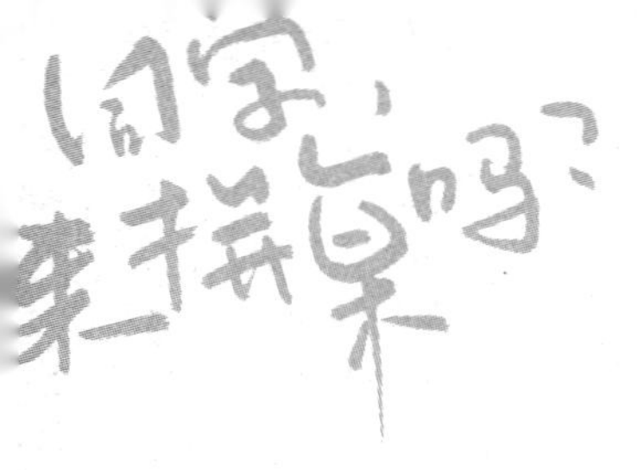

严彦捞过栾栾的月考试卷，翻到了最后背面的作文，指着上面扣掉的分数说："喏，看好了，我的模板扣 9 分，你的创造力扣 12 分，套路用得好，老师抓不着。"

栾栾翻了个白眼，不屑地说："就你这套路，我分分钟就能写出来好吗！到时候所有人都和你一样，我看你还能不能拿比我高的分。"

"嗯，你写啊。"

严彦想起了大半年前自己和栾栾的那段对话，有点确定，却也有点尴尬。

"你找谁帮忙改的？"严彦开口问的声音带着一点紧张。

"栾栾啊，毕竟水平摆在那里的，而且还是从咱们班出去的，多多少少有点交情。"陈诚和严彦的座位离得不算太远，中间隔了一个过道的前后排而已，所以听到严彦的话，陈诚连头都没有抬，全身关注誊写作文，直接大声开吼。

严彦现在有点乱，乱到想掐死陈诚。

栾栾看着和谁的关系都挺好，但是她好像不喜欢这种投机取巧的人，她会不会误会我？

可是，这篇是栾栾帮我写的，像另一个我，这些小事情，她都还记得？她还记得我多少呢？

栾栾肯定是看出来了，她怎么昨天都没来找我呢？

好不容易，又有事情可以和她连在一起了。

她现在会在想我吗？

严彦的心一会儿甜，一会儿酸，一会儿涩，一会儿苦，大清早的，胃不适合吃刺激性的食物，心也是一样，没多久就开始突突跳着疼，像是偶尔在梦里看到栾栾离他越来越远的晚上醒来，黑暗的卧室里，严彦可以纵容自己释放一下情绪。

清早人越来越多的教室里，严彦强忍住了面上的表情，一点点情绪都不想露在外面，堵死了出口，强烈的情绪只好在身体里四处乱撞，心尖被撞得又酸又疼。

严彦盯了一早晨栾栾写给他的作文，抄的心思都没有了，只剩下发呆。

“严彦写完了没？交了交了！”陈诚已经开始催促。

严彦掏出来昨天用新的作文本写的作文，递了过去说道：“我没誊，还是这个吧。”

陈诚摊摊手，无奈地问：“怎么，质量不合格？行吧行吧，知道你要求高。”

不是不合格，是太好了，好到不舍得交出去。严彦在

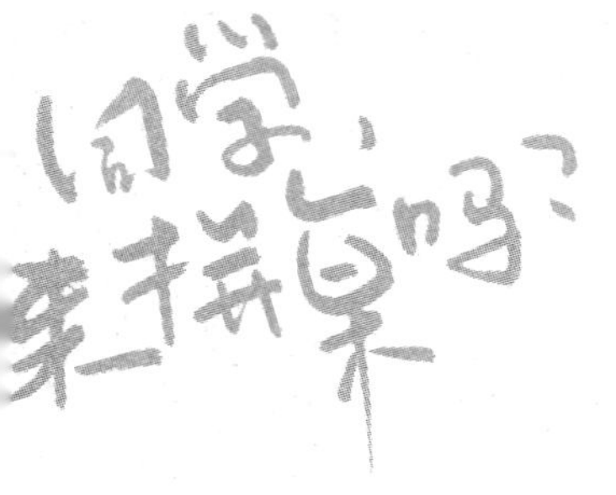

心底默默回答陈诚的问题。

第二节课下课，课代表趴在门口吼：“严彦，陈诚，老温找！”

陈诚正睡得昏天黑地，突然又来了一场晴天霹雳，感觉天要塌了。严彦神游了两节课，把栾栾那篇代写的文章翻来覆去看了好多遍，心口满满的情绪还一直流淌着，一点没散开。

“唉，该来的还得来，躲不掉的就是躲不掉。”陈诚一脸生无可恋，开始往教室外面走。

严彦挡住了他，说道：“万一老温看出来你找帮手了……”

陈诚本来还困到半睁的眼睛突然一下睁得圆溜溜的，说道：“这不是废话吗？人家给我帮忙，我怎么可能卖队友！”

见严彦冷冷的脸色松动了点，陈诚继续说：“我是那种出卖朋友的人吗？”

不是，但得再确认一下。严彦在心底默默叹了口气，这也算是关心则乱了，栾栾一向点背，希望这次不会牵连到她。

“报告！”清早的办公室可能是最忙的时候，到处都人来人往，课代表们出出入入，问问题的学生们来来回回。

老温的办公桌在最角落，两个人高马大的男孩子费了点力气才挤到了老温的办公桌旁。

“全班都过了，就剩下你们两个，你们是不是该反思一下我为什么连着半个月让你们改同一篇作文？”

温文枢笑眯眯地看着站在他面前的两个人高马大的男孩子，两个人似乎今年又长高了一点，已经比他高出了半个头了，这群孩子长得真快。

“因为这是今年圣陶杯竞赛的题目。”陈诚回答得正气凛然，试图在温文枢这里刷一波好感，这老头对这种一身正气的学生格外偏爱。

温文枢从办公桌上拿出两个人的作文本，开始翻了起来。

“这可不是，就算这是篇周记作业，你们两个信不信，你们还得在这里站着，今天继续回去重新写，”温文枢淡淡地说，“我已经六十多岁了，精力有限，被学校返聘回来，我本来打算只带十一班一个班的，但是校长他非把你们班一起塞给我，说你们班都是好苗子，没准儿理科状元就从你们这里出，一定得让你们每一科都有最好的资源。我这才答应多教一个班级的，我也知道，你们平时忙数理化竞

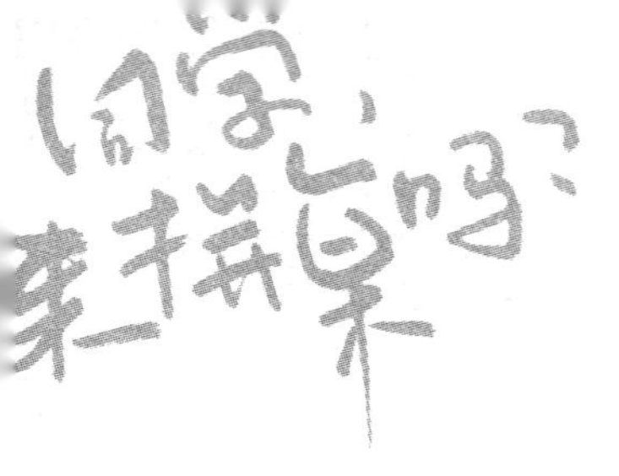

赛，英语语文的确是有点精力分配不够。”

严彦和陈诚都露出了一点愧色，两个人最近正在为进物理省队竞赛努力，的确是对其他科目有点不用心了。

“事有轻重缓急，我也挺支持你们的。不过，你们可以来和我坦白，回头补上，但不可以滥竽充数，拿老师当傻子。你们写的这东西，一篇比一篇差。陈诚你是不是还准备过两天直接找篇作文改改抄上去算了？”

“老师我错了。”温文枢的话音刚落，陈诚的认错就跟着来了。这也是陈诚的特点了，虚心接受，坚决不改。

“老师，以后不这样了。”严彦低下头，跟着说了一句。

“嗯，知道错了就好。严彦先回去吧，昨天还算是用心了的，这件事情就这样过了，”温文枢对着严彦温和地说完了这句，转头对着陈诚就换上了另一张脸，“再问一句，你昨天的作业是不是找帮手了？”

陈诚倒吸了一口凉气，果然还是不行。

“老师，您太厉害了，这您都看出来了？”陈诚开始试图用夸奖来蒙混过关。

“哼，你找的这个帮手很不错啊，昨天她们自己的作业那么多，还帮你改了篇作文，还真是挺仗义的。”温文枢继续笑眯眯地看着陈诚。

陈诚知道自己是穷途末路了，索性破罐子破摔，在温文枢面前也不装作正气凛然的模样了，露出了自己平时有点痞里痞气的样子。

“老师，这事情吧，主要原因在我。我这就回去自己重新写一篇补上，今天下午交过来。”陈诚开始试图弥补。

“嗯，补上是吧？那你昨天没有写作文这件事情就到此为止了。你和严彦一样，把这篇用心好好写完，这件事情就到此为止了吧。”温文枢把陈诚的作文本递了过去，示意陈诚拿好补作业的工具。

“我们现在讨论的是下一个问题，你怎么想出来找帮手瞒天过海、蒙混过关的？”骗人这点可就不对了！温文枢的脸色已经沉了下来。

“老师……我错了。”陈诚现在的眼神，要多诚恳有多诚恳。

“别别别，这种事情一个巴掌拍不响，我把帮你的人一起叫过来了，你们一起商量商量后，再来和我说。”温文枢开始摆桌子上的教案和课本了，一副不想多看陈诚一眼的样子。

“报告！”栾栾一脸蒙地来到办公室，看到陈诚站在那里，还有什么不明白的？果然姜还是老的辣，东窗事发，认错为上。

“知道为什么叫你来吗？”温文枢对栾栾板着脸问道。

“知道。”栾栾心底的小人在疯狂擦汗。这不是明摆着的吗？帮别人写作文，结果被看穿了呗。

“当雷锋啊，做好事。”温文枢把“做好事”三个字拖得格外长。栾栾有点想捂住脸了，这么多人全部都看了过来，这回算是又当了一回给猴子们看的鸡。

看到了吗？帮别人写作业的人一样要被罚。

“栾栾，”温文枢正色看着栾栾的眼睛，“有所不为而后可以有为，你什么时候是非观才能完全点？你又觉得你在做好事了？”

你这是帮他还是害他？

栾栾在心底接上了一句，已经准备好接受一轮关于帮同学写作业的行为有多恶劣的素质教育。

然而，老温的语气突然一瞬间放缓，平和地说：“才华是你的能力，选择才是我更想让你学会的事情。将来，可能才华是你的武器，可千万不能变成外人给你递刀，你接了就挥出去，根本不去想后果会是什么。”

栾栾刚才吊儿郎当的态度全部都收了回去，变得认真了起来。

年过六旬的老人再精神抖擞，也没办法对抗地心引力，把一张脸拉成愁苦下垂的样子，像是很多的欲言又止都藏在了一张沧桑的脸上。

栾栾这次乖巧地站在了办公桌旁，低下了头。

“行了，都别杵在我这里了，碍事，都回去吧！”老温看了眼低着头的栾栾和开始思考的陈诚，觉得自己这次的敲打应该是起到效果了，干脆利落赶人。

栾栾和陈诚互相看了一眼，交换了一个蒙圈的眼神，齐齐喊了一声“老师再见”就出去了。

“不好意思，连累你了。”陈诚一出办公室就开始道歉。

谁好心好意帮忙写作业，还被叫到办公室来了一趟，心里都不会太舒服，好脾气的栾栾估计也会委屈生气他这波操作。

栾栾一出办公室门就觉得哪里不对，她昨天帮忙写的可是两篇！还有一篇是严彦的，可是今天办公室里只出现了陈诚，这意味着什么呢？

栾栾有点急，想直接问严彦怎么样了，但是又想起来严彦的作文是匿名的，自己说能判断出来就是严彦的作文，又会让多少无聊的人吃瓜啊？是因为自己重新写的那篇太好，而帮陈诚的那篇倒是有点敷衍，所以……这篇被卡了吗？栾栾开始愧疚了。

“你昨天一起给我的那篇呢？他没事？”栾栾试图让自己的好奇心在轻描淡写中出现。

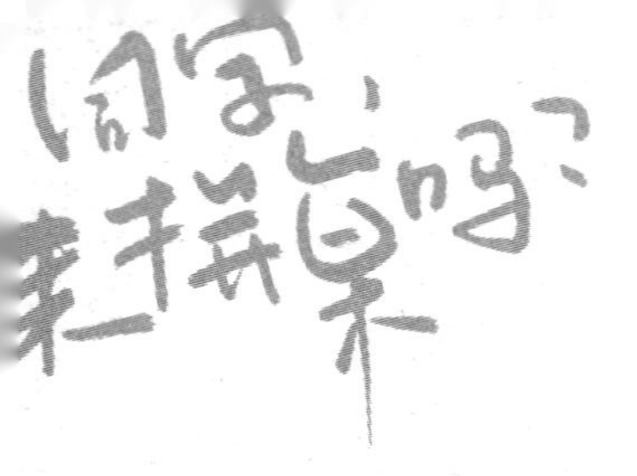

“他？他压根儿就没有用！他自己写的，所以他擦边球过了。我没过，连累你了。”陈诚的语气又恢复了逗趣和活泼，栾栾忍不住笑出了声。

“没事没事，又不是第一次被你连累了，”栾栾笑得大度，“第一次被你连累，还是因为‘7’和‘＞’呢。”

“哈哈哈……”那次真的是太搞笑了，陈诚笑到喘不过气。

“那你自己加油喽，我回去了。”栾栾朝着陈诚挥了挥手，示意自己也该回去了。

“行，回见。”

“拜。”

栾栾一转身，脸上刚才还没心没肺的笑容直接就收敛了起来，严彦压根儿就没有用自己写的那篇。

栾栾感觉到了一点点的愤怒，更多的是委屈。

是嫌弃自己写得不够好？

还是看出来是自己的手笔了，所以故意不用？

或者是压根儿就没有想着去用？

应该是压根儿就没想着去用吧，毕竟他昨天晚上都写好一篇了，自己写的内容对他而言估计就是累赘。

栾栾感觉心里涩涩的，自己昨天晚上想了那么多，犹豫了那么久，梦里都在想严彦看到以后的样子。可是，人家压根儿就没有看一眼，怎么办，还是觉得好委屈啊！栾栾的小脸开始没有笑模样了，只是靠着肌肉记忆把自己带回了熟悉的教室。

严彦啊严彦，喜欢你，真的好辛苦啊。

严彦看到陈诚和栾栾在教室门口笑着挥手告别，整个人都不好了。他就比陈诚早离开老温办公室几分钟，到底又发生了什么？

栾栾对着陈诚笑得满脸都是光，连个眼风都没有扫到自己！

严彦叫住了陈诚，问道："我走以后发生了什么？"

陈诚抬起脖子长长地"啊"了一声："你不抄是对的，老温看出来我找帮手了，还看出来是栾栾帮的忙了。所以，一起挨了顿训。"

严彦皱起了眉："不是说好了与栾栾无关吗？你告诉老温的？"

陈诚对严彦翻了个白眼，说道："我是那种人吗？老温自己看出来的。有能力还愿意改这鬼东西的人，本来也没几个，又还是我认识的，不也就一个栾栾了。人老成精，我们是被识破的，出师未捷身先死。"

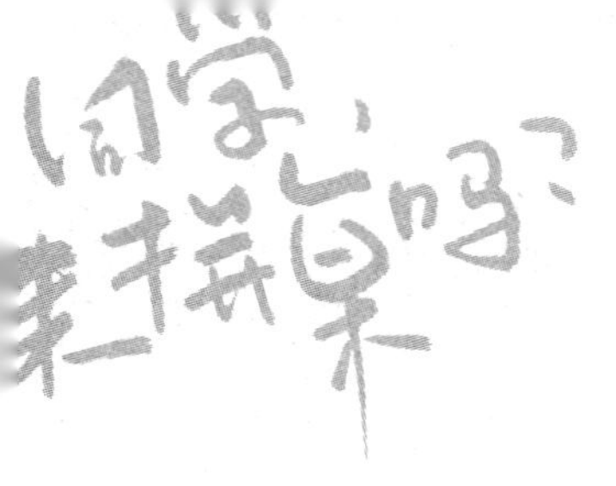

想到连累了栾栾，严彦眉头皱得更紧了，问道：“然后呢？”

“让我们回来好好想想。”

严彦不依不饶：“只是回来好好想想？”

“嗯，要我中午之前重新写一篇交给老温。”

谁问你！严彦想对陈诚翻白眼了：“我是说栾栾。”

“我都没什么事了，她难道还会被追查到底啊，肯定也就是想想喽。”

“那她有没有不高兴？”严彦的眉头终于松开了点。

“我估计没有，”陈诚摊开作文本，开始准备新的作文构思了，抬起头，将手中的笔稳稳地又转了一圈，“笑眯眯和我道的别，再说了，我们这被抓又不是头一次，栾栾那么想得开，不会揪着这件事情不放的。”

不是头一次？你是多久和栾栾联系一次啊？上次是什么时候？

严彦想脱口而出的句子只剩下这些了。可是，毕竟还要靠陈诚说后面的信息，所以严彦也就耐着性子，等着这个没事就嘟嘟嘟的小喇叭。

“我们俩初中就认识啊，初中我就抄过她作业，那时候我们周六补课按成绩分班，我当时和她位置离得不算远。

混熟了以后，有一次我抄她的数学题，把她的‘＞’抄成了‘7’，偏偏结果是‘<’，所以你说会出现什么？”

“原来你们关系一直不错，我说你怎么去找她了呢。”严彦的语气已经开始变得冷淡了。

“嗯，还行吧。”陈诚忙着赶作文，头都没有抬，自然也没看到严彦已经开始变青的脸。

昨天自己的作文，栾栾是重新写的，那陈诚的呢？

如果是沾了陈诚的光……严彦想想就觉得堵得慌。

为什么感觉全世界的人都比我离你近？栾栾，什么时候，我才能接近你呢？

“栾栾，你生日礼物想要什么？”距离栾栾生日还有一周，细心的女生们已经开始准备礼物了。

栾栾摊了摊手，露出来一个迷茫的眼神，说道：“不知道啊，我也不知道我想要什么。”

“你这种人就是最麻烦的了，没什么偏好，所以都不知道该给你买什么。”

栾栾眼睛转了一圈，笑得灿烂无比，说道：“这样就说明我今年也会收到一大波品类各异、多种多样的生日礼物了啊。”

在上学的日子过生日的好处就是一整天的时间，会有

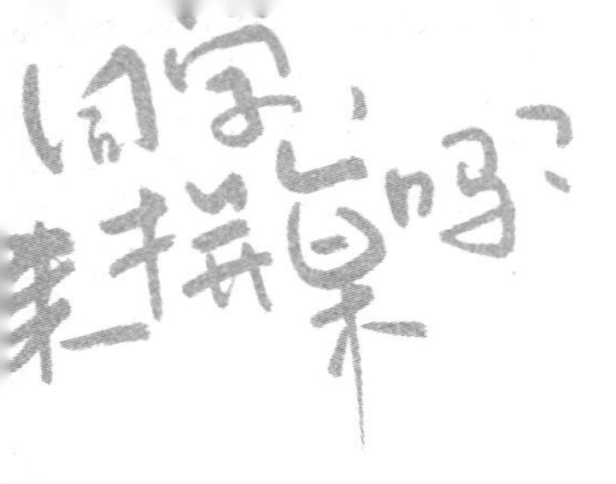

很多人过来祝你生日快乐，然后会有很多小礼物堆在桌子上。祝福加礼物，怎么会有人拒绝这样的美好呢？

十一班里女孩子多，爱浪漫爱幻想的姑娘更是将送礼物变成了一场精致和创意的比拼，每次班里姑娘过生日，都会收到一些充满了创意又有趣的小东西。

学校的日子太单调，所以但凡能有点机会给自己找乐子，这群已经被憋疯了的人什么都做得出来。然后礼物这种东西，你给我送，下次我也会给你送，中国礼尚往来的传统也给这种小活动助了一把力，所以班里几乎每个同学的生日，主角当天几乎都会收到来自和自己关系不错的小伙伴的小礼物。

栾栾的人缘成谜，她似乎一直独来独往，没有加入班里任何一个小圈子，却也和班里每个小圈子里的人关系还算不错。偏偏十几岁的小姑娘各个都是心高气傲的，等着全世界来讨好她，如果不是必要，一点都不愿意和自己一年也说不了三五句话的同学讨论事情。

没有闺密团的加持，女孩子的选择困难症开始以后，总会不经意憋出来一个大的。每次栾栾的礼物都有那么几个惊艳众人的，也都会有那么几个奇葩到栾栾这样无所谓的女孩子都觉得尴尬到爆炸的。

“唉，太难了！”

栾栾偷偷笑道：“我一年十二个月，每个月都在为你们的生日礼物发愁，不就是为了等这样的一天吗？我的生日我不用愁，你们来发愁吧！哈哈……”

“行吧，到时候你别后悔！”

“我不后悔，我开心得很，我很清楚我在做什么。”栾栾闭着眼睛点头，表示了自己的绝对赞同，“我已经开始期待了，希望今年我会有一个大惊喜。”

在学校的日子总是过得很快，周一升旗，周五大扫除，周六补课，转眼又是新的一周，栾栾的生日到了。

栾栾从进入教室开始，礼物和祝福就纷纷而至。栾栾这个好奇宝宝，拿到礼物的一瞬间就会忍不住对礼物出手，精美的包装在栾栾的手里活不了多久，就会被扒开看礼物到底是什么样子。

栾栾今天收获的礼物琳琅满目，甚至是奇形怪状。

毛绒玩具、水晶球、火漆……

女孩子们送的礼物总是非常婉转美妙，要多精致有多精致。栾栾也的确很给面子，在一个又一个精美的礼物面前发出惊呼赞叹，毫不吝啬表达自己的开心。

不过，也的确会有神奇的小伙伴送来一些奇怪的东西，

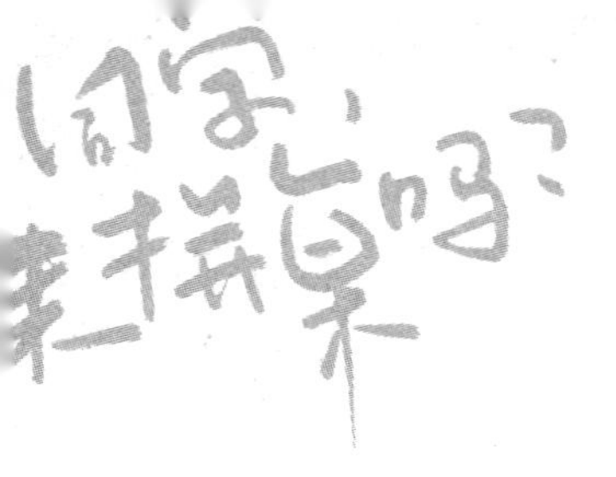

比如说，四脚龙……

栾栾和鱼缸里面懒洋洋的小动物，大眼瞪小眼了一下，她戳了戳它的肚皮，还好还好，这个小东西它不会叫，如果会叫的话……那今天她可真的不知道该怎么办了。携宠物上课，估计今天自己得在办公室被削成扁豆。

栾栾小心翼翼在桌肚里腾出来一个位置，把鱼缸塞了进去，祈祷这个小家伙是个安静的宅宅，安安静静在鱼缸里面待着，不要折腾出太大的动静。

不过栾栾的祈祷并没有奏效，小东西不止不是个安静的，还是个非常有活力、非常能折腾的动物，拼命在鱼缸里扒爪子，发出噼里啪啦的拍水声、拍玻璃声，只要不聋，都知道栾栾的桌肚里有东西。

“这可真是太绝望了，姐妹，我把你放哪里去呢？”栾栾从桌肚里抱出来过分活泼的四脚龙，鱼缸里刚才大闹天宫的罪魁祸首现在非常有欺骗性地闭上了眼睛，一副安静乖巧的样子。

栾栾又把它塞进桌肚，没过几分钟，又变成了活动时间，只好又抱出来。栾栾快绝望了，这你让我怎么办？上课的时候，若从自己桌肚里传出来奇怪的声音，可能又要被拎出去挨训了。

不过，栾栾不负众望地想出来一个绝佳的方法——把鱼缸送老师办公室去，拜托老温先帮忙照看！这属于主动寻求老师的帮助，就不会担心在上课的时候会出现奇怪的声音，被发配去老师办公室了！

说干就干，栾栾带着四脚龙主动敲了老师办公室的门，来到老温面前，一脸谄媚地对老温笑道："老师，能帮我一个小忙吗？帮我保管一下，我保证放学以后绝对过来把它带走！"

温文枢有点嫌弃，这到底是个什么动物？又丑又不安分，嫌弃得都不想多看一眼，可的确是放到他这里干扰最小，如果真的让她放到教室里，没准儿一整天都会听到这个小东西乱扑腾的声音，不如直接放自己办公桌上。如果没收了，不是还得在他的办公桌上趴着吗？

"回去上课，走走走。"温文枢算是接受了桌子上多一个奇奇怪怪的小东西做伴，立马赶走了栾栾。

拜这只四脚龙所赐，栾栾今天过生日的消息传得飞快，没多久就传到了"特意关注"的严彦耳朵里。

栾栾的生日呢，她会喜欢什么呢？

严彦已经开始盘算起了生日礼物，甚至想到了送给她的时候，她可能会开心的样子。

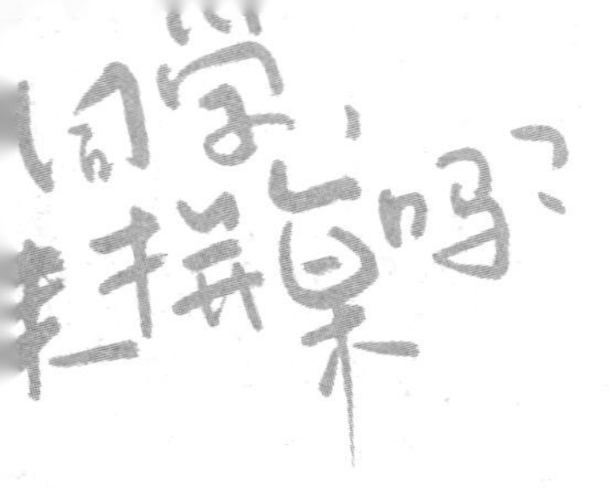

如果可以当面送给她的话……严彦一想到那画面，就忍不住露出了笑容。

可是，自己的礼物要怎么光明正大地送过去？

严彦觉得自己已经快有三个月没正儿八经地见过栾栾一面了。严彦这小半年彻底断舍离的举动，让贺清已经放下了一大半的心，对严彦和栾栾没有那么关注了。再加上栾栾已经转去了十一班，两个人的交集越来越少，贺清基本上不会太留意严彦了。

严彦觉得，如果自己低调一点，在没有人的时候把礼物送出去，应该也神不知鬼不觉，如果可以趁着这次机会，能让栾栾不再对他冷若冰霜的话……

严彦告诉自己：我不会做什么的，只是想和栾栾成为像是她原来在一班玩得不错的朋友一样，偶尔说那么几句话，偶尔会在路上见到的时候笑盈盈地打招呼，偶尔会互相帮点无关紧要的小忙，仅此而已。

“严彦！汪洋！体育课自由活动我不和你们打球了！”陈诚课间冲着严彦这边直接开吼。

“为什么？都说好这次要虐哭七班那群小子，一雪前耻的，你又被谁请了？”汪洋不太高兴地喊道。

上周被虐得够呛的心灵，还没有恢复呢。

“栾栾今天生日！刚好体育课是第五节，我自由活动就直接跟着初中部放学的人混出去了，我得给人家准备一下礼物啊！”陈诚说得理直气壮。

陈诚要给栾栾准备礼物！

严彦听到后心里就酸了，脸色当场就有点绷起来了。

“你给栾栾送礼物？”汪洋的语气充满了疑惑。

“哦——”陈诚身边已经开始出现一片调侃的嬉笑声，“陈诚，你这是……”

“对啊，人家前不久才熬夜帮我挡了老温的日记式作文大法，我还没来得及谢人家呢，”陈诚说得非常坦荡，“再说了，你们一个两个，收我礼物收得少了？”

这倒是实话，陈诚一直知己遍天下，班里不少妹子过生日都收到过陈诚的礼物。不过是人家的一片好意而已，也没必要上纲上线。

这话一出，调侃的声音自然就全没了，甚至七嘴八舌开始讨论起来这个礼物要送什么，也谈论着要不要也出门去为栾栾找份小东西当心意。

严彦有点羡慕，甚至觉得这是一个机会，是不是自己也可以趁着这个机会说要帮栾栾准备生日礼物呢？

“给栾栾准备生日礼物？”严彦决定抓住这个机会，他轻轻地开口，声音正好让周围的同学听到，希望有个神

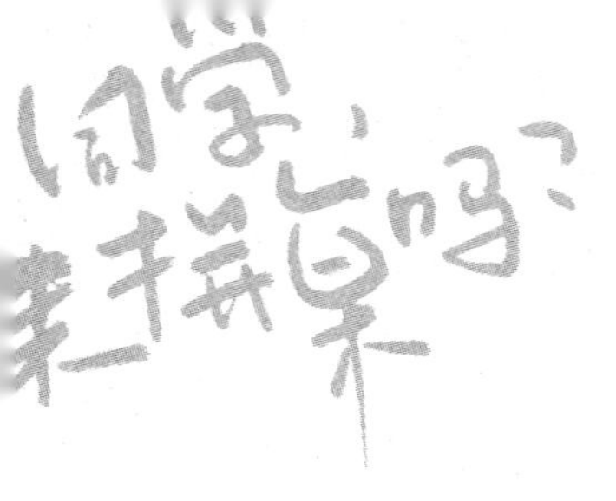

助攻帮他搭好台阶，让他也能名正言顺地中午出去准备。

“严彦，你这就没意思了，栾栾和你多大过节啊，人家过生日，你别趁机捣乱，”旁边歪头正在给陈诚出主意的女孩子半调侃半警告地瞥了严彦一眼，“你不会趁着栾栾过生日，给她塞什么整蛊玩具吧？过生日当然还是要开开心心的。”

严彦被怼得胸口有点闷，想发火又有点无话可说。时间会对记忆的功能有些细小微妙又合情合理的修正，当初的那段绯闻风波消除，两个人后期关系闹得僵硬至极，倒是不少人有目共睹。关于为什么严彦和栾栾座位调开以后，两个人关系变得那么僵，群体的记忆美化，加上贺清若有似无的引导，大家都觉得是因为两个本来就性格鲜明的人，终于有了一场不可调和的矛盾，所以互相生气，彻底不理对方了。

严彦和栾栾因为什么闹僵了，这个才是大家有目共睹的“记忆”。

汪洋可能是这个教室里知道得最多的人了，刚刚严彦的那句话，他一时没反应过来，等想开口的时候，已经来不及了。

汪洋从后面用笔敲了敲严彦的后背，源自好兄弟的默契。

严彦条件反射一般，整个人向后倾把自己靠在了汪洋的桌子上，问道：“怎么了？”

听出严彦的语气透着点不耐烦，汪洋苦笑，知道自己是被迁怒了，只好说：“今天还是去打球吧。”

别惦记给栾栾准备礼物了。

严彦听出来了汪洋后半截没有说出口的话，没有答应。

“她不一定高兴。”汪洋没头没脑又说了这句。

严彦沉默了一小会儿，低低“嗯”了一声，直起身子，重新把自己埋到了题海里。

是啊，她应该已经挺讨厌我的了吧？严彦心里酸酸地想：今天过去送礼物，没准儿，她也会觉得我是“黄鼠狼给鸡拜年”。

她今天应该是只想收到来自喜欢的人的祝福，而不是来自讨厌的人的。

严彦收敛了心思，为了让自己不胡思乱想，对手里的题就更专注了，以至于他半个上午就完成了今天计划一天需要完成的所有任务量。

学校把体育课安排到上午的最后一节，就已经预料了后半节课的人心散乱，老师干脆也遂了这群猴崽子的意，后半节课直接自由活动。

愿意在操场上打球的，就在操场上锻炼；愿意早点从

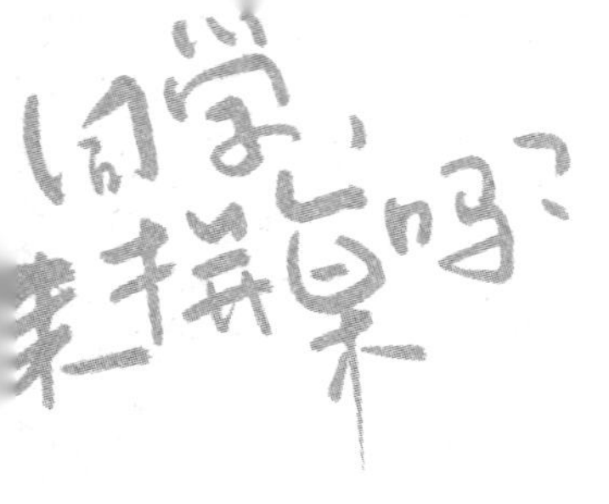

操场回教室或去食堂的，也能趁着这段时间往回走。

当然，一中初中部和高中部的校服都一模一样，如果出校门的时候，你能把自己完美混成初中部早下课二十分钟的样子，你混出去也没人会故意苛责些什么。

今天一班是有几个人都努力去距离初中部近的校门口装嫩去了，毕竟学校里面的几个便利店能看得过眼的小东西实在是不多，有比较好的，应该也都是别人送剩下的东西了。送礼物这种事情，大家都还是更愿意别出心裁一点，收礼物的人应该也不愿意看到重复的礼物出现吧？

一中建校也超过了百年，建校的时候，自然是建立在了当初城市的偏远地段，可是经过百年扩张后，现在已经是城市中心寸土寸金的黄金地区了，周围的商业街鳞次栉比。虽然中午午休的时间不多，但是目标明确的话，足够依靠中午午休的时间挑到一份还不错的礼物。

这拨装嫩的人去干吗，严彦一眼就看穿了，然而，他现在还留在篮球场上，面对因为陈诚放鸽子，所以 4 对 5 的局面，心情就更烦躁了，在场上的动作就更大了。

严彦疯跑乱来了后半节体育课，算是发泄完毕了自己的精力和怒气，这才感觉到自己一上午都不怎么好的心情终于又飞扬起来了一点。

“我的天，你今天也太暴力了一点。”汪洋陪严彦疯了这么久，整个人都是气喘吁吁的，一副你为什么是我队友的生无可恋。

“哈哈哈，4对5，虐哭他们！”严彦露出了飞扬的笑容，但是转瞬即逝，又变得有点难过了起来。

汪洋捶了一下严彦的肩膀，问道：“你没事儿？”

“嗯。”严彦笑着低低应了一句。

男孩子之间的安慰不用那么多话，一句就够了。

严彦疯了这一通，也感觉自己好点了，持续了一早晨的低压终于散开了。汪洋松了口气，就怕严彦钻牛角尖。

下午的时候，严彦已经知道了很多关于栾栾礼物的事情。

陈诚出去买了一个精美的魔方，一直安静不下来的栾栾，应该会一边绝望，一边开心。

莫云送了一本书，是栾栾一直很喜欢的作家的一本精装版，估计栾栾也会很喜欢。

赵倩算是又懒又有创意了，从精品店买了蕾丝包装袋，又直接在学校商店买了好多袋果冻，被蕾丝包装起来的果冻们，看起来够精致，而且还能吃……

栾栾会喜欢哪一个呢？

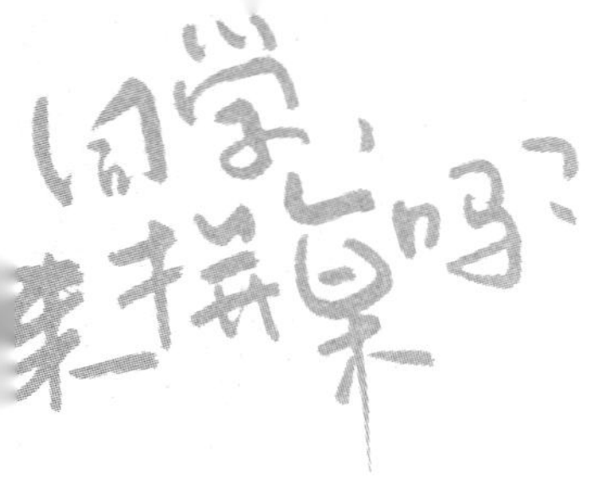

严彦也在冥思苦想，这一次的礼物，栾栾会更期待谁的啊？

如果我给栾栾送礼物，应该给她送什么？

到了放学，严彦还在思考送什么才会让栾栾更加开心一点？

人在思考的时候，身体就会不由自主做出主人一直在想的事情——严彦已经不自觉地偏离了回家的路线，走到了商业街。

严彦和大多数男孩子一样，对于挑选这件事情几乎一点点兴趣都没有，甚至可以说是很不喜欢，实在是太麻烦了。

严彦陷入了纠结，不知道栾栾到底会喜欢什么，当初为什么没有问栾栾礼物想要什么呢？

严彦在暗自思考。

栾栾这种女孩子，好像很喜欢礼物别出心裁点、用心点，或者说，与众不同点、费工夫点，所以不少人送给她的礼物都创意满满，想要在这样的一堆礼物里面独领风骚，实在是为难了一些。

严彦最后还是挑选了一样一看就很费时费力的东西，然后打包带回了家。

整齐的桌面上，书本已经全部归整好，空出来的地方瘫着一堆的小碎片，看得人眼花缭乱，说明书竖起来立在书桌的前方。

坐在椅子上的严彦快疯了，自己当时是怎么想的，为什么会买立体拼图回来呢？

写完作业，复习完各类功课，时间已经接近半夜一点了，已经到了严彦的生物钟睡眠的时间，现在看到这摊开一桌子的小碎片，严彦有点头皮发麻。

说实话，其实严彦的动手能力还算是不错，不过抵不住困，制作的人一定没有好好学如何构建一个合格的三维图！立体的拼图们又小，说明书上面还没有标注序号，全部都得靠严彦按照看图找对象的方法一一对应，再进行组装。

严彦看得好困，想耐着性子一个一个按照说明书开始拼接，却感觉自己眼睛不知道是因为找东西找到眼花，还是因为困到睁不开了。

这样的低效率下，严彦的速度慢了不少。

“算了，明天早晨再来拼吧。”严彦放弃了，效率实在是太低了，忍不了了。严彦劝了劝自己，成功劝退，给自己早晨的闹钟多加了一个，然后安心去睡觉了。

如果在非常非常困的情况下，靠着自己强大的意志力，

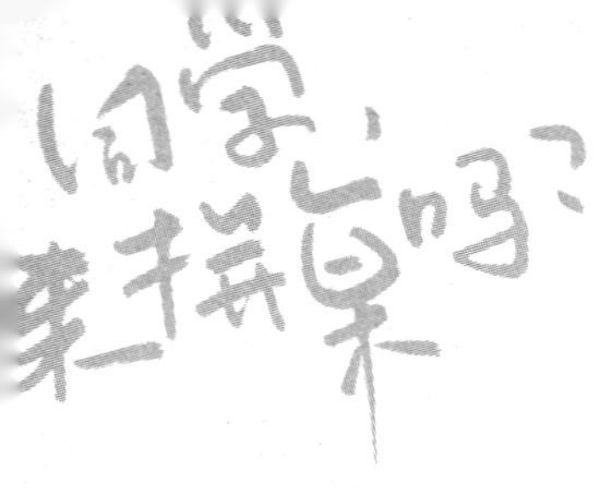

硬是逼着自己做事情的话，可能你的梦会助你一臂之力，比如说梦游，一觉醒来，发现困扰自己很久的问题被梦里的自己解决了。所以当严彦听到第一个闹钟响的时候，迷迷糊糊想到的是：哦，这件事情吗？我昨天半夜爬起来拼过了。

于是，他愉快地继续睡觉去了，直到天明。

严彦早晨彻底清醒的时候，看着只完成了一半的拼图，大脑一片空白，我昨天晚上拼的都去哪里了？

但是时间已经不给严彦选择的机会了，他现在必须收拾东西出门，如果不能最早抵达教室，趁着没有人的时候偷偷把礼物塞到栾栾课桌里，那可能自己昨天做的一半也都白做了。

不然的话，还是算了吧，完美主义者看到这种一半的存在就觉得难受。

整个拼好以后再给她吗？或者，这份礼物就别送了，反正栾栾的生日都已经过了。

严彦决定再挣扎一次，以自己的聪明才智，在去学校的路上，没准还可以抢救一下！辛亏严彦出门得早，避开了早高峰，还能找到一个安静一点的小角落，打开用来装零件的包装袋，在摇摇晃晃的公交车上开启了拼接模式。

严彦到底是一个努力又机智的人，虽然公交车摇摇晃晃，但他动作却不乱，可惜路程太短，时间太少，他还是没有完全搞定这个复杂又麻烦的小拼图。

这种又细又密的小东西，急也没什么用，只能靠时间来扛，严彦现在最缺的就是时间。等到在校门口下车的时候，拼图还剩腿部以下，严彦快疯了，自己是中了什么蛊，现在该怎么办？

送拼了一半的拼图，还是这次就算了，不送了？

送的话，严彦有点接受不了这种残次品，不送的话，严彦又觉得委屈。

完美主义者无法面对残次品的礼物。

严彦讨厌死现在的自己了，他最痛恨的就是纠结和拖沓，这种像一团麻一样的事情，剪不断，理还乱，为什么每次遇到栾栾都会变得乱成一锅粥呢？

严彦到底还是没控制住，走到了十一班门口，教室里一个人都没有，他觉得自己正好遇到一个千载难逢的好机会——栾栾现在的座位在靠墙第四排的位子，他只要走过去把小东西放下，就没人知道这份礼物是他送的了。

严彦盯着手里的礼物，告诉自己不能再纠结了，如果错过这个时机，可能就真的送不出去了。于是，严彦走到了栾栾的座位旁边，放桌面还是桌肚？想了想，他还是把自己的礼物塞到桌肚里。然而，低头的一瞬间，严彦又感

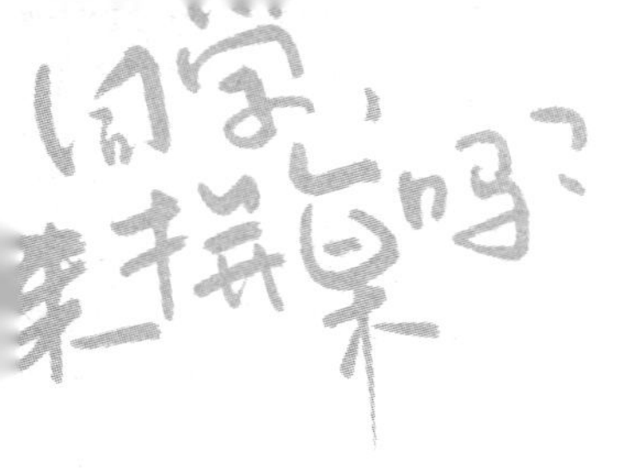

受到了之前让他头疼的事情，

为什么这么乱？哪里还有给他塞进去一个礼物的位置？

为了让小礼物能成功入桌，严彦磨着自己后槽牙又帮栾栾收拾了一次桌子，这才腾出来一个礼物的位置。严彦离开教室时，还没有一个人出现，幸亏自己来得早。

“这是……有田螺姑娘吗？”栾栾有点不敢相信，今天早晨自己到教室里，发现昨天凌乱的桌子被收拾好了！

栾栾对同桌投去了一个询问的眼神，问道：“同桌，有谁来帮我收拾东西了吗？”

“不知道啊，我也刚来。”

栾栾一脸蒙，这个太神奇了点吧？

会是谁呢？

唯一一个会帮自己收拾东西的人，在楼上。

会是他吗？

眼睛有点酸，栾栾感觉自己可能又要哭出来了。她试图确定一下，书本方向一致，有折页的地方全部都拉平——典型的严彦的风格。

桌肚里还有一个小东西，栾栾的心已经酸酸软软起来，看到完成了一半的立体拼图，又忍不住笑出声，严彦竟然送了一个有点残次的小东西？

这个可能还真是不太符合严彦的风格啊。

栾栾小心翼翼地把小礼物拿了出来，翻了一下，只有说明书，没有任何其他的附属，连一张小卡片都没找到。

严彦，是不想让自己知道吗？

这个是送给我的生日礼物啊，他怎么会想到送给我生日礼物呢？

莫名其妙疏远之后，又偷偷摸摸送了这份礼物，这是拿我寻开心吗？

栾栾趁着早晨大家都乱成一团时，悄悄地把小礼物放进了自己的书包，她不打算声张了，既然有人偷偷摸摸地送过来，那她也就没必要张扬了。

至于严彦……想不明白就不想了。

栾栾一直觉得自己比那些心思细腻的女孩子差远了，好像自己解读别人情绪的能力，一直都挺差的啊。

栾栾自嘲地笑笑，不喜欢我，干吗还要来招惹我？

栾栾有点委屈，但是转念又想：应该不会吧，严彦那么骄傲，是不屑做一些零碎的事情的人啊。

再说了，以严彦的作风，一件事要么不做，要么就做

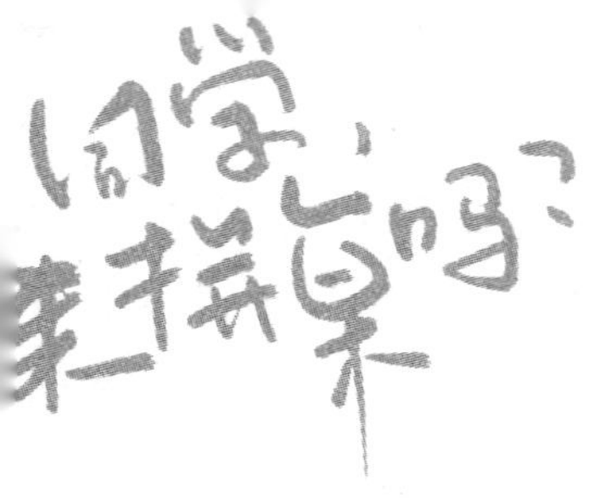

到最好。这种只完成了一半的东西，怎么看都不符合他的风格。严彦看到这种做到一半的东西，应该都要别扭死了。

难不成，剩下的一半是等着我拼好了去找他对暗号的意思？

还是说留下来的这半个有什么特殊含义？

不应该啊？这到底是什么意思？

栾栾转着笔，打算把这件事情抛到脑后，但是，如果对严彦都毫无波澜了，那可能也就不是栾栾了。

严彦啊，他到底在想什么呢？

头疼啊。

“这是送给我的吗？”栾栾一脸好奇地看着严彦拿出来一个大盒子。

“我的礼物？”

栾栾的手已经伸到了盒子上面。

“我拆了？”

栾栾已经动手了。

严彦抬了一下眼皮，靠在栾栾的沙发上有点不满地说道：“所以说，我上了整整十二个小时的课，跑到我女朋友家里，她关心的就只有礼物吗？”

“呃……”栾栾放下了手里的小东西，“不是。”

栾栾忍不住在内心腹诽：老大，你最近快住我这里了好不好？都快天天见了。

“你看，你都已经上了一天的课程了，多辛苦啊！我不是心疼你吗，觉得你现在可能会觉得有点累，所以……就不问东问西了，怕你觉得烦啊。”

这几天，栾栾已经充分体验到了严彦这个老师绝对不是白当的。现在的严老师，层层递进，抽丝剥茧，不到直击灵魂、振聋发聩，是绝对不会停止他的教育环节的。栾栾已经在这些日子挑战过好几次“权威”了。

事实证明，每天十二个小时的课不是白上的，至少现在看起来，严彦嘴皮子练得贼溜，只要他想说话，那么自己绝对是一点反攻的余地都没有。

严彦意味不明地哼了一声。

“你怎么会想到买礼物？”栾栾觉得现在这个状态，哄是哄不好了，所以直接抱了上去，吧唧亲了一口，“谢谢严彦！”

“路过，觉得你可能会喜欢。”严彦略带嫌弃一样擦了一下被栾栾亲得湿漉漉的脸，嘴角倒是勾了起来，笑纹藏都藏不住。

“是睹物思人吗？”栾栾弯起了眼睛，已经快爬到严彦身上了。

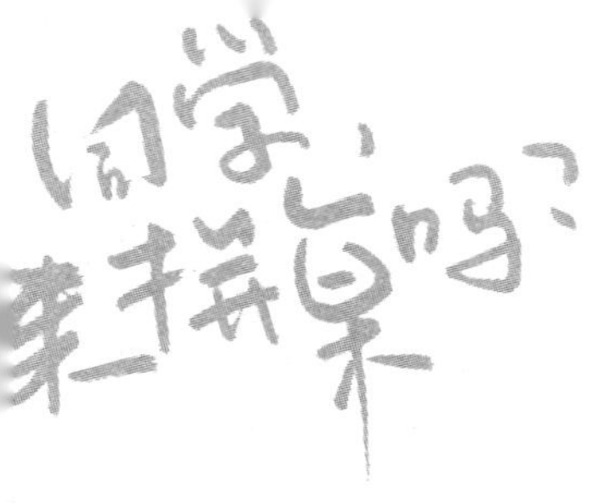

“嗯，看到它们觉得和你倒是有点像。”严彦拍了拍栾栾，带了点宠溺的笑。

“和我有点像？”栾栾突然就好奇了，“是什么东西会和我有点像呢，不行，忍不住了，好好奇，我要开始拆礼物了，这个真的是不能再等下去了！”

栾栾拆开了包装，看到盒子里面还有小盒子，然后发出了一声惊喜的尖叫：“我的天哪，你是买了一套盲盒回来吗？”

“喜欢吗？”严彦看着旁边因为惊喜而变得兴奋起来的女孩子，感觉真的很不错啊，喜欢的人因为自己而笑得这么甜。

严彦想起来了当初一大清早偷偷把小礼物塞进栾栾的书桌里的时候，如果当初自己也能看到这一幕就好了。

“喜欢！”栾栾开心到在客厅转起了圈。

“激动的心，颤抖的手，我要开始拆盲盒了！”兴奋的栾栾围着桌子上的小东西转，点兵点将了半天，终于开启了拆盒行动。

“嘿，严彦你买的是YUKI系列啊？”栾栾有点惊讶，手指上下翻飞着，转眼就剥出来了一个，“这个像我吗？”栾栾拿起了刚剥出来的小东西举到自己脸颊旁边，歪头看着严彦，投过来询问的眼神。

“嗯，像你啊。”严彦已经开始摆弄手机了，明显是不打算回答这个问题

“哪里像？”栾栾一脸疑惑。

“脸蛋圆滚滚，表情丰富到爆炸。”

栾栾白了他一眼，继续拆自己的礼物。

“会不会出隐藏款呢，真是期待啊。”

然而事实很是惨绝人寰，一盒9个，竟然凑了一个“炸弹”和一个“对子”。一共5款，其中有一款4只一样，一款2只一样，这个重复概率也是溜到不行，隐藏款更是想都别想。

“如果隐藏款是黑色的话，没准你行。”严彦也有点无语了，盲盒嘛，本来就是一个乐趣，拆出来4只一模一样的，这运气应该也是没谁了。

“为什么要这么对我？”栾栾把“炸弹”排成了一排，“我黑，可是你红啊，这是你买的，为什么会这样？”

“一般情况下我还是很红的，可能是你太黑，带不飞，”严彦叹了口气，“没办法，你主场能量太强大，我的能力不够，就摆到这里了。”

“其实，很久以前，我的一份礼物也被你带歪了。”严彦想起来那个拼了一半的立体拼图，露出来一丝有点怀念的表情，“那可是我第一次送只做了一半的礼物，不过

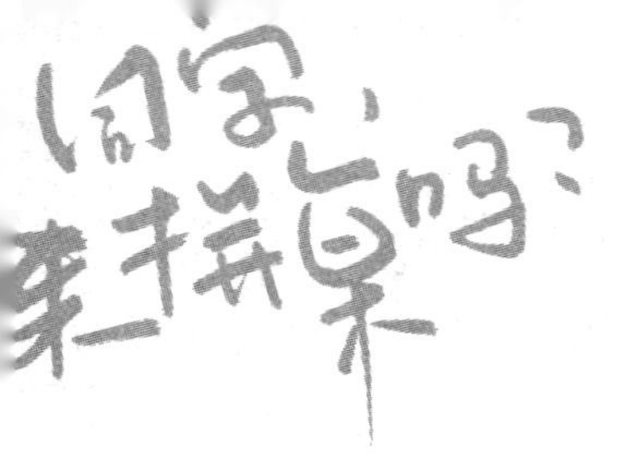

你可能都不知道，我是偷偷送的。”

严彦的语气已经带了一点点的委屈。

“你是说那只立体小熊吗？你只拼出脑袋和半个身子的那个？”栾栾转手抱住了严彦，“你可是坑死我了。那只小熊，你没有把中间的那个固定用的水晶杆放进去，我后面把它们全都给拆了，又拼了一次，可真是太难了。”

“嗯？”严彦有点惊讶，又有点小尴尬。

“我当初就猜到了是你送的。”栾栾声音小小的。

“嗯？你怎么猜出来的？”

“你帮我收拾了桌子……”栾栾轻轻戳了戳严彦的胳膊，“也只有你帮我收拾东西，收拾得很整洁。我很喜欢你送的礼物。”

虽然当时我因为它纠结了好久，但是，当有一天，我们彻底离开了学校，十年前的记忆越来越远，当初的人和事情日益模糊，自己也会担心有一天会忘掉你的时候，还有一只小熊在，告诉我从前有那么一个人。

“嗯。”严彦感觉有一点委屈，像是一个被忽略了很久的孩子，突然获得了加倍的关注。还好，当时纠结了一天，还是把它送到了你身边。

“你以后会有很多小礼物的，”严彦抬起了头，“我都亲自送到你手里。”

现在他不用早晨在所有人到教室之前，偷偷塞到她桌肚里了。

曾经在栾栾看来，严彦急于和她划清界限，对她是没有半点心思的。

谁还没个暗恋的人呢？不过是无疾而终的一场青春，忘了吧。

那个16岁的少年，就偷偷藏在心底吧，从今以后，他只是旧梦一场。

“这个表白迟到了很多年，看在一片真心的分上，你愿意接受吗？”严彦忐忑又不安地问道。

栾栾只顾着哭，现场不像表白，反倒是像分手。

第九章……复习

chapter 09

自从当了严彦的女朋友，栾栾的生活发生了翻天覆地的变化。

学习方面有了私人教师，专业一对一辅导，不舍昼夜，专治拖延症，不服不行。栾栾的学习效率提升速度宛如开了通天梯，从两小时背不会50个单词，直接提升了16倍速，听写了几乎上千个单词。栾栾高考以后，可能这段时间是最认真的了，栾栾觉得自己刻苦到想给自己发一个奖牌，自己实在是优秀到炸裂了。

栾栾的家，从杂乱无章强制性变成一个井井有条的地方，原因也很简单，严彦借补习之由，几乎整个人都已经快搬到栾栾的小窝里了。如果你想养一只严彦，那么需要学会归纳、整理和断舍离。严彦对生活条件的要求，高度

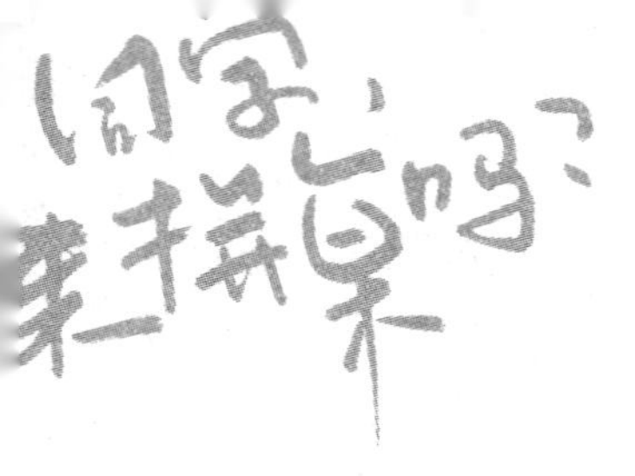

大概在100层的天梯上，严彦对生活环境的要求，大概能直接通到月亮上。

以前，家具在栾栾家里宛如阵法图，错落有致、高低不同，处处风景独好，只是很占据位置。现在严彦来了以后，所有的东西不配在不使用的时候出现在能被人看到的地方，全部收纳起来，全部摆整齐，全部不许出现在严彦的视线之中。

尤其是栾栾的衣柜……收拾衣柜的当天，天知道栾栾有多难。

栾栾之前是用蜂窝煤式收集法收拾衣柜的，所有的衣服全部都被叠成了卷，一层一层垒了上去。严彦在看到衣柜的那一瞬间，整个人都不好了，买了那么多的衣架，就是为了供着吗？为什么衣服全都用团的呢？风衣羽绒服是大卷，裙子衬衣是小卷，这姑娘也是溜到不行的操作……面色铁青的严彦，连栾栾带衣柜一起打理。

“算了，我先不动，你先把能穿的不能穿的，要的不要的，全分出来。”严彦看着乱成一团的衣柜，有点无从下手，他本来只是想给自己带来的几件换洗衣服找个收纳的地方，没想到，这个女人已经把衣柜当俄罗斯方块垒着玩了。

“我得试试再说啊！”栾栾理直气壮地瞪着严彦。

“你试，我又没拦着。”

“你这样看着我，我怎么试啊？”栾栾真的想把严彦一直盯着她的眼睛拧到另一个方向去。他一点点回避的意思都没有吗？

“嗯，不然，我帮你穿？”严彦直接上前搂住了栾栾的腰，嘴唇直接贴到了栾栾的耳朵上，轻轻地亲吻着。厮混了这些天，他早就摸透了——栾栾的耳垂很敏感，若有似无地亲就能让她红成一只虾米。

“不不不……不用……”栾栾靠在严彦的怀里，预感到了一点点的不安全。

“那我站一边看着？”严彦亲上了栾栾的脸颊，二选一，哪个都不错。

“不不不，也不用。”栾栾试图从严彦的身边逃走。

“嗯，手再抬高一点。”试图逃跑？或许也是正好，严彦就着栾栾试图从他身边逃脱的动作，顺手把栾栾睡裙上的腰带解开了。

等栾栾反应过来，试图和严彦抢回腰带的时候，严彦已经灵活地开始狙击睡裙上的扣子。本来睡裙这种家居服，就是为了舒服宽松方便设计的，扣子总共三颗，被严彦解开两颗以后，第三颗根本就没什么作用了，整个睡裙在栾

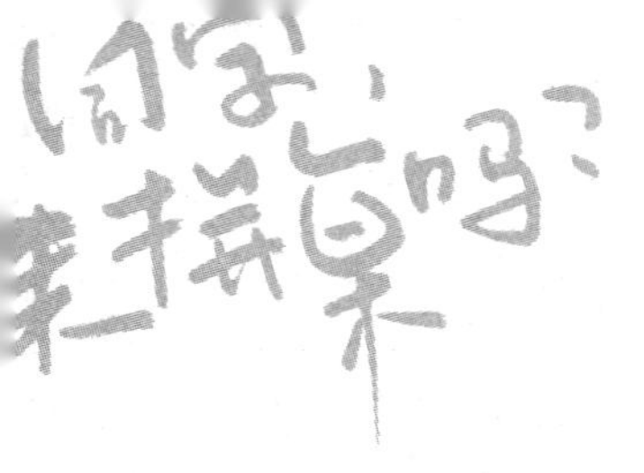

栾身上摇摇欲坠。栾栾惊慌地揽住了自己已经快散开的睡衣，一脸警惕地看着严彦。

严彦现在倒是也不心急了，饶有兴致地观察着栾栾刚才准备试穿的衣服。

“这件看起来还不错，试试看？”严彦已经拎着裙子走过来了。

栾栾后退了一步，踉踉跄跄差点儿撞到身后的椅子。

“跑什么，怎么连路都走不稳了？还是我来帮你换衣服吧。”严彦扶住人后，这次压根儿没有给栾栾再插嘴的机会，直接低头吻了上去，等到栾栾气喘呼呼的时候才放开她。

栾栾看着自己已经遮不住什么的睡衣，转手就从严彦手里抢过裙子，穿上好歹能遮住点啊！

主动换衣服的栾栾，要比被动时有意思多了。

严彦执意要“亲自”动手，在栾栾羞愤欲死的眼神下，终于帮栾栾穿好了裙子。

栾栾嗷呜一声扑严彦肩膀上咬了一口。

“嘶！你是小狗吗？”严彦弹了栾栾脑门一下，怎么乱咬人，“不过，这件不错，留下吧，换下一件。”

“不不不！不用劳您大驾，我自己来！”栾栾按住了腰边的拉链，试图再挣扎一轮，这种被当作小宝宝伸手伸腿的换衣服方式，实在是让人很羞愤啊！不要，坚决不要！栾栾摇头抵制，卖萌撒娇。

“行啊，我去把你的衣柜腾空擦一遍，你赶紧收拾？”严彦决定放栾栾一马。真的惹恼了就没有意思了，经常能这样逗一逗，其实也蛮有意思的。

总而言之，状况惨烈，栾栾在严彦的近身逼迫下，完成了从收纳小白到家装大师的进阶挑战。

栾栾的作妖指数直线上升，从前只有脑洞，现在有人帮忙执行了。

从前的栾栾，有些事情想法多到垒上天，但是自己的能力系数貌似达不到，所以一些奇奇怪怪的脑洞从来没有实现过。但是有了严彦以后，栾栾开始变得更能折腾了，因为帮忙实现的人出现了。栾栾提供想法，严彦负责完善；栾栾向前挑战，严彦后方支援，终于把一个小祸害，养成了一个大祸害。

忙学习，忙收纳，忙着玩。

栾栾还有一个月就又要考试了，白天的工作已经让她精疲力竭，晚上还有严彦一对一的指导学习，以及如何当女朋友的课程指导，每天分身乏术。

这天，栾栾终于在忙成陀螺的状态下，被越悦拖出了

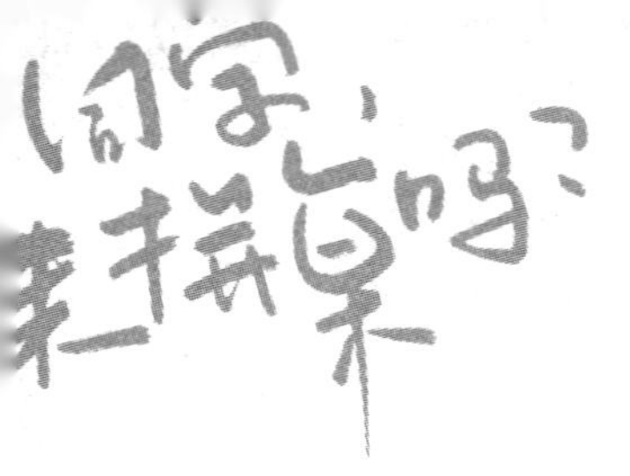

门，拎着和姐妹淘们聚会去了。

栾栾有男朋友了！

这个话题瞬间成了八卦姐妹团们聚会的主题，桌子上别管摆多少吃吃喝喝的东西，现在看起来都没有栾栾男朋友这个话题更吸引人。

“帅吗，高吗，照片有吗？”

“哪里抓到的？多久了？谁追的谁？谁先表白的！”

“做什么的？家在哪里？”

“你们处得好吗？开心吗？”

“……”

栾栾瞬间变成了所有人拷问的对象，被一群星星眼的女人围起来夺命连环问的时候，可是比客户爸爸的夺命连环 Call（电话）还恐怖。

栾栾口干舌燥，终于把她和严彦这些年的纠纠缠缠说清楚了。

在坐的姑娘们陆陆续续正襟危坐了起来。

“栾栾啊，你不是最讨厌老师了吗？他这么逼着你学习，你真的不烦他吗？”

有点烦，有的时候特别烦。

“栾栾，虽然你很久以前就认识他，可是，这都过去十年了，人都是会变的，脸是没有长残，可其他的说不好。”

有道理，从前的严彦冷静聪明又正直，最近家里养的这只，聪明都不往正处用。

“久别重逢，他是喜欢你还是喜欢当年的感觉？”

嗯，这个很难说。

“你见过他多少现在的朋友同事？他有把你公开过吗？万一他背着你在国外已经结婚了，也不是不可能。”

好像有点道理？

女孩子们互相交换了一下眼神，最后得出了结论：“有问题，再看看！”

栾栾心想：这么惨烈吗？我谈个恋爱，别说祝福了，连认同都没有，看起来我这场恋爱很失败的样子。

栾栾试图挣扎，说道：“可是，那是严彦啊，我喜欢他啊！”

“冥顽不灵！”

“……”

敌军火力值太强大，栾栾溃不成军，一路败北，只好把注意力都转移到了食物上。算了算了，说不通，将来再说吧。

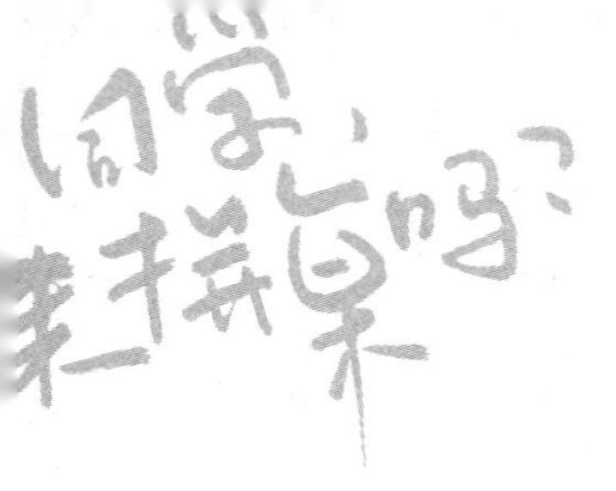

栾栾决定左耳朵进，右耳朵出，那是她的严彦，是她惦记了数十年的梦，如果是一场噩梦的话，她也愿意尝试着走完。

栾栾回到家时，微信的提示音已经响成一片，严彦似乎是掐着点来的语音电话

“今天玩得怎么样？”

“唔，全场盘问我男朋友是何方神圣。”

“哦？”严彦来了兴趣，在栾栾朋友的眼里，自己是什么样的呢？

“啧，一言难尽。”

难道要直接说大家都觉得我应该分手快乐，下一个更乖吗？

栾栾觉得她真的说出口，严彦会直接爆炸给她看。

严彦听到“一言难尽”这个词，心里大概就有点数了，八成概率，栾栾今天接受了群体攻击，不然的话，她早就叽叽喳喳和他说今天她是怎么夸他的了。

“嗯，还有一个月要考试了，今天累不累啊？不累的话还是去把今天的练习做了。”

严彦这话出口，栾栾就想翻白眼：“我现在敢说我累了吗？我不累，我一点也不累，我还能再学五百年。”

“好嘞，严老师放心，今天就算没有你监督，我也一

定好好学习，天天向上！”这是为了爱情而学习，顺着严彦来就对了！

严彦连自己带资料送上了栾栾的门，一对一陪学到半夜两点。

严彦揪起来回家就瘫床上的栾栾，跟着学生们一起听了一节严彦的小班课。

严彦还帮栾栾约了个口语老师做一对一辅导。

栾栾有点受不了，这日子过得可真是太累了，白天上班已经是精疲力竭了，回来还要面对书山题海。怕是这次不是考试要挂，而是自己要挂了。

“严彦啊，我作业最近为什么这么多啊？”栾栾看着书桌对面的严彦好像心情不错，偷偷用脚去勾了勾他。

“快考试了啊，考前加大复习量，不是正常的套路吗？”严彦说得理所当然。

“可是我好想玩。”

“不，你不想，你只想学习。”

“不，我想。”

“不，你不敢想。”

栾栾开始一声一声叹气，用小小的声音唱《小白菜》：“小白菜呀，地里黄呀……”

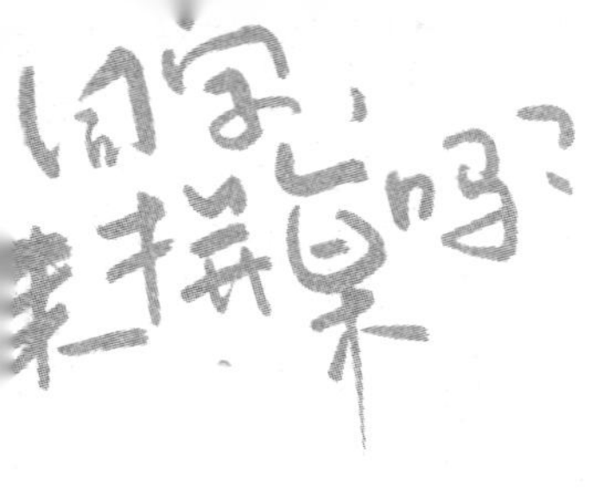

严彦揉了揉太阳穴，这《小白菜》唱得一调拖三转，九转十八弯，配着这姑娘一脸凄凄惨惨戚戚的表情，自己的头因为这首民谣开始隐隐作痛。

“你又怎么了？”严彦试图跟上栾栾的思维。

“我在感叹我差劲的天赋没有因为爱情而爱上一门学科，不然严彦就不用再担心我的学习了。”栾栾用手撑着头，满脸星星眼地看着严彦。

严彦无语。

“老师，我看你挺帅的，师生恋吗？”栾栾决定满足一下自己的恶趣味。

“老师，我不可爱吗？”栾栾是打算彻底玩开了，干脆直接坐到了书桌上，晃悠着小腿就往严彦身上撩，故意做出来一副眼巴巴的样子，带着甜甜的笑盯着严彦。

严彦一副辣眼睛，不想多看一眼的样子，直接用手捂住了额头，闭上了眼睛，真是见了鬼了，哪里来的活宝？

“老师，人家要亲亲抱抱嘛。”栾栾换了策略，开始在书桌上嘟着嘴，双臂张开，仰着小脸，一副等着亲亲抱抱的样子。

严彦忍不住笑出声，说道：“看你现在的样子，不知道你是在诱惑我，还是在硌硬我。”

“哼！”栾栾双手叉腰，气鼓鼓地看着严彦，“我就这水平了！你还等着我像小电影里面一样，求着你啊！”

严彦看着气鼓鼓的栾栾，倒是感觉心跳都快了几拍，比起刚才她在书桌上刻意把自己扭成各种姿势，并且说那些卖萌的话来，这样生动真实的她更可爱。

现在有点生气的栾栾好似充满了生命力和乐趣，像是一只精力旺盛的小兽，让人忍不住去亲亲抱抱。

栾栾本身就是小美女一枚，五官不是惊艳型的美艳，而是很舒展、很自然的感觉。她的所有小表情，都会因为她流畅的五官，变得更加生动。

严彦走到书桌前，抱住了正在生气的栾栾。

“别碰我！”栾栾扭着身体表示抗议，“严彦，你这个……唔……”

栾栾“浑蛋”两个字还没说完，就已经被严彦吻住了。

栾栾觉得自己简直蠢透了，怎么会有自己这么蠢的人？现在她前面是滚烫的严彦在吻她，坚硬的胸膛推也推不动，还有往她身上挤的意思，后背底下还有她摊开的一堆书本卷子和笔，尤其是圆滚滚的笔，随着严彦亲吻她的起伏，一直在她的后背上碾来碾去，还有摊开的书，书角封面尖端的位置在自己的背上戳呀戳。

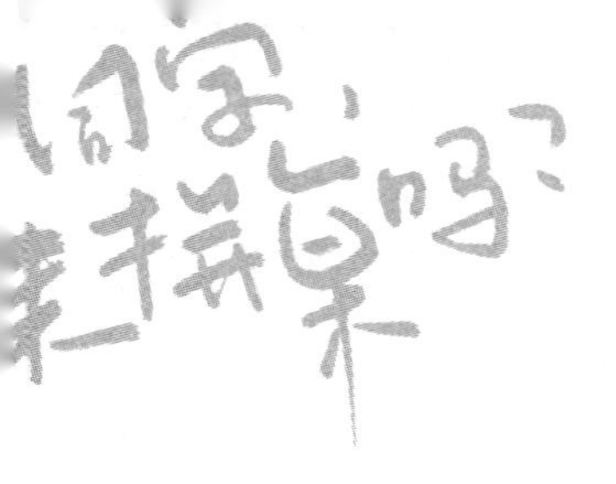

栾栾在紧张的时候，身体的敏感度会无限扩大，背后不舒服的感觉越来越明显，所以栾栾本能想撑起身子离开这凹凸不平的桌面。然而，栾栾往上的动作，正好又在迎合严彦的吻。面前的男人因为这个小动作，更是加深了这个亲吻……

等一吻完毕，栾栾揉了揉被硌得有点发麻的背，期待地看着严彦，心想着：现在，我可以不看书，专心看严彦了吗？

“好了，继续做题了。”严彦说完，又回到了书桌旁边的躺椅上。

便宜照占，作业照做，打一点折都不行吗？那么，我刚才折腾了个啥？

栾栾有点绝望，看着桌子上的书本觉得自己得静静。

“老师，你职业操守这么好的吗？”

“嗯，督促学生学习是老师的责任。”

栾栾眼睛从上到下，再从下到上，整个扫了严彦一圈，问道：“那男朋友的义务呢？”

“嗯，刚才我不是已经履行过了吗？”

履行过了？你刚才已经履行过了？栾栾抱住了自己的头。

“专心点，”严彦弓起食指敲了敲桌子，“看题！”

如果找个老师当男朋友，你以为自己从此抱上了金大腿，可以躺赢了？不，你是拥有了一个 360 度无死角来督促你的大麻烦！

终于，栾栾做完了严彦布置的作业，看了看房间里的时钟，一点还是两点了？栾栾觉得自己眼睛都要睁不开了。

“睡觉睡觉睡觉！这都几点了，还好明天礼拜六，不用早起。”栾栾直接起立倒到了床上，还好，趁着课间休息已经把刷牙洗脸的步骤全部完成了，不然自己还得去浴室一趟，这不是要了栾栾的命了吗？

“嗯，睡吧。”严彦走到床边，帮栾栾盖好被子，轻轻在她额头上亲了一下，又直起腰打算继续回躺椅上。

栾栾趁着最后清醒的意识，迷迷糊糊问严彦：“你还不睡啊。”

严彦坐回了床上，隔着被子轻轻抱了一下栾栾，说道：“明天你休息，我全天上课，当老师的总得备课啊。”

栾栾抬起了眼皮，感觉自己要撑不住了：“当老师好辛苦啊。”

严彦轻轻在栾栾耳边笑：“所以你可以少骂两句老师了吗？”

“嗯，不骂了，喜欢老师。”

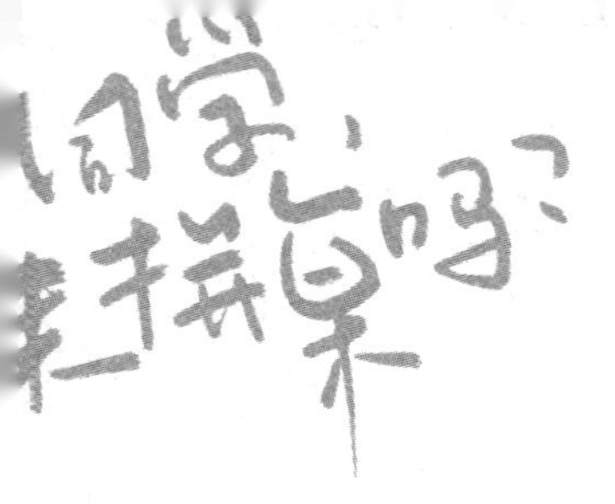

栾栾半睡半醒拿起手机，看了一眼，才五点多啊，感觉自己刚才那一觉睡得不怎么好，还好明天有一个白天的时间去补觉。不像严彦，明天全天的课呢。栾栾翻了个身，抬头看到严彦还在书桌旁立着，咦？这是整宿都没有睡吗？

栾栾爬了起来，顶着睡成鸟窝的乱发，趿拉着拖鞋走向严彦，问道：“你还不睡？”

严彦明显熬了一宿，再帅气的男人一整晚不睡也会显得有点沧桑了，眼圈出现了青黑色，黑色的胡楂儿钻了出来贴在脸上。

栾栾看着有点小心疼。严彦疲惫地揉了揉眉心，温柔地圈住了栾栾，问道：“怎么醒了，吵到你了？”

“不是，”栾栾顺着严彦的力，把自己放到了严彦怀里，“睡了一觉醒过来了，发现你还没有睡，当老师好辛苦。”

严彦摸着栾栾的指尖，低头对她浅浅说：“嗯。”

“弄完了吗？要不然去床上躺躺吧，你今天第一节课是八点，七点就要出门，现在还能躺两个小时。当初你回国，怎么会想到当老师呢，你不是学的生命科学吗？”

“收尾了，你陪我躺，”严彦索性抱起栾栾朝床的方向走过去，“你还知道我学的什么？偷偷找谁打探的？”严彦笑着调侃怀里的栾栾。

自己不交代为什么当初当了老师，还试图转移话题，问她是不是暗恋他！真是个反守为攻的好计策！

已经被放到床上的栾栾把自己裹了裹，瞪着眼睛看严彦，问道：“你先说，你怎么会突然去当老师的？”

“哈哈哈，”严彦笑出声，把怀里的人揽了揽，“说来话长，还记得那天你在我家，晚上来蹭饭的那个于宇吗？他是主要原因之一。”

“嗯，记得，就是那个疯狂夸你的人。”栾栾一边说，一边点头。

“我出国六年，关系都断得差不多了，刚回国的时候，机缘巧合下联系上了陈诚，他还来给我接了个风。后来就认识了于宇，于宇和陈诚是好朋友，我当初是为了帮于宇一个忙，试讲了一节课，后来，没想到不是一节课，是一堆课，几年的课。”

“说详细点！”栾栾表示不满意。

“那时候我读完硕士，本来想继续读博，但是我的导师劝了我几句，‘严，你很优秀，我如果是你，就不会这样去读博士，你太小了，你还没有体验过其他的生活，真的觉得自己就适合实验室的日子吗？你还有更多的可能性’。仔细想想，他说得也对，我还没有看过世界就决定把自己关在实验室一辈子吗？所以，我想先回国看看。然

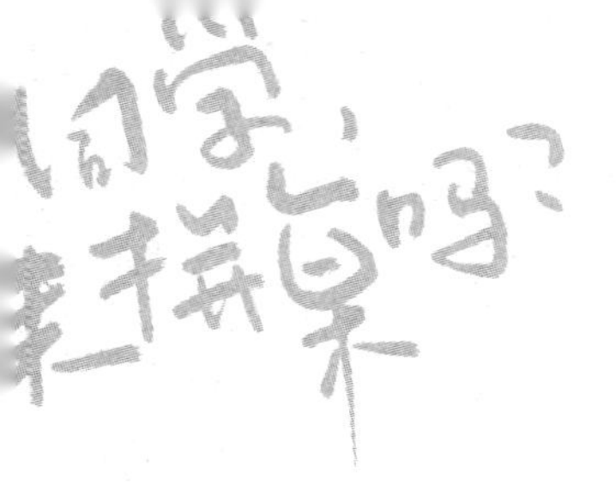

后，我刚回国几天，还没把时差倒过来呢，和于宇认识了，后面还不到两天，他突然找我帮忙，我都蒙了，这人怪不得能和陈诚混到一块儿，全都是十级自来熟。于宇刚接手了公司的一个线上部门，有一节公开课，老师临时放了他鸽子，他迫不得已找我来顶了缸。”

没想到，课程效果好得出奇，课后一群学生来询问老师的情况，于宇大喜过望以后，又惊慌失措，因为严彦并不是学校的老师啊！于是，他连哄带骗让严彦入了职，再然后，帮朋友就变成了事业。

“啧，我再想，严彦是不是做什么都能这么优秀？”栾栾带着点好奇，歪着头看着严彦。

“运气居多，当时公司正在开辟线上网课业务，年纪大、有经验的老师网感一般。想要网感好，又不能弄一堆网红来上课，真巧，遇上了我。”看到喜欢的女孩子对自己露出崇拜的眼神，严彦忍不住露出笑容，但还是尽量谦虚着。

“啧啧，这倒的确是。你看你，高学历，雅思高分，长得又帅，个人特色又鲜明，分明就是量身定制的一个网红老师崛起系列嘛。我要是公司，我也拼命捧红你，”栾栾一副资本家的样子，然后叹了口气，“估计很多你的学生，都是因为一个人所以爱上了一门语言。”

“嗯？”严彦揉了揉栾栾的头发，心想：栾栾不会是吃醋了吧？这种飞醋也会吃？

栾栾拨开严彦的手，一副恨铁不成钢的样子看着自己。

“只是可惜了我，爱情不能使我盲目，我这么爱你，还是做不到爱英语。”

严彦翻了个白眼，说道：“我以为你要说什么……”

我收到这样的表白为什么一点都不高兴？

“哈哈。”栾栾看着严彦一言难尽的脸色，笑得满床滚。

“快睡，天都要亮了！”栾栾拿被子蒙住自己的头，一副不愿意再搭理严彦的样子，却被严彦揪了出来。

“该你了，你是怎么知道我学的生命科学的？”

“哪里还用得着探听，全世界都是你的消息。”

栾栾眼睛里的光暗了暗，高三知道严彦要出国的消息时，的确是五雷轰顶，感觉自己的心上好像被生生剜走一块儿，突突跳着疼，想了一夜，不知道自己是怎么了。

当时已经高三了，所有人被高考追着跑，栾栾本来就不是一个细致的人，又是各位老师习惯性“重点照顾”恨铁不成钢的对象，每天被逼到日子过得鸡飞狗跳，快死在书山题海里了。

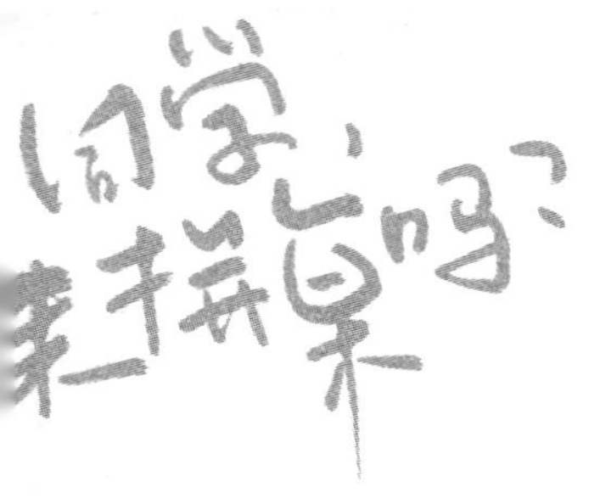

高三的时候，除了一头扎在书山题海里，就是听到各类别的同学的消息。

有人自主招生考试过关了，只需要过一本线就能上自己梦想中的学校。

有人艺考过了，文化成绩只要差不多就能平安毕业入学。

有人拿到了 ××× 计划的加分。

有人去参加体测，要走国防生的路线。

有人决定大学不在国内上了，已经拿到了国外大学的录取通知书……

开始的时候，消息就像春天的风，每次一吹过，就会激起不少人心中的浪，有的筹谋自己的路线，有的更加投入到高考的准备里。

后来消息就变成了理所当然，每个人都会有自己的选择和出发点，坐在一个教室里成为同学的三年，并不意味着你们就是同样的人。那段日子里，所有人都学会了离别和尊重，对这样的消息渐渐地无感，更关注着自己。

直到严彦的消息出现。

“严彦要出国读大学了！”

这个消息就像一颗炸弹，直接炸晕了在课桌前坐着的栾栾。栾栾抬起头，努力让自己平静下来，让自己语气温和平静一点，像一个简单的问询一样，去询问教室传播消息的“小喇叭”。

“严彦已经有收到某大学的通知书了吗？”栾栾的声音很轻，在一群叽叽喳喳讨论的女孩子里面一点都不起眼。

“有好几个了，不知道他会选哪个。”四五个女孩子叽叽喳喳开始猜测，严彦像是优秀到了逆天程度的别人家的孩子。

“据说是家里本来就有人在国外，本来就有计划大学的时候要留学的。”

“严彦申请外国的大学应该很容易吧？他成绩一直那么好，而且还有那么多竞赛的奖项，基础条件简直好到逆天啊。”

“他还会参加高考吗？这都已经看到明明白白的未来了。”

“应该还是会的，人家又不是我们怕考试，人家考试那是证明一下自己的实力，万一一不小心拿到状元了呢？”

“天哪，为什么会有这么优秀的人类？”

“人比人，气死人啊。”

听到的严彦，变得好遥远，栾栾突然发现，随着时

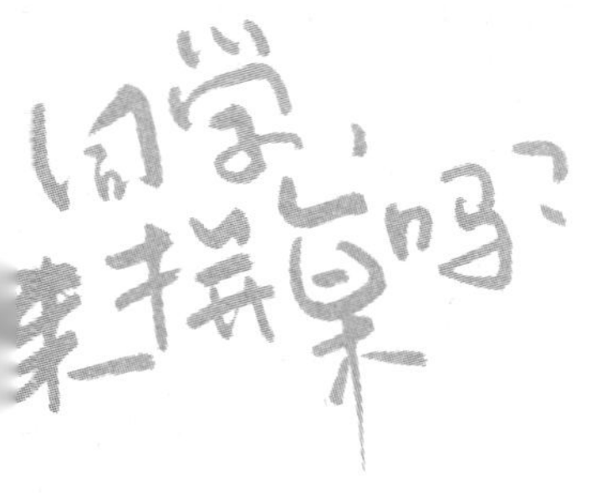

间越拉越长，严彦会离她越来越远，喜欢的那个小哥哥，可能会变成她记忆里的一个片段，从此山高水长，再也不相逢。

想到这里，栾栾感觉自己心疼得就像被揪起来了一样。

本来不想再关注，可是严彦的进度条还是像空气一样不断钻进栾栾周围。

“他选好学校了。”

“他选好专业了。”

“他高考进了全省前 10，虽然不是状元，但也非常出色。”

“他已经漂洋过海了。”

“他……”

栾栾第一次感受到了一个人从自己世界里抽离，从此以后，窗前的校园里没有她，也没有她喜欢的男孩子。这场毕业像是一包成长剂，快速地洒到了栾栾身上，让她接受她在暗恋着的那个人会离她越来越远。

栾栾高中的时候帮很多人的故事写过片段，在想有一天，自己也会变成她从前写过的一笔。再等等，不是等喜欢的人回心转意，而是等自己彻底死心。

为了让自己快点死心，栾栾逼着自己再也不接收严彦的消息。

好在距离和时间会让本来的风云人物铺天盖地的消息越来越少，自己会越来越淡出，直到再也收不到他的消息为止。

严彦看着不安分地在自己怀里掰手指的人，觉得可能等不到她开口了。

“怎么了？”严彦问道。

“没什么，”栾栾偷偷亲了严彦一下，“就是觉得，现在看到你，很神奇。”

严彦轻轻地回抱着栾栾：“嗯。”

不是神奇，是你不知道我为此努力了多少。

第十章……考试

chapter 10

有了严彦以后，感觉时间过得飞快，也感觉自己学习效率贼高，栾栾没想到这么快就到了自己再次考试的时候。

这次算是做了万全的准备了，栾栾又来到了上次考试的考场，再次走进考试中心，站到存包处的位置，露出了灿烂的笑容。

上一次，就是在这里遇见了严彦啊。

栾栾想起来严彦被团团围住的样子，还有自己看到严彦以后落荒而逃的样子，扑哧一下笑出了声。

也是神奇，谁能想到呢，现在严彦已经是她的男朋友了，日子过得像梦一样。

“妹子，你笑得我发毛。”旁边一个瘦高的姑娘手里现在还拿着笔记，试图再看一眼，“这包存一下两千多块

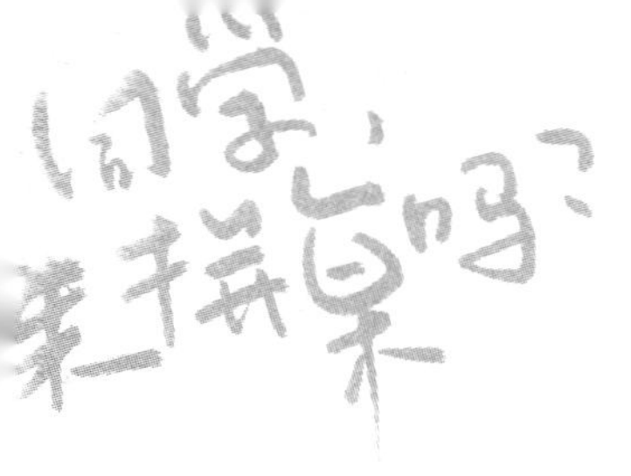

钱啊，你咋存个包笑得像捡钱了呢？”

栾栾直接被姑娘逗得笑得更夸张了，说道：“对对对，这个存包位两千多块钱，我的包三生有幸能在这么贵的地方待着，替它笑。”

瘦高个的姑娘露出了一个难以置信的表情，眉毛眼睛一起说着不相信：“你心态真好，我一想到这个考试那么贵，我现在就觉得紧张，越看越紧张。”

这和栾栾一个系列的，栾栾越看越亲切，同是天涯沦落人，不妨聊点别的来。

“我上次在这里遇到了一个小哥哥，现在已经是我男朋友了，”栾栾得意极了，“所以，上次没过花钱也不亏啦，现在相亲网站交的会费不比它贵？”

瘦高个的女孩子环绕了一圈存包处，问道：“所以，你这次是想再来抓一个新的吗？”

我不是，我没有，我是清白的。

栾栾坐到考场里面，感觉自己的心态可能是整个教室里最好的了。

教室里绝大多数学生，现在都是一副要命了的表情，自己在里面实在是鹤立鸡群。

栾栾今天的卷子做得顺畅极了，不得不说，严彦这些日子天天盯着自己背书学习，24 小时全天性讲解答疑，自己提升得真的是飞快。

等到考试结束，回去就应该再也不用被盯着学习了吧？呜呜，栾栾想想就觉得自己能马上喜极而泣，太难了，严彦真的好严格，不想再给他当学生了，纯粹当女朋友难道不香吗？

上午的考试结束，栾栾春风得意，名师一对一指导就是不一样，这次考试感觉好极了。栾栾蹦蹦跳跳出了考场，拿出手机的时候，严彦问询的电话已经来了。

“考得怎么样？”

“你现在是以男朋友的身份问我，还是以老师的身份问我？”

“男朋友。”

“感觉还不错，就是你在我考试的时候老捣乱，老想到你，都打断我思路了。”栾栾故意用伪声说话，感觉自己的强调扭得比一根麻花还娇。

“算了，我还是当老师吧。”

“老师，我应该能毕业了。”栾栾瞬间又切换到激动的状态，大声给了严彦一个回复。

这个戏精，给搭了台子就敢唱。有一个活宝女朋友，也是不容易。

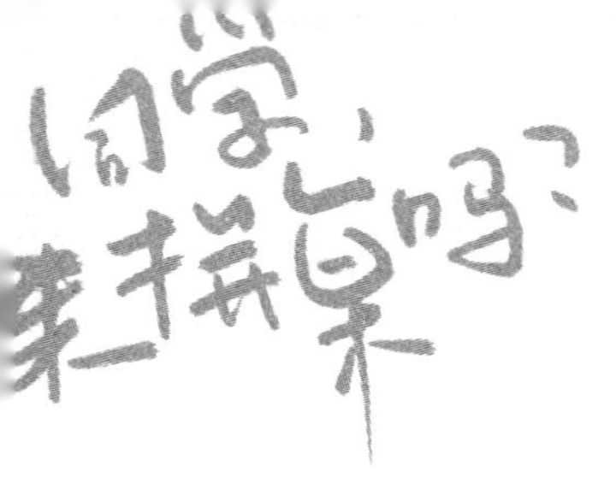

严彦觉得自己捡到的这个宝，实在是有点出乎所料。

“我翻身了！从此以后，你只是我的小哥哥，把老师的头衔摘掉吧！”栾栾蹦蹦跳跳冲向刚刚下课的严彦，露出来一个得意的笑容。

严彦刚刚从直播教室里出来就看到这一幕，有点想笑，这是栾栾第一次来公司找他吧？见到他的第一句话竟然是这个，是自己前段时间压榨太狠了吗？哪里来的这么强的叛逆心理？女孩子的心思啊，真是想不通，不过这笑得真是太得意了，要是有尾巴，估计都已经要翘到天上去了。

“嗯，总算是出师了，可以用了，把我今天上课的笔记和例题整理出来。”严彦故意做出一张满意脸，打量栾栾如同黑心资本家看着自己包装出来的会生金蛋的鸡。

“哦。”不是吧，严彦你真不是个东西，栾栾愁眉苦脸，似乎预感到了她接下来的生活。

“怎么？不满意？”严彦一副大佬的样子。

“不敢不敢，只是呢，本来觉得我考完了以后就再也不用和你交流学习上的事情了，可以翻身学奴把歌唱，没想到，我还得继续在学习的海洋陪你畅游，”栾栾叹了口气，“我的男朋友是个老师是什么感受？答：学无止境。”

严彦哭笑不得。

考试出分的速度还是很快的，不过也就十五天。十五天以后，栾栾查询了一下自己的成绩。

“啊哈，”果然如此，栾栾露出了得意的神色，“比想象中的成绩还要好啊。”

栾栾顺手就是一个截图，发给了严彦，还有等着看她成绩的越悦。

名师一对一指导，再加上这两个月男朋友陪伴式监督的作用，还有聪明机智的自己，这个学习效果果然是出类拔萃。

“嗯，发挥还不错。”严彦回复的消息还是冷静得很。

栾栾看着短短一行字的消息框，哼了一声，决定从现在开始撒娇到底。

“只是发挥不错吗？这是人家第二次考试，比上一次提升了这么多，难到不值得夸夸吗？”

“夸。”严彦无奈地回复了一个字。

“那我的奖励呢？”栾栾决定打蛇随棍上，这次要好好逗逗严彦。

“奖励？行行行，回去给你盖个小红花。”严彦觉得这个女朋友已经被惯得没救了，今天考过了，怎么这么皮。

“我不要小红花，”栾栾配了一个傲娇的表情，“你

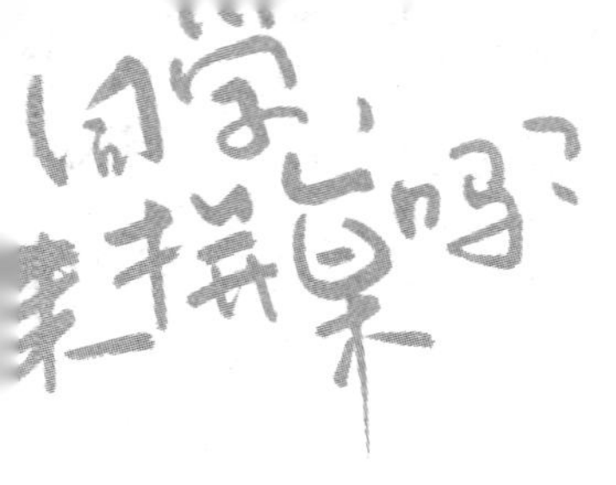

得奖励我一些别的，更厉害一点的。”

“嗯，奖励你一朵大红花。”严彦手头已经又来了一堆教研任务，目前所有能调动的脑容量都在工作上，没有精力来折腾什么小红花、大红花的了。

“不嘛，人家要别的嘛。”栾栾继续得寸进尺。

“嗯，我把你到时候给我的谢礼，分一半给你。”严彦回道。

“啊？你说啥？”栾栾有点吃惊地问。

“我帮你考试通过了，难道你不应该感谢我吗？”严彦透出了一丝笑。

栾栾拿着手机目瞪口呆了一分钟后，终于敲过去一行字：“你赢了。”然后果断切换聊天窗口，真是一个没劲的男人。

“栾栾，你真的超级棒！”越悦愉快的表情满屏幕飞。

“姐妹！开心！”在有过严彦的对比之后，越悦的态度简直不要太美好，栾栾感受到浓浓的姐妹情。

“你真是太棒了，优秀。”越悦的夸奖立马就来了，“真是我的小天才少女。”

“嗯嗯。”栾栾感觉到自己骄傲坏了。

“打算庆祝一下吗？”越悦继续往下说，“知道你烦这种，但是呢，上次你也看见了，我觉得是时候找个机会把你的初恋对象牵出去正正身份了。”

栾栾心有点虚地说：“不太好吧？我有种把他扔进战场以身饲群狼的罪恶感。”

上次闺密们的那个架势，基本上就想往严彦头上盖章了。

越悦发过来一个表情，说道：“其实那天主要的锅在你身上，在你的描述里，他就是一个借着老师身份骗学生谈恋爱的人，和一个十年后，发现高中暗恋自己的女孩现在对自己还有意思，便顺水推舟的一个坏人。”

栾栾想反驳，张了张嘴，发现无话可说，全对。

“所以说，你还是借着机会带出来见见人吧，”越悦持续诱惑道，“我觉得你再折腾下去，你家小哥哥在我们这里的初印象可就要被败坏完了。”

栾栾发了一个哭泣的表情，说道：“行吧，但是他是个老师啊，作息时间和我们的都是反着来的，我觉得可能聚会有点难。”

“你干吗推三阻四的？”越悦发过来一个白眼，“你这个样子，搞得人家很见不得人一样！”

“行！约就约！”栾栾咬牙答应了，“可是话说到前面，时间定得不是特别合适的话，你们到时候可别放我鸽子。”

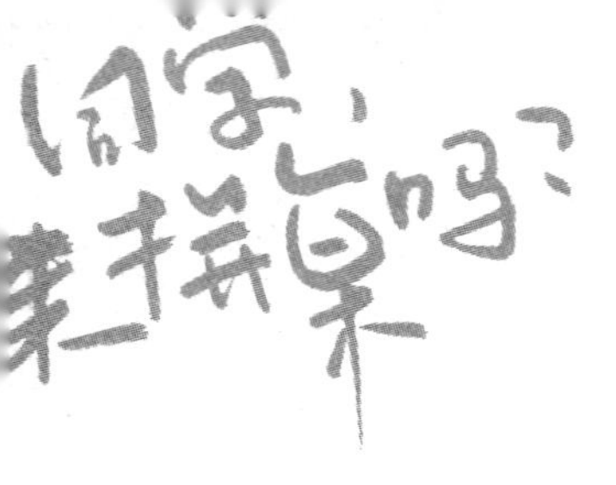

“谁会放鸽子啊！”越悦已经有点迫不及待了，这种级别的热闹，会有人放鸽子不看热闹吗？不可能！

“越悦，我不知道感觉对不对，但是吧……”栾栾顿了顿，“我觉得你非要我把人约出来，其实就是为了满足你的八卦之魂。”

越悦有点心虚。

不过越悦这个妮子好像从来都不知道被人抓包了的尴尬是什么感觉一样，继续欢天喜地去姐妹淘的小群里咋呼好消息去了：“栾栾雅思高分过了！要带她家那位请咱们吃饭庆祝一下！”

顿时，小群里的几个女孩子都活了过来。

“好！”

“什么时候？”

“我来了！”

栾栾有点惊讶，自己的闺密自己心里有数，说白了，如果不是因为大家都多多少少带点宅属性，她们也玩不到一起去。有什么活动能让大家全部都这么积极向上的，也是不容易，毕竟对于宅女来说，在家里躺着，可比化两个小时的妆，出门拍三个小时的照片强多了啊。

栾栾在群里问道：“你们为什么这么激动啊？”

“为了见你情哥哥，看是何方妖孽能把你迷得这么神魂颠倒！”

……

栾栾现在面无表情：我是疯了才觉得你们这群狗嘴里能吐出来象牙。

栾栾去了趟洗手间，努力调整了一下自己的心绪，然后回到座位上，再次打开了和严彦的对话框，开始斟酌起来。

“严彦，我的小姐妹们说这次想趁着帮我庆祝雅思高分过，见一见你这位神级教师。”

信息发出去，栾栾觉得这句话说得实在是太棒了，目的说得清清楚楚，还暗中捧了捧我们矫情又傲娇的严彦，严彦一定能领会她的意思的。

“嗯，你定时间。”严彦回消息的速度很快。

栾栾松了一口气，镇定地想了想，早死早超生，择日不如撞日，不然就今天吧，不拖了！没准儿因为今天还能少几个妖孽来报到。嗯，就今天，决定了！

“今天晚上你可以吗？”

严彦看了看振动的手机，有点迷惑，这么着急吗？不过倒也无所谓，她喜欢就好，于是回道：“嗯，可以。”

栾栾收到回复后露出了一个大大的笑容。

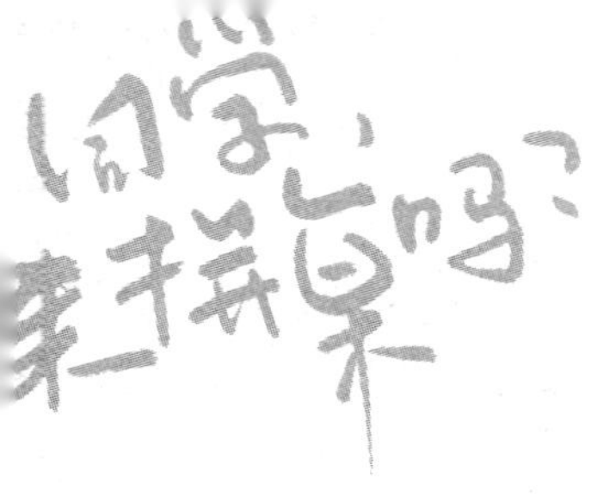

严彦小哥哥，你今天可真是太配合了。

“姐妹们！择日不如撞日，就今天吧！”栾栾在群里发了一句。

“行。”

“我可以。”

“我调个班，马上可以。”

“好的。”

平时你们不都是忙成一只陀螺吗？今天这一个个都怎么了？栾栾有点无奈，究竟是什么原因使得我的这群姐妹如此斗志昂扬？

栾栾一边吐槽，一边效率极高地打了几个电话，预约了她们几个常去的一家小店。那家店没什么特别的好处，就是味道不踩雷，离他们几个人的家和公司都还算近。发完地址和预约记录，看到严彦冷清的“好”，还有姐妹淘群里的欢呼，栾栾感觉晚上这顿饭不能善了。

好不容易挨到了下班，栾栾有点担心了，严彦遇到八卦姐妹团，不会发生些什么吧？里外不是人啊！约今天好可怕啊！栾栾脚下的速度倒是没有变慢。快点走吧，早点过去，可能还有时间挨个敲打一下，不要对我男朋友太凶！

“你怎么这么早？”栾栾推开包厢门的时候，看到的是已经坐好在看菜单的严彦。

“嗯，今天晚上没课，”严彦放下菜单，走向栾栾，顺势握住了她的手，“外面有点冷吗？手怎么这么凉？”

栾栾不止有点凉，还有点抖。

自己的闺密自己心里有数，上一次这种公开审视的场合，栾栾坐在一边看热闹不嫌事大，亲眼看到一个姐妹的男朋友是怎么差点被拆开揉碎了逼问情史、家族史的。那种场面，简直是可怕啊。

栾栾摸摸严彦的肩膀，摆出一副视死如归的样子，说道：“你放心，我会保护你的。”

“你的闺密们是食人族吗？”

栾栾一顿。

严彦轻轻笑了笑：“就算是一窝螳螂精，能吃我的人也只有你一个啊。”

栾栾感觉自己好像想到什么奇怪的地方了，脸唰地就红了起来，乖巧地坐在严彦身边开始专心对付饭店提供的水果和小零食。不问了不问了，某位大佬明显段数更高。

严彦宠溺地看着已经开始放松下来的栾栾，心想：见好朋友而已，怎么这个小东西弄得这么如临大敌。

越悦推门而入，看到的就是这么一幅场景，差点儿再把门摔上。

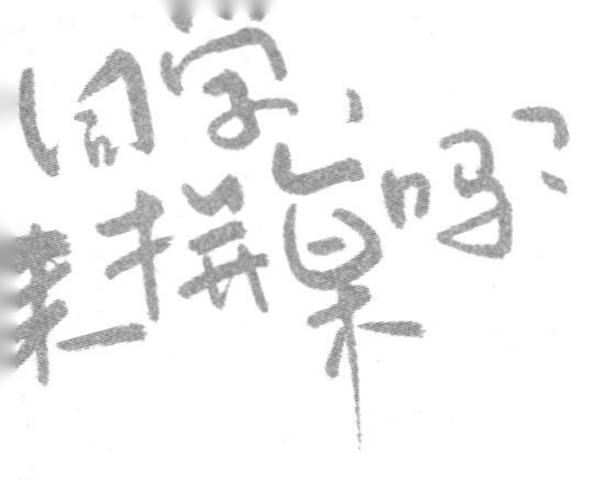

不过栾栾的反应倒是很快，立刻站起来说：“越悦，这里。”

然后，她拍了拍身边的位置，看向严彦，介绍道：“和你说过的，严彦。”

越悦尴尬而不失礼貌地微笑着说：“你好。”

你们这个姿态，活像我去参加同事婚礼时两口子站门口迎人，吓得我想掏份子钱。

到底压抑不住八卦的本性，越悦没尴尬两分钟就自动活了过来，开始两眼亮晶晶打量起栾栾和严彦来。

两个人站在一起，也算得上是金童玉女，赏心悦目了。不知道两个人看到了什么，突然就一起笑了起来，眼睛里好像只能装下对方。

栾栾专心对付手里的小零食，包装撕不开的时候，就会有另一只手伸到她面前帮她打开，再纠纠缠缠地勾勾手指……

越悦收回了视线，心想：我是有病吗？何必来看别人的卿卿我我？

“你们什么时候到？”越悦索性在群里发信息，“这里满是恋爱的酸臭味，只有我还散发着单身狗的清香。”

“快了。”

“还有十分钟吧。”

还好，各位围观严彦的人都很是积极，没多久人就齐了。大家齐刷刷地盯着严彦，上上下下打量。

十年前的严彦就已经是帅哥一枚了。这十年人也没长残，反而更加成熟，整个人多了气质的沉淀，冷静而内敛，又带了一点点少年的锐气和张力。单论卖相，这张脸还是拿得出手的。

或许，十年前的严彦被这么一群姑娘盯着还会有点不好意思，甚至恼羞成怒。不过当了几年老师的严彦，早就习惯了被别人行注目礼，对于这种视线几乎是习以为常。

这是对我不太满意吗？严彦略略思索了一下，露出来一个温和的笑容，问道："栾栾是又把我卖了吗？从前她就卖过一回，拿我收门票。"

话音刚落，栾栾的脸瞬间就红了，又黑了，然后气鼓鼓地瞪着严彦，但是这桌子上其他女孩子的目光都变成了亮晶晶的样子。

严彦将两个人在门口被罚站，栾栾见别班的女孩子来来回回看他，直接喊收门票吓跑别人的故事娓娓道来。

整张桌子的姑娘嘴巴都张圆了，说道："嗯，这是栾栾做出来的事。"

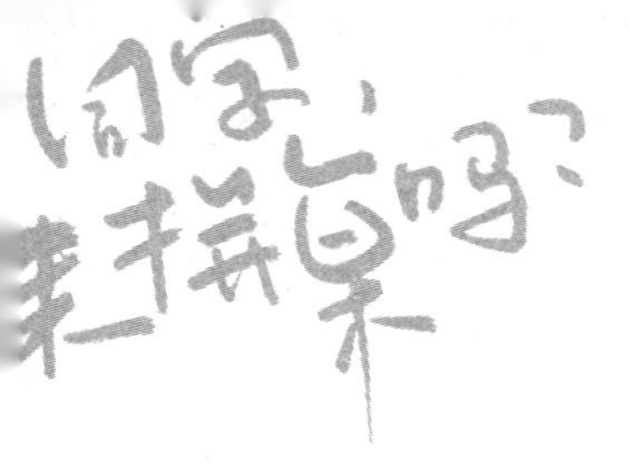

为什么这些事情你都记得？栾栾黑料太多，虽然自己本来也不剩什么好形象了，可是被这样翻旧账，还是会很不爽啊！

饭过一半，严彦模样清俊，谈吐大方，至少现在餐桌上一半以上的人对严彦的印象已经算得上是不错了。

不过，该问的还得问，栾栾迷迷糊糊，万一真的掉到人家的陷阱里，万一人家真的在国外已经结婚了呢！

越悦和姐妹们交换了一个眼神，打算趁着气氛不错，顺势多问两句，万一有点蛛丝马迹，可以趁早救栾栾出来。

“话说，严老师是有家里人在国外，现在做的事业其实也和出国是有关的，那严老师家里也是打算移民的吗？”越悦努力装得轻描淡写。

“嗯？我家应该是不打算移民了，毕竟爹妈和朋友事业都在国内，我现在也在国内发展了，移民得从头开始，不太考虑。”严彦微笑着，似乎这个答案回答过很多遍了。

栾栾面无表情，内心开启翻译模式：严彦你会因为移民，随时都有可能和栾栾分手吗？

“严老师，我听说学雅思的70%都是女孩子，是不是每天上课班里都是漂亮得像花一样的小姑娘们啊？”

“嗯，现在的确是女学生比较多，不过我课太多，学生们又换得太快，没注意过，”严彦的笑容有一点点尴尬，

“毕竟我大多数还是大课，一个教室满满的人，十几天一拨，哪里记得住人脸。”

栾栾内心的小人开始扶额，翻译着：严彦你会不会借工作之便撩妹？

“咱们大学的时候，那个谁也追过栾栾。结果被栾栾拒绝以后，没多久就和他现在的老婆好上了。”

“严老师和栾栾是高中时候的同学，你看时间也都过了这么久了，严老师和栾栾在一起之前，应该也是有不少追求者的吧？”

严彦只要不是太迟钝都该反应过来，这群姑娘们今天为什么来势汹汹了。可是严彦本来就是个敏锐的人，便佯装什么都不知道，微微笑着说：“嗯，追的人不少，若不是惦记着栾栾，也不会回国。”

栾栾内心的小人开始跺脚：你们这不是直接透露我的情史、问人家情史吗？我都没有开口问过呢！严彦刚才说什么？因为我回国的吗？

栾栾怀疑自己幻听了，然后看到整张桌子的姑娘都变得异常激动，尤其是越悦，眼睛瞪得溜圆，捂着嘴巴在凳子上小小跳了一下。行吧，没幻听，严彦刚才说的就是这句。

严彦抓住了栾栾放在餐桌上的手，笑起来带了一点点不好意思的味道。他看了看其他人，目光在越悦那里特意

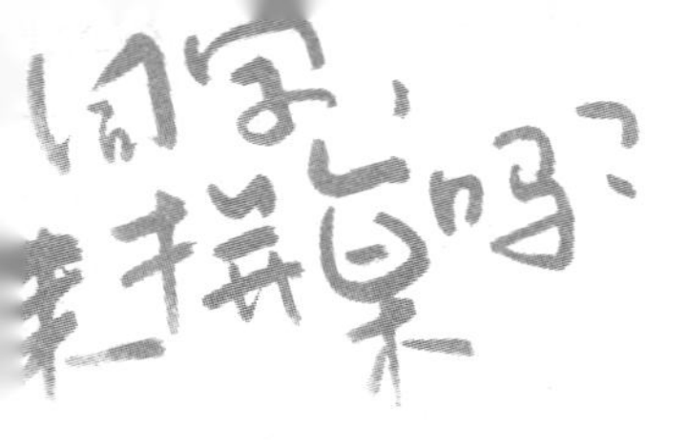

多留了一会儿，声音温柔到要融化:“我一直就很喜欢栾栾，上高中的时候是不敢，在国外读书的时候还是不敢，回国以后遇到她，我不敢再让自己不敢了。”

栾栾听完这一串“不敢”，秒懂了严彦说的是什么。

高中的时候不敢喜欢你，害怕这份喜欢会伤到你，害怕自己处理不好突然涌现心头的情绪；在国外不敢喜欢你，害怕我们已经有了那么多隔阂，你不会接受我；现在，不敢再耽误了，如果再抓不住你，该有多心酸。

她也是，现在不敢再不敢了。

栾栾回握住了严彦，冲他笑了笑。

还好，这次我们没错过。

小包厢里一瞬间就安静了下来，只有餐厅的 BGM 还在响着。

“那就祝你们百年好合吧。”越悦看了看已经完全忘了他们这一桌子人存在的两位，率先举了杯，直接干掉了杯子里的可乐。

栾栾盯着杯子看了几秒，确定了自己的记忆以后，感受到了可乐泡一样一戳就碎的八卦猜测，给了越悦一个安分点的眼神。

事已至此，哪里还需要栾栾来“镇压”，姑娘们三三两两交换了一下眼神，快速收拾了一番后，准备一一告别，把时间留给这对目前眼里除了彼此，没别人的情侣吧。

告别的时候，严彦这次占有欲极强地揽住了栾栾的腰，见栾栾难得没有像从前一样扭着身子挣扎，于是说道："我家栾栾迷迷糊糊，你们多担待了。"

"哪里哪里。"越悦回应完毕以后，立刻拿起包包，跳上了刚打的车。

谁要留在这里吃狗粮？

闺密们走后，栾栾看了看身边严彦的脸色，想也能想到，回家以后严彦不一定有这么好说话，这些日子严老师说一不二，既小心眼又能说，如果真的翻起空白的这些年莫须有的情敌旧账，她岂不是得被扒一层皮？栾栾都快变成条件反射了，情不自禁打了个哆嗦。

"在想什么？"严彦帮栾栾解开了安全带，小姑娘想到什么了？这么魂不守舍的，都已经到家了还呆呆在副驾驶位置上坐着，叫了一声都不应。

"没什么，"栾栾顺手抱住了已经半个身子侧到她身边的严彦，"在想你。"

"想我？"严彦轻轻贴着栾栾耳边问了一句，然后迅速从栾栾的脸颊上滑过，吻上了她的嘴唇。

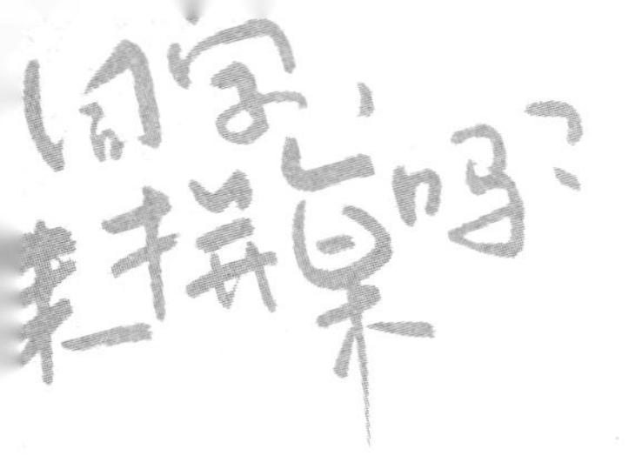

既然想我就好好表现吧。

栾栾挣扎着下车的时候，整张脸都红透了，毫无气势地瞪了一眼严彦。这在严彦看来更像邀请，于是快走了两步，重新牵住了栾栾的手。

“好了好了，小心。”

“地这么平，我摔不了，不要你牵！”栾栾恼羞成怒，气鼓鼓地把手背到了后面。

“我牵我女朋友，想怎么牵就怎么牵啊！”严彦看到背着双手、宁死不从的栾栾，也没继续挣扎下去，而是胳膊一伸，揽住了栾栾的腰，“这样也不错。”

栾栾说：“回家回家回家，我要回家！”说完，她就像只小兔子，一溜烟往家跑。

两个人连追带闹了一路，终于跑到了门口。

栾栾一打开门，就感觉到自己突然悬空了，一阵天旋地转以后就被放到了沙发上。

“栾栾，我喜欢你，很久很久以前就喜欢。”严彦抱着目光已经开始变得迷离的栾栾，在她耳边说着。

话一出口，就像是吐出了一颗真心一样，严彦的心跳也开始加快。

“我也喜欢你。”栾栾的声音很小，但是离得这么近，严彦完全能听到她在说些什么，“很久很久以前就喜欢，喜欢了很久很久，现在还喜欢。我每个新年都默默许愿，希望你能平安顺遂，健康喜乐，和我双宿双飞……我的愿望许了十年，你真的漂洋过海回来了。”

栾栾吻上了严彦的唇……

第十一章……
聚会
chapter 11
MY
CLASSMATE

“栾栾，你要不要和我的朋友见一面？”游戏玩到一半，陪玩的严彦突然来了这么一句，栾栾一个不稳，把自己的人头送了出去。

“和你的朋友们见面吗？”

“嗯，不多，就两个，而且你还认识。”严彦手里倒是很稳，手法潇洒，为了 MVP（最优秀选手）冲刺。

“我认识？”栾栾投过来好奇的目光。

“陈诚，还记得吗？”严彦头都没抬。

陈诚？栾栾回忆了一下，立马想起来那位把学上成上梁山的好汉，从前就是全世界没有他不认识的人，没想到现在还能和严彦混在一起。

“还有一个就是你那天在我家见过的于宇，和陈诚一

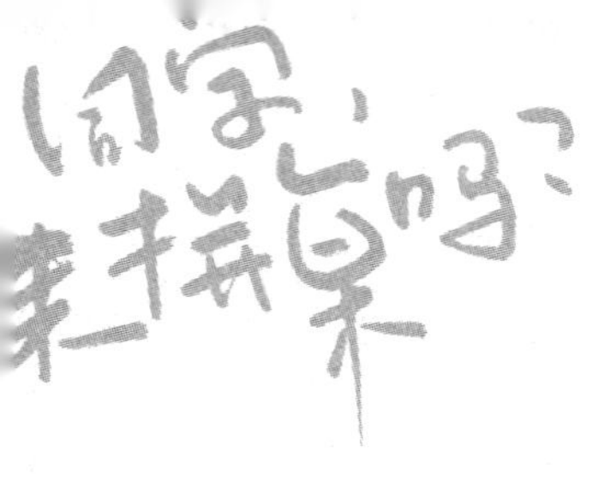

个属性的，也是个长袖善舞的孟尝君，交际满天下。”

“行啊，”栾栾红了红脸，不就是见亲友吗？应该问题不大，“什么时候？”

“唔，打完这盘问问，可以的话就今天。”

“现在都八点了！是不是有点晚？”栾栾的小人已经在复活点刷新，可是完全没有继续下去的心思，这么快的吗？

“还行，那两个都住在附近。”

栾栾露出来一个不可置信的表情，问道：“你们真是好朋友，住都要离这么近吗？”

终于，游戏结束，本轮 MVP 严彦把手机竖了过来，迅速给两个好朋友发了一条信息：“行了，约了半个小时后，我们去楼下的小清吧。”

然后，严彦捞过目瞪口呆的栾栾，亲了一口，说道：“并没有什么用，我在女朋友那里待的时间比较多。”

栾栾尽管最近已经被调侃惯了，但脸还是不争气地红了起来。

“走吧，收拾一下，下楼了。”

严彦时间卡得正好，他和栾栾出现在清吧的时候，于宇和陈诚两个人也刚刚坐下没多久。

看到栾栾以后，两个人都露出了一副“惊喜过望”的表情。

尤其是陈诚，激动得大声说：“栾栾，见到你可真是太不容易了！”

栾栾稍微后退了两步，什么意思？

陈诚压根儿没顾忌栾栾惊讶的表情、严彦黑起来的脸和周围服务员诧异的目光，对着栾栾就开始吐槽：“我为了帮严彦找你，B市的同学聚会都举办了不知道多少轮了！还收集各类小道消息，可你就像蒸发了一样，之前去哪里了？”

栾栾听完陈诚的话有点点脸红，这事情还真的不能怪陈诚。毕业以后，严彦出国，栾栾只要看到和严彦有关的信息就会难受，偏偏严彦是学校里的风云人物，哪里都有他的消息，栾栾索性就把高中的各类信息都屏蔽了，眼不见为净。

后来又经历换手机、丢手机，一大堆绑定账号全部丢失，找也找不回来。现在人情这么淡薄的时代，消失一段时间后，之前的人可能都想不起来你是谁。栾栾在大学的前两年和高中的同学们玩了回长期失联。再然后，大家都在天南地北，不过连着一根网线而已，哪里那么容易联系

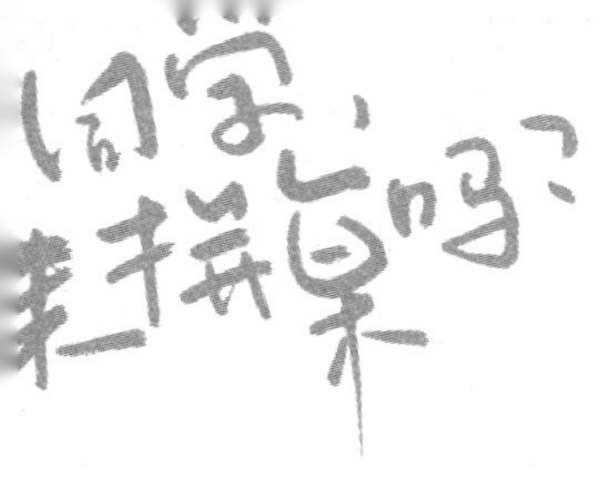

得到？

陈诚继续哭诉：“当初，我可是拍胸脯和严彦保证的，一定帮严彦找到人，结果呢，一找找了好几年，你杳无音信！我都没脸见严彦了。”

“你都不知道……”陈诚话就没停过。

这天晚上，栾栾知道了好多的事情。

陈诚说严彦每年寒假参加同学聚会从来碰不到栾栾超失落；陈诚说严彦旁敲侧击一圈，都没找到隐形人栾栾的微信号；陈诚说严彦隐约知道栾栾在北京，回国工作就定在了北京……

栾栾看着脸色越来越黑、试图打断却一直没有结果的严彦，忍不住笑出了声，说道：“原来，你是这样的严彦啊！”

难得看严彦吃瘪，更何况现在在栾栾面前，说什么严彦也不会生气，陈诚就更有倾诉的欲望了。

“这话啊，我们得从大三的寒假说起……”

严彦出国后，前两年都在国外的爷爷奶奶家过年，第三年才回国和姥姥姥爷一起过的除夕。

“你回国了？约吗？我们定了初四同学聚会，趁这机会大家见见吧！”陈诚大学读的专业自带 2+2 双学位，两年以后要出国读书，所以一直会问问严彦国外的信息，两人的联系一直没有断。过年时，陈诚收到严彦的信息，多聊了两句，然后就帮严彦约了个局。

“好。”严彦犹豫了几秒还是答应了。初四啊，栾栾会出现吗？

不过事实让严彦失望了，人约了很多，从前高中12个班级的人都有来，一班的居多，十一班的也不少，可就是没有栾栾的身影。

“严彦，有女朋友了吗？还是这么帅！”一班一个女孩子笑盈盈地发问，严彦倒还真是不好拒绝。一班当初就没几个女孩子，和班里男孩子们都更开得起玩笑。

“没有呢，”严彦略带尴尬地笑了笑，然后圆滑地把话题转开，“各位美女都看不上我们这些理工男，不敢耽误大家。我在国外一个班里就两个姑娘，还都是有主的，没机会，没机会。你们学校男女比例如何？”

话音落下，大部分读工科类专业的人都应声附和，吐槽起学校“感人”的男女比例。

陈诚一直都是个看热闹不嫌事情大的主儿，贴到严彦身边，冲着他挤眉弄眼，问道：“今天可是来了不少从前暗恋你的姑娘，女大十八变，我看着是全都越来越好看了，是不是有你从前喜欢的？”

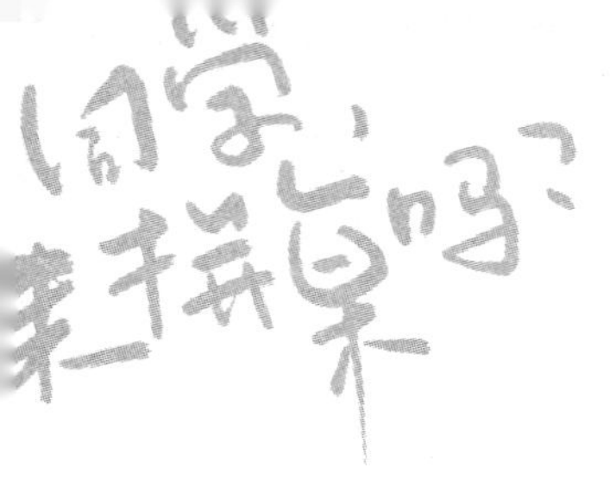

严彦冷冷地瞥了一眼陈诚：“没有。”

陈诚把椅子朝他挪了挪，说道：“没有你会答应我过来？我又不是不知道你。”

见严彦的脸色依旧是冷的，陈诚转念一想，想到了另一种可能性，问道：“你喜欢的那个不在？”

严彦这次没有掩饰自己的心事，对陈诚点了点头。

陈诚拍了拍胸口说：“谁啊？包在我身上，还没有我找不到的人。”

陈诚是出了名的“交际花”，如果有他帮忙，估计会事半功倍。严彦犹豫了一下，说道：“栾栾。”

陈诚顿时眼睛瞪圆了，但还是压低了声音说：“你说栾栾？你藏得也太深了吧！”

严彦自嘲地笑笑，是啊，藏得真好，现在想拿出来都拿不出来了。

陈诚拍了下严彦的肩膀，说道：“我记得栾栾大学是在B市，我也在B市上学，我努努力，应该能帮你把人找出来。”

“自从我答应他以后，我帮他找了好久，你这些年都躲哪里去了？”陈诚说起来格外委屈，“结果因为一场考试，他自己把你捡到了，差点没拆了我！”

栾栾有点尴尬地笑了笑：“我不知道啊。”

于宇见状，继续说道：“你是不知道，前段时间，严彦为了追你，真是逼死我了，一句话就让我调课，我上蹿下跳，真是过得太难了。”于宇还列举了严彦这些日子逼着他调整的课程。

栾栾有点尴尬：今天我是来听他们说他们是如何为兄弟两肋插刀的吗？

陈诚说着说着，突然站起来：“不行，我这两天一定要攒个同学局，你们两个真是太……有缘分了。”

严彦的脸算是彻底黑了，这小子想干吗？

好不容易散场，栾栾戳了戳牵着她回家的严彦，他貌似有点不高兴，突然被哥们儿掀了老底，估计是有点不好意思。

栾栾有点小好奇，又有点小疑惑地问：“严彦啊，你这么些年有没有喜欢过别的人？”

严彦顿了顿，答道：“喜欢不了。”

严彦想起来那个刚出国没多久的自己，适应环境花费了他大量的精力，不一样的国度、不一样的语言、繁重的学业，刚刚成年的少年咬紧牙关扛起了一切。人在环境压力大的时候，就会很贪恋从别人身上汲取的温暖，严彦那

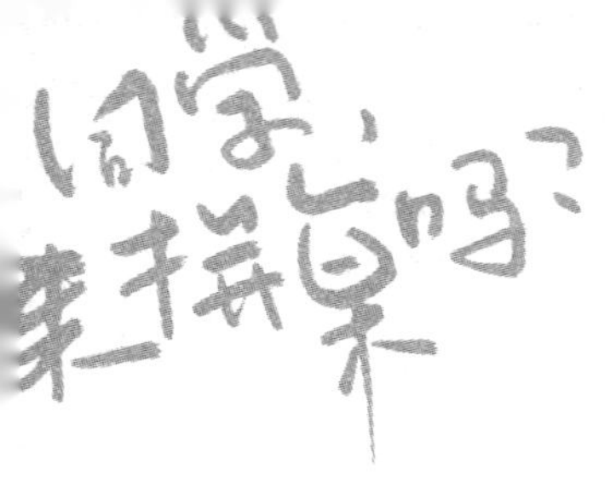

阵子，时不时就会梦见坐在他旁边嘻嘻哈哈告诉他世界有多有趣的栾栾。严彦当时越想越觉得难过，已经够不到的人，现在连联系都联系不上，有点不开心。

住在一起的舍友和严彦的关系一直不错，在严彦偶尔透出的三言两语中，隐隐约约知道了这个故事。

“严，我建议你谈一场恋爱，新的爱情是治愈失恋最好的药剂，”室友有一天看到严彦在回避隔壁实验组的华裔姑娘时，略带郑重地向他建议，“你都没有真的恋爱过，怎么知道你对你心中的姑娘到底是什么感觉？”

对待感情还是一片空白的严彦想了想，突然觉得室友说的也不是没有道理，于是，之后对待那位主动向他示好的女孩子没有那么排斥，而是试着相处。

严彦试着用合适的态度去接近那位姑娘，会给她买花，带她去美味的餐厅，一起在图书馆里面对面自习，似乎两个人在慢慢接近。

但是感觉不对，严彦自己也不知道问题出在哪里，就是感觉缺了些什么。

直到姑娘有一天郑重其事对他说：“严彦，我们到此为止，不合适，这段时间你对我很好，但是我感觉不到你喜欢我。”

严彦像是突然一下清醒了过来。

“既然你不喜欢我，我们何必浪费彼此的时间和感情呢？”有勇气主动示好的姑娘，也格外勇敢地提出了问题，用实际行动给严彦上了一课。

严彦知道自己喜欢的是栾栾，骗不了别人，也骗不了自己。除非等那姑娘老在心里，消失在心里，不然其他人都不会对。

严彦告诉自己，要么找到她，要么忘了她。除此之外，乱花渐欲迷人眼，都不是我的那一朵。

栾栾好奇地盯着严彦，问道：“你怎么了呀？”

严彦举起栾栾的手，在她手背上轻轻亲了一口，说道：“觉得神奇，你真的在我身边。”

栾栾愣了一下，偷偷亲了回去。

我都不知道，原来，不是我一个人在等待。

没过两天，栾栾接到了陈诚的电话。

“周五有个聚会，你无论如何要带着你家那口子来！”

栾栾一脸蒙地问：“哥们儿，你图啥？”

陈诚的音调突然拔高：“图啥？雪耻！你到时候就知道了！”

栾栾有点忐忑，这是什么事情啊，无奈之下给严彦发

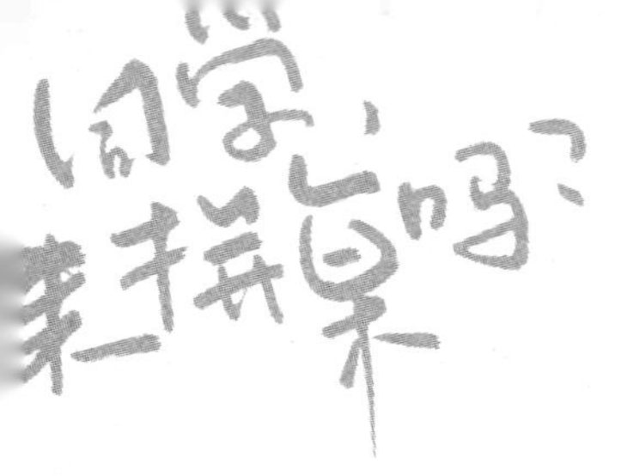

了消息。

“陈诚说，我无论如何都要带你去参加周五的聚会。”

严彦回复：“……”

栾栾翻了个白眼：是吧，是吧？我就说严彦绝对不支持。

“去吧，你做好准备。”严彦下一条消息马上就发了过来。

栾栾有点疑惑：我做好准备？我有什么可准备的？

周五，满包厢的人都是一脸的阴笑，看到她和严彦牵着的手开始不停起哄。

“噢噢，我就说！”

“久别重逢，再续前缘，你们这回头草吃得怎么样啊？”

“瞒，你们接着瞒，瞒得全世界的人都不知道。严彦你连帮你找人的人都不告诉。”

“栾栾，你十年前就拿下了我们男神，我恨你！”

栾栾有点呆，怎么会这样？调侃这么激烈的吗？

陈诚开了瓶酒，激动地跳了起来：“在座的各位，有一个算一个，今天咱们算是见证奇迹了。你说你们两个，何苦呢，我们替你们操心好多年啊。今天我们得收收操心补助，这故事，谁来讲？”

“对对对！真牛！你们竟然成了！”

包厢里的人疯狂起哄：“请客，请客，请客……”

栾栾觉得自己可能得讲一个漫长的故事。

严彦握了握栾栾的手，意思是他自己是不会说的，他为了找到栾栾费了多少心机，多少人看破不说破，也只有栾栾还迷迷糊糊。

栾栾有了男朋友后，感觉自己活成了一只小宠物。

日常 1：

栾栾忘带钥匙了，站在门口等失物招领。

第二天，严彦把门锁换成密码锁，问道：“你不会忘密码吧？”

日常 2：

栾栾把桌子弄得一团乱，严彦强制栾栾看了几个小时收纳教程视频。

“一小时学不会就学两个小时，一天学不会就学两天，我就是教大猩猩也把它教会了。”

日常 3：

一个杂乱无章的小姐姐和一个井井有条的小哥哥在一

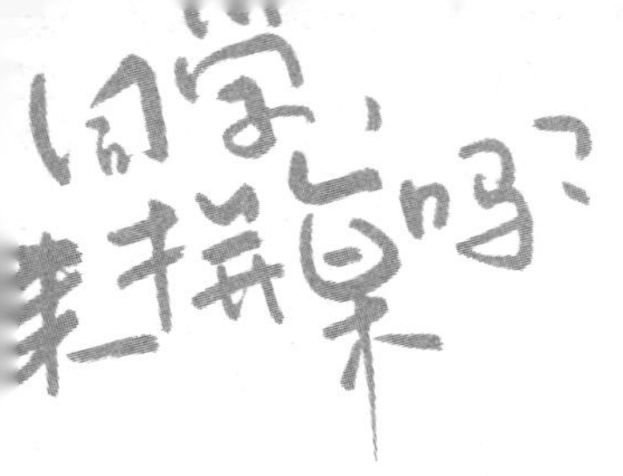

起会发生什么？

被训，被指挥，被黑——栾栾的日常。

头疼，头疼，头疼——严彦的日常。

感觉自己变成小宠物的栾栾和闺密越悦吐槽：“严彦好严格！”

越悦翻了个白眼，说道：“明嫌暗秀请右边滚，关爱单身狗人人有责。除非你给我介绍男朋友，否则这几天我都不会理你的。”